De ijskoningin

Van Alice Hoffman is leverbaar bij Archipel:

Blauw dagboek
Onder water
De waarschijnlijke toekomst

Alice Hoffman

De ijskoningin

Vertaald door Nelly Bakhuizen

ARCHIPEL

Amsterdam · Antwerpen

Oorspronkelijke titel: *The Ice Queen*
Uitgave: Doubleday, a division of Random House, New York

Omslagontwerp: Marjo Starink
Omslagfoto: Getty Images

ISBN 90 6305 177 8 / NUR 302
www.boekboek.nl

INHOUD

HOOFDSTUK I

Nimbus

I

Wees voorzichtig met wat je wenst. Ik weet er alles van. Wensen zijn honds en genadeloos. Ze verbranden je tong zodra ze worden uitgesproken en je kunt ze nooit ongedaan maken. Ze kwetsen en kwellen en komen terug om bij je rond te spoken. Ik heb van mijn leven veel te veel wensen gedaan; de eerste wens deed ik toen ik acht jaar was. Niet dat ik om een ijsje of een feestjurk of lang blond haar vroeg, welnee. Die andere soort wens, de soort die je tot op je botten door elkaar rammelt, dan achter in je keel gaat zitten als een gulzige rode pad die je steeds verder doet stikken tot je de wens hardop uitspreekt.

De soort die je leven in een oogwenk kan veranderen, zonder dat je nog de tijd krijgt te wensen dat je hem terug kunt nemen.

Ik bevond me op de verkeerde tijd op de verkeerde plek, maar beginnen niet alle verhalen zo? De vreemdeling die naar de stad komt en de boel op stelten zet. De man die op zijn trouwdag van een rots valt. De vrouw die net uit het raam kijkt als een kogel, of een stukje glas, of een blauwwitte ijspegel haar borst doorboort. Ik was het kind dat met haar voeten stampte, een enkele wens deed en zodoende een eind aan de hele wereld maakte. Aan mijn wereld in ieder geval wel. Het enige wat er echt toe deed. Natuurlijk was ik egoïstisch, maar denken de meeste meisjes van acht jaar niet dat zij de koningin van de kosmos zijn? Bevelen zij niet over de sterren en de zeeën? Beheersen zij het weer niet? Als ik 's avonds mijn ogen sloot om te gaan slapen, stelde ik me altijd voor dat de rest van de wereld ook stilstond. Wat ik wilde hebben, moest ik ook krijgen, vond ik. Wat ik wenste, verdiende ik.

Ik deed de wens in januari, de maand die ik het vervelendst vond, als ons huis koud was en de olierekening niet werd betaald. Het gebeurde op de zestiende, mijn moeders verjaardag. Wij hadden geen vader, mijn broer en ik. Onze vader was ervandoor gegaan en had Ned en mij alleen zijn donkere ogen nagelaten, verder niets. We waren geheel afhankelijk van onze moeder. Vooral ik verwachtte niet dat ze een eigen leven had. Ik mokte als ze door iets anders in beslag werd genomen: de rekeningen die betaald moesten worden, de baantjes die kwamen en voorbijgingen, de afwas die gedaan moest worden, de stapels was. Er kwam geen eind aan. Nooit was ze klaar. Die avond zou mijn moeder met haar twee beste vriendinnen uitgaan om haar verjaardag te vieren. Ik vond het maar niets. Ze zouden het vast leuk hebben. Ze zou naar de *Bluebird Diner* gaan, een aftands tentje dat beroemd was om zijn rosbiefsandwiches en patates frites met jus. Ze wilde alleen maar een paar uur voor zichzelf. Het was maar een klein feestje.

Dat kon me niets schelen.

Misschien was mijn vader egoïstisch en gemeen geweest; misschien had ik dat van hem geërfd, samen met de kleur van mijn ogen. Ik wilde dat mijn moeder thuis bleef en mijn haar, dat tot op mijn middel hing, zou vlechten. Als ik met los haar ging slapen, raakte het vol klitten en ik maakte me ook zorgen; mijn broer had me verteld dat er vleermuizen onder het dak zaten. Ik was bang dat ze 's nachts mijn kamer zouden invliegen en een nest in mijn haar zouden maken. Ik wilde niet alleen thuisblijven met mijn broer, want hij had geen aandacht voor me, was meer in de wetenschap geïnteresseerd dan in mensen en hij moest worden omgekocht om mij voor te lezen. Ik zal jouw taken doen. Je mag mijn lunchgeld hebben. Lees nou maar voor.

Die avond luisterde mijn moeder niet naar mijn klachten. Ze deed afwezig. Ze had haast. Ze trok haar regenjas aan en deed een blauwe sjaal om. Haar haar was lichtblond. Ze had het zelf geknipt; ze kon maar met moeite de achterkant van haar hoofd in de spiegel zien. Hoewel ze zich geen kapper kon veroorloven, zag ze er leuk uit. We praatten er niet over dat we arm waren; we hadden het nooit over wat we niet hadden. We aten drie keer per week macaroni en droegen dikke truien in bed; we moesten de eindjes aan elkaar knopen. Realiseerde ik me dat het die avond de dertigste verjaardag van mijn moeder was, dat ze er jong en knap en voor één keer gelukkig uitzag? Voor mij was ze mijn moeder. Niets meer dan dat.

Toen ze aanstalten maakte om te vertrekken, rende ik haar achterna. Ik stond blootsvoets op de veranda en mijn voeten prikten. De regen was bevroren en sloeg tegen het dak van groene glasvezelgolfplaten. Het klonk als een geweersalvo. Er was ijs op de vloerplanken terechtgekomen en had het hout in glas veranderd. Ik smeekte mijn moeder om niet te gaan. Egoïstisch krengetje. Koningin van de kosmos. Nu weet ik dat de vreselijkste ruzies altijd over onbeduidende dingen gaan. Het ogenblik dat jouw levenspad verandert, is onzichtbaar, lost op als suiker in water. Maar zeg dat maar eens tegen een meisje van acht. Zeg het tegen wie dan ook en kijk dan of ze je geloven.

Toen mijn moeder zei dat Betsy en Amanda op haar wachtten en dat ze al aan de late kant was, deed ik mijn wens. Ik kon hem meteen voelen branden. Ik kon de bitterheid ervan proeven en toch ging ik door. Ik wenste dat ik haar nooit meer zou zien. Ik zei haar dat recht in het gezicht. Ik wenste dat ze ter plekke zou verdwijnen.

Mijn moeder lachte en gaf me een afscheidskus. Haar kus was droog en koud. Haar gezicht was zo wit als sneeuw. Ze fluisterde iets tegen me, maar ik luisterde niet naar haar. Ik wilde wat ik wilde, niet meer en ook niet minder.

Mijn moeder moest de auto een paar keer starten voor de motor aansloeg. Er hing rook in de lucht. Het dak van de veranda trilde mee met de hoestende motor van de auto. Ik kon de wrok in me voelen. En wat nu zo raar was aan het doen van die wens die haar deed verdwijnen: hij deed pijn.

'Kom naar binnen, gek,' riep mijn broer me toe. 'Hier bereik je niks mee, alleen maar dat je kont eraf vriest.'

Ned dacht logisch; hij was vier jaar ouder, een deskundige op het gebied van sterrenbeelden, rode mieren, vleermuizen en ongewervelde dieren. Hij had al vaak tegen me gezegd dat gevoelens tijdsverspilling waren. Ik luisterde niet graag naar Ned, ook niet als hij gelijk had, dus op die avond gaf ik hem geen antwoord. Luidkeels beloofde hij dat hij me voor zou lezen, zelfs als het sprookjes moesten zijn, verhalen die hij minachtte. Irrationele, onmogelijke en onlogische verhalen. Zelfs dat was niet genoeg om me mijn wake te doen beëindigen. Ik bleef maar de lege straat inkijken. Algauw gaf mijn broer het op. Dat deed toch iedereen? Mijn voeten waren blauw geworden en ze deden pijn, maar ik bleef nog een hele tijd op de veranda staan. Tot mijn tong niet meer brandde.

Mijn moeder verongelukte op de oprit naar de snelweg. In het politierapport werd dit toegeschreven aan de ijzige toestand van het wegdek en de gladde banden die vervangen hadden moeten worden. Maar we waren arm, had ik dat al verteld? We konden ons geen nieuwe banden veroorloven. En ik was een verwend krengetje, had ik dat al verteld? Mijn moeder was een halfuur te laat, toen een uur, toen belde haar vriendin Betsy de politie. De volgende ochtend, toen onze grootmoeder ons het nieuws kwam vertellen, vlocht ik voor de eerste keer zelf mijn haar en knipte het daarna met de tuinschaar af. Ik liet de vlechten liggen voor de vleermuizen. Het kon me niets schelen. Ik begon me af te vragen of mijn broer al die tijd al gelijk had gehad. Niets voelen. Niet eens proberen.

Na de begrafenis gingen Ned en ik bij onze grootmoeder wonen. Mijn grootmoeder noemde wat ik mezelf had aangedaan een pagekopje, maar kon ze een naam geven aan wat ik mijn moeder had aangedaan? Ik wist het wel, maar ik zei het niet hardop. Ik had haar met woorden vernietigd, dus werden woorden mijn vijand. Ik leerde maar al te gauw mijn mond te houden.

's Avonds vertelde ik mezelf een verhaaltje, woordloos, in mijn hoofd, eentje dat ik veel mooier vond dan die in mijn boeken. Het meisje in mijn verhaal werd wreed behandeld, door het lot, door haar familie en zelfs door het weer. Haar voeten gingen bloeden van stenige paden, haar haar werd door merels van haar hoofd geplukt. Ze ging van huis tot huis op zoek naar een schuilplaats. Niemand wilde horen hoeveel pijn ze had, dus hield ze op een dag op met praten. Ze woonde op een berghelling waar het elke dag sneeuwde. Ze stond buiten zonder een dak boven haar hoofd, zonder enige beschutting en algauw veranderde ze in ijs. Haar vlees, haar botten, haar bloed. Mensen kwamen met haar praten, want ze was zo mooi dat nu iedereen met haar om wilde gaan, maar ze gaf nooit antwoord. Vogels gingen op haar schouders zitten, maar ze nam niet eens de moeite ze weg te jagen. Als ze haar een keertje pikten, brak hun snavel in tweeën. Niets kon haar nog deren. Na een tijdje werd ze onzichtbaar, koningin van het ijs. Zwijgen was haar taal, en eenzaamheid, en haar hart had een zachte, zuiver zilveren tint aangenomen. Het was zo sterk geworden dat niets het kon breken. Zelfs stenen niet.

'Fysiologisch gezien onmogelijk,' zei mijn broer, de enige keer dat ik hem mijn verhaal durfde te vertellen. 'Bij zulke lage temperaturen zou haar hart echt bevriezen en dan uit elkaar spatten. Uiteindelijk zou ze smelten door haar eigen bloed.'

Ik heb dat soort dingen niet meer met hem besproken.

Ik kende mijn rol in de wereld. Ik was het stille meisje op school, het beste vriendinnetje, degene die op de tweede plaats kwam. Ik wilde geen aandacht op mezelf vestigen. Ik wilde niets winnen. Ik was begonnen te stotteren, alleen bij bepaalde woorden die begonnen met een P of een L: bij woorden als puinhoop en liefde en loos begon ik te spugen en me te herhalen. Uiteindelijk gaf ik ze helemaal op. Maar ik was een braaf kleinkind, snel in het afmaken van karweitjes, mijn grootmoeders lieveling. Hoe meer opdrachten, hoe minder tijd om na te denken. Ik veegde, ik deed de was, ik bleef laat op om mijn huiswerk te maken. Tegen de tijd dat ik op de middelbare school zat, was ik ieders vertrouwelinge. Ik kon goed luisteren; ik was er voor mijn vriendinnen, een rots in de branding, altijd behulpzaam, vooral waar het hun vriendjes betrof, van wie er in het laatste jaar een aantal met me naar bed gingen, dankbaar voor mijn advies over hun liefdesleven, blij met een meisje te vrijen dat er niets voor terug wilde.

Mijn broer ging naar Harvard, daarna naar Cornell om te promoveren; hij werd meteoroloog, een volmaakte keuze voor iemand die logica wilde opleggen aan een onvolmaakte wereld. Hij kreeg een baan aangeboden aan Orlon College in Florida en in korte tijd werd hij hoogleraar, getrouwd met een wiskundige, Nina, die hij aanbad om haar rationele gedachten en prachtige teint. Wat mij betreft: ik zocht een loopbaan waarbij zwijgen een pluspunt was. Ik ging naar de rijksuniversiteit, een paar steden verderop, toen naar City College voor een masters in bibliotheekwetenschap. Mijn broer vond het bijzonder amusant dat mijn werk als wetenschap werd beschouwd, maar ik nam het zeer serieus. Ik kreeg de informatiebalie toebedeeld, waar ik weer advies ging geven, zoals ik op de middelbare school ook had gedaan; ik was weer degene tot wie je je kon wenden om informatie. Ik werd aardig gevonden in de bibliotheek, de betrouwbare werknemer die geld voor huwelijkscadeaus inzamelde en kraamfeestjes organiseerde; toen een collega naar Hawaï verhuisde, was ik degene die werd overgehaald haar kat Giselle te adopteren, ook al was ik allergisch.

Maar ik had een andere, verborgen kant. Mijn echte zelf. Degene die zich herinnerde hoe het ijs naar beneden viel, druppel na bittere druppel. De bewonderaar van koude, zilveren harten. Een devoot van de dood. Ik was zo'n beetje deskundig geworden op het gebied van manieren om dood te gaan, en net als iedere andere deskundige had ik mijn voorkeuren: bijensteken, vergiftigde punch, een elektrische schok, dood door onvrijwillige manslag, dood door schuld, doodspacten, dood om de toekomst te vermijden, dood om het verleden te omzeilen. Waarschijnlijk wist niemand anders in de bibliotheek dat rigor mortis pas na tweeëntwintig minuten intrad. Of dat arsenicum zo helder als water was. De politiecommissaris van de stad, Jack Lyons, die op de middelbare school bij mijn broer in de klas had gezeten, belde me geregeld om informatie over vergif, suïcide, besmettelijke ziekten. Bovendien vertrouwde hij me.

Toen ik eenmaal begonnen was met het onderzoek naar de dood, kon ik er niet mee ophouden. Het was mijn roeping; het zal wel een passie zijn geweest. Ik bestelde medische publicaties, boeken over insectenkunde, een farmaceutisch handboek, zodat ik goed thuis zou zijn in toxische bijwerkingen als Jack me belde. Mijn favoriete naslagwerk was *Honderd manieren om dood te gaan*, een handleiding voor ongeneeslijk zieken, die methodes en procedures voor hun eigen verscheiden mogelijk bitter hard nodig hadden. Toch vroeg ik Jack Lyons telkens of hij niet iemand anders had die beter gekwalificeerd was dan ik om onderzoek voor hem te doen, maar hij zei: 'Ik weet dat ik van jou puur de feiten krijg. Geen interpretaties.'

Maar wat dat betreft had hij het bij het verkeerde eind. Ik was stil en ik stotterde, maar ik had wel degelijk een eigen mening: als ze me om advies vroegen welke sprookjes het meest geschikt waren voor een achtjarig kind, die van bijvoorbeeld Andersen of Grimm, koos ik altijd Grimm. Botten die in een zijden doek verpakt onder een jeneverbesstruik te rusten werden gelegd, jongens die stom en dapper genoeg waren om een kaartspel met de dood te doen, boze zusters wier gemeenheid hen ertoe aanzette zichzelf te verhangen of in een bron te duiken. Diverse malen dienden razende moeders of onderwijzers klachten in bij het hoofd van de bibliotheek als zij op mijn aanbeveling onbedoeld een kind de stuipen op het lijf hadden gejaagd. Desondanks bleef ik bij mijn standpunt. Ik gaf de voorkeur aan verhalen waarin egoïstische meisjes die verdwaald waren, door doornbossen heen moesten hakken om weer thuis te kunnen komen en waarin onnadenkende, onoplettende broers in ezels en zwanen werden omgetoverd en zo gedoemd waren het leven van een dier te leiden waarbij ze razend werden van de jeuk van vlooienbeten in hun vel en er bloed door hun veren heen schemerde. Ik geloofde er niet in dat mensen altijd kregen wat ze verdienden. Ik geloofde niet in een rationele, welwillende wereld die naar onze wil ingericht kon worden, of dat je er vanuit kon gaan dat het bestaan gladjes paste in een verzonnen logica. Ik had geen vertrouwen in cirkeldiagrammen of diagrammen van menselijkheid waarin de kwaden gescheiden werden van de goeden en waarin ‘voor altijd voorbij’ lijnrecht tegenover ‘hier en nu’ stond.

Op winderige avonden, wanneer de bladeren rondwervelden en heel New Jersey donker en stil was zou ik, op weg van de bibliotheek naar huis, niet verbaasd zijn geweest een man met één vleugel op het bordes van het stadhuis te zien zitten of een hongerige wolf op de hoek van Fifth Street en Main Street tegen te komen. Ik kende per slot van rekening de kracht van een enkele wens. Met een onzichtbare en onontkoombare uitwerking, als een vlinder die in een hoekje van de aardbol zijn vleugels uitslaat en met die ene handeling het weer aan de andere kant van de wereld verandert. De chaostheorie, zo had mijn broer me verteld, was gebaseerd op het mathematische principe dat stelt dat ook de kleinste verandering alles, met inbegrip van het weer, beïnvloedt, ongeacht de afstand.

Mijn broer kon het noemen zoals hij wilde; voor mij was het gewoon het noodlot.

Voor ik het wist waren er dertien jaren in de bibliotheek voorbij en toen vijftien. Ik droeg mijn haar nog steeds op dezelfde manier – de coupe die ik mezelf had gegeven toen ik acht was, was mijn handelsmerk geworden. Mensen verwachtten bepaalde dingen van me: hulp, zwijgen, troost. Ze hadden er geen idee van wie ik diep vanbinnen was. Ik ging zo nu en dan met Jack Lyons uit, als je dat zo kon noemen. Hij belde me op voor wat informatie en dan stond hij diezelfde avond nog op de parkeerplaats op me te wachten. Dan deden we het in zijn auto. De seks was gehaast en paniekerig en idioot, maar we deden het toch. Misschien wilde ik wel betrapt worden, maar dat overkwam ons nooit. We waren alleen op de wereld. Jack wist dat ik niet graag praatte; dat klopte ook wel, maar het ging erom dat ik mijn eigen woorden wantrouwde. Niet die van anderen. Hij had kunnen zeggen wat hij maar wilde. Hij kon zeggen dat hij mij de hele nacht lang wilde naaien, hij kon zelfs stamelen dat hij van me hield, zolang hij het maar niet meende. Daar ging het om. Het meisje, in ijs gevat, dat de berg in ogenschouw nam. De koude stilte die zo helder was dat hij je geen pijn deed. Voor mij was er niets aan de andere kant van de bergen. Niets wat de moeite waard was om naar toe te gaan.

Jack liet me altijd alleen naar huis lopen en hij probeerde me nooit te volgen. Ik dacht dat hij me beter kende dan wie ook. Toen gaf hij me op een avond bloemen, een bosje verwelkte margrieten dat hij bij een kraam bij een boerderij op de kop had getikt, maar desondanks bloemen. Dat betekende het einde; op die manier had hij alles verpest. Zodra Jack deed alsof we meer waren dan twee vreemden met een gemeenschappelijke belangstelling voor de dood en seks, was het voorbij. Zodra de mogelijkheid zich voordeed dat hij wellicht echt om me gaf, wilde ik hem niet meer zien.

Zonder Jack was er totaal geen afwisseling meer in mijn leven. Toen mijn grootmoeder op sterven lag, vond ik het logisch dat ik voor haar ging zorgen. Mijn broer had het druk met zijn eigen leven in Florida en ik had helemaal geen leven, alleen maar de bibliotheek en de wandeling in mijn eentje 's avonds terug naar huis. Het was uiteindelijk mijn plicht: mijn grootmoeder hield waarlijk en oprecht van me, ook al had ik haar genegenheid beantwoord met een bokkige manier van doen en een eindeloze voorraad bibliotheekboeken. Ons huis lag bezaaid met boeken – in de keuken, onder de bedden, tussen de kussens van de bank gestopt – veel te veel voor haar om ooit uit te kunnen lezen. Vermoedelijk dacht ik dat mijn grootmoeder niet zou doodgaan zolang ze haar belangstelling behield. 'Ik moet dit tot op de bodem doorgronden,' placht ze te zeggen, alsof een boek zoiets als een vijver of een meer was. Ik dacht dat ze voor eeuwig en altijd zou blijven lezen, maar zo werkte het niet.

'Jij zou eens van je leven moeten gaan genieten,' zei mijn grootmoeder op een nacht tegen me terwijl ik haar hielp thee te drinken. Zelfs drinken ging moeizaam. Ze nam kleine slokjes, als een vogeltje. Haar onverwachte advies sloeg bij me in als een bom. Tegen wie dacht ze dat ze zat te praten? Ik had aangenomen dat van alle mensen juist zij wel zou begrijpen dat mijn leven jaren geleden tot puin was vervallen, een woord dat ik niet zonder stotteren kon uitspreken, maar dat perfect mijn leven omschreef. Ik was inmiddels ouder dan mijn moeder op die ijzige avond toen ze naar haar vriendinnen reed.

Tegen het eind van haar ziekte huilde mijn grootmoeder in haar slaap. Ik kon het niet verdragen haar te horen lijden. Op een nacht liet ik de kat die ik had geadopteerd opgekruld achter op het ziekenhuisbed dat ik had gehuurd en ging naar buiten, waar ik de onaangename lucht kon inademen. Het was lente en overal zweefde stuifmeel van de pijnbomen rond; alles was er zwavelgeel van geworden. Die nacht wenste ik dat mijn leven er totaal anders had uitgezien, en dat ik helemaal overnieuw zou kunnen beginnen, in Parijs of Londen, in Italië, zelfs aan de overzijde van de rivier in New York, waar ik naar school was gegaan. Ik was nog jong, echt nog een vlinder ondanks alles wat er was gebeurd. Maar één vleugelslag weg. Als een slang in het gras, als een menselijk wezen verkleed als een beest, kon ik mijn huid van me afschudden, weglopen en nooit meer omkijken. Maar een nieuw leven beginnen was niet mijn sterkste kant. Mijn talent lag meer op het gebied van de dood, en toen ik weer naar binnen ging, hoorde ik mijn grootmoeder huilen. Voor ik mezelf kon tegenhouden, wenste ik dat haar pijn zou ophouden. Ik wenste dat deze wereld haar niet langer in zijn greep hield.

Die nacht overleed ze terwijl ik op de bank lag te slapen en te dromen van vlinders. De kat lag naast haar en toen ik Giselle hoorde miauwen, wist ik wat er was gebeurd. Mijn broer kwam pas een paar dagen na het overlijden van onze grootmoeder naar New Jersey; de begrafenis moest worden uitgesteld omdat het examenweek was op Orlon College.

Zodra mijn broer een voet in het huis zette, realiseerde hij zich wat er met mij aan de hand was. Ik was net een vogel die losgelaten was uit zijn kooi om dan te merken dat hij niet verder kon komen dan de vensterbank. Al die jaren had ik lopen bedenken hoe ik uit New Jersey kon ontsnappen en nu kon ik niet eens de woonkamer uit komen. Ik at vrijwel niets meer, behalve cornflakes met melk; dat was het enige wat ik kon binnenhouden. Ik had niet meer gedoucht en ik verspreidde een vage geur van schimmel, de geur van de geruïneerden en de opgegevenen. Ik had de bibliotheek opgebeld om te laten weten dat ik niet meer zou terugkomen.

De informatiebalie was me te veel. Alles was me te veel. Jack stuurde me een condoleancebriefje op papier van het politiebureau; hij schreef dat hij me meer miste dan hij had verwacht en dat hij hoopte dat ik snel weer aan het werk zou gaan. Maar dat zou niet gebeuren. Ik kon al nauwelijks een reden bedenken om me aan te kleden, laat staan dat ik eraan toe was seks te hebben met iemand om wie ik niet gaf op de achterbank van zijn auto of zinloze onderzoeksvragen af te handelen. Soms bleef ik gewoon de hele dag in mijn badjas rondlopen. Ik was de wil kwijtgeraakt om mijn gezicht te wassen, in de spiegel te kijken, naar buiten te gaan, om frisse lucht in te ademen.

Mijn broer en ik hadden in geen jaren een behoorlijk gesprek met elkaar gevoerd. Maar na de begrafenis kwam hij naast me op de bank zitten. Hij was net als ik allergisch voor katten en zijn ogen waren vanwege Giselle al begonnen te tranen.

'Dit is niet goed voor je,' zei Ned tegen me. 'Je kunt hier niet blijven wonen.'

Nog steeds rationeel, alsof dat wat uitmaakte.

Destijds was hij ook al rationeel. Ik moest aan de ochtend na het overlijden van mijn moeder denken: voordat mijn grootmoeder kwam, had mijn broer terwijl ik nog lag te slapen, systematisch de keuken schoongemaakt. Ik wist dat omdat ik in mijn pyjama binnen was komen trippelen en hem bezig zag; hij zei: 'Het is nog veel te vroeg. Ga terug naar bed.' Dus dat deed ik. Twee dagen later zaten we tijdens de begrafenisplechtigheid naast elkaar op klapstoelen aan mijn moeders graf. Ned droeg een zwart pak, waarschijnlijk geleend. Ik had het nog nooit eerder gezien. Ik had een donkerblauwe jurk aan met een kanten kraag die ik eraf had geknipt met dezelfde schaar als waarmee ik mijn haar had afgeknipt. Er stond een eenvoudige kist, gesloten. Maar ik had genoeg sprookjes gelezen om te weten dat de doden niet noodzakelijkerwijs ook echt heengegaan waren. Het kon heel goed zijn dat onze moeder sliep, betoverd, klaar om van binnenuit tegen de kist te kloppen en te zeggen: 'Laat me eruit!'

Het kon elk moment gebeuren. De lucht was grijs, er lag ijs op de grond. En toen zag ik dat Ned huilde. Hij deed het heel stilletjes. Hij gaf geen kik. Ik denk niet dat ik hem dat ooit eerder had zien doen, dus keek ik gauw de andere kant uit. En toen zag de kist er anders uit. Stevig gesloten. Over en uit.

Bij de dienst voor mijn grootmoeder waren Ned en ik de enige aanwezigen. Eenzelfde soort vurenhouten kist, dezelfde begraafplaats. We waren er nooit aan toe gekomen een steen op mijn moeders graf te plaatsen en daar was ik blij om. Ik wilde niet precies weten waar ze begraven lag. Misschien was ze wel helemaal niet begraven. Misschien had ik het mis en had ze inderdaad, zodra wij de begraafplaats hadden verlaten, de houten kist opengezwaaid en was ze door het duister en de kou weggerend. Ik keek of ik voetsporen zag, ook al was het meer dan twintig jaar geleden gebeurd. Er waren alleen krassporen van vogels te zien. En van nog iets anders. Een vos.

Ned handelde niet alleen de zaken van mijn grootmoeder af, maar hij had ook al onderzocht hoe mijn leven weer op orde kon komen. Hij had een baan voor me gevonden in de openbare bibliotheek van Orlon en een bungalowtje dat ik kon huren, maar een paar straten van de campus vandaan. We bespraken de voors en tegens van een verhuizing. Statistisch gezien was Ned niet in het voordeel. Als er geld in het spel was geweest, had ik ingezet op een toekomst waarin ik nog eens twintig jaar in mijn badjas zou rondlopen in mijn grootmoeders huis. Maar mijn broer was een waardige tegenstander, systematisch tot op het bot, en hij ging nooit een uitdaging uit de weg, ook niet als ik die uitdaging vertegenwoordigde.

Terwijl ik liep te kniezen en cornflakes at, ruimde hij het

huis uit, belde de makelaar op en liet nieuwe banden op mijn auto zetten. En dat was het dan. Ik ging weg uit New Jersey. Mijn collega's wilden me een afscheidsfeestje geven in de bibliotheek, maar zonder mij was er niemand om het te organiseren. Ik nam de kat mee. Ik had geen keus. Giselle sprong de auto in, nestelde zich op het jasje van mijn broer en zorgde er zo voor dat Ned de hele reis naar Florida moest niezen.

Het was ongewoon heet voor de tijd van het jaar toen we weggingen. Volgens mijn broer was het 34°C met een vochtigheidsgraad van 98.

'Zo raak je meteen gewend aan Florida.' Ned deed geforceerd opgewekt.

Voor ons bliksemde het boven de tolweg van New Jersey, het stille soort onweer dat zo intens is dat het de hele hemel kan verlichten. Mijn broer was verrukt van het weer; zijn faculteit was op dat ogenblik bezig met een onderzoek naar bliksem en hij was een van de adviseurs van het onderzoek.

'Zonder onweersbuien zou de aarde binnen een uur zijn elektrische lading verliezen,' vertelde Ned me.

Hij maakte aantekeningen terwijl ik reed. Ik was eraan gewend alleen te zijn, gewend om tegen mezelf te praten; gedachteloos sprak ik hardop weer een wens uit, ook al zou ik me eraan branden. Ik wenste dat ik getroffen zou worden door de bliksem.

'Dat wil je helemaal niet,' zei mijn broer. Een van de taken van de faculteit meteorologie van Orlon was om samen met een team van doktoren en biologen neurologische kwetsuren te onderzoeken bij slachtoffers die door de bliksem waren getroffen. 'Je hebt er geen idee van hoeveel schade er kan worden aangericht. Geen flauw idee.'

Maar het maakte helemaal niet uit. Ik had weer een doodswens uitgesproken en ik wist door de bittere smaak in mijn mond goed wat me te wachten stond.

Het was te laat de wens te herroepen.

II

De kat was helemaal niet blij met de verhuizing. Dat kon ik haar niet kwalijk nemen. Orlon was bepaald geen paradijs. Katten zijn nu eenmaal gewoontedieren en naar men zegt meer gehecht aan een plek dan aan een mens. Dit gold zeker voor mijn zogenaamde huisdier, dat nooit haar oorspronkelijke bazin van wie ik haar had geërfd, scheen te missen. Ze had geen enkele keer voor het raam op haar redding zitten wachten. Het leek er zelfs op dat ze het bestaan van menselijke wezens niet erkende. Mijn krijgertje. Mijn huisdier.

'Giselle,' riep ik als ze in de tuin was, maar ze negeerde me enkel en zwiepte met haar staart alsof ik een vlieg was, een van de duizenden die zich in Orlon leken te vermenigvuldigen. Zelfs mijn eigen kat mocht me niet. Wat had ik dan verwacht? Het leven was hier in Orlon niet beter, ondanks de beloftes van mijn broer, alleen maar heter, met meer insecten en veel vochtiger dan New Jersey op z'n ergst. De bibliotheek waar ik een baan had gekregen, kreeg te weinig subsidie – er was een andere bibliothecaresse, Frances York, die er veertig jaar had gewerkt en slecht begon te zien, vandaar mijn baan. Ik, zo onbetrouwbaar als ik was, moest haar ogen zijn.

Nu dan, dit was wat ik zag: de meeste planken waren leeg. Besnoeiingen op de begroting. Desinteresse van het publiek. Ik bezat meer boeken, in dozen ingepakt en in een opslag achtergelaten in New Jersey, dan de bibliotheek van Orlon in zijn geheel. Er waren geen computers beschikbaar voor de bezoekers; er was alleen een antieke tekstverwerker bij de balie; er was nog altijd een ouderwetse kaartenbak in gebruik. De informatiebalie scheen niet te bestaan. Na een aantal weken gewerkt te hebben was er maar drie keer opgebeld; twee keer ging het over het juiste gebruik van kunstmest en de derde keer belde een tweedeklasser die wilde weten waar Dr. Seuss zijn medische opleiding had gevolgd. Misschien had ik tegen mijn jeugdige beller moeten liegen, maar dat ligt niet in mijn aard. Toen ik haar vertelde dat haar lievelingsschrijver geen arts was, in feite niet eens Seuss heette, hing ze op. Ik neem aan dat niemand haar ooit had verteld dat ze niet op woorden moest vertrouwen, zelfs niet uit boeken.

Omdat het een universiteitsstad was, beschikten de studenten van Orlon over hun eigen technisch geavanceerde faciliteiten, waardoor ons gebouwtje vrijwel onzichtbaar voor hen was. Aangezien ons budget de aankoop van nieuwe uitgaven niet toeliet, bleef zelfs de plaatselijke bevolking weg. De enige wekelijkse activiteit was de leesclub voor peuters, maar die groep werd bijna opgeheven toen ik 'de Ganzenhoedster' had voorgelezen, een sprookje waarin een geliefd, trouw paard, Falada, altijd de waarheid sprak en daarmee doorging lang nadat zijn afgesneden hoofd aan de muur was gespijkerd. Frances nam de taak van voorlezer weer over, ook al was ze vrijwel blind en moest ze een boek vlak voor haar neus houden om de letters te kunnen onderscheiden. Frances deed heel beleefd over mijn ontheffing en ik begreep dat goed. Mijn talent lag bij de dood, niet bij levendige peuters. Ik gaf de peutergroep dankbaar over, blij dat ik de drukte van rumoerige schepseltjes op de donderdagmiddag uit de weg kon gaan.

Tijdens mijn uren in de bibliotheek merkte ik dat ik verlangde naar vragen over de dood. New Jersey begon nu meer de vorm aan te nemen van een droom dan van een nachtmerrie. Ik staarde naar de telefoon en miste Jack Lyons en zijn telefoontjes; onze langste, intiemste gesprekken waren over ziektes gegaan die door wilde vogels werden overgebracht, met name het westelijke-Nijlvirus. Wat mijn broer betrof: hij en Nina hadden het druk met hun werk op het college. Nadat ze me hadden geholpen mijn huis in te richten – dat, zo had mijn broer nagelaten te vertellen, geen airconditioning had, alleen maar een plafondventilator – zag ik Ned en zijn vrouw nauwelijks. Ik had ook niets anders verwacht, en waarom zou ik ook? Zij hadden per slot van rekening hun eigen leven.

’s Avonds luisterde ik naar de radio en amuseerde me met het doodslaan van vliegen; ik gebruikte daarbij een vliegenmepper die ik bij Acres’ IJzerwinkel had gekocht. Een beetje dood in huis. Iets wat ik begreep. Iets waar ik goed in was. Ik had honderden vliegen doodgeslagen en ik bewaarde de lijken in stapeltjes op de vensterbank. Daar hield ik me mee onledig toen het gebeurde. Ik hield de vliegenmepper in mijn hand toen ik vlak voor me iets zag wat op een tennisbal leek. Het raam stond open, de plafondventilator draaide, de lucht was zwaar van de hitte. Ik dacht dat een paar buurkinderen misschien de bal door mijn raam hadden gegooid. Ik was niet erg dol op kinderen, hoe groot of hoe klein dan ook. Ik kende hun manier van denken en wist waartoe ze in staat waren. Ik stond op het punt tegen de boosdoeners te roepen dat ze van mijn gras af moesten. Maar toen zag ik dat de bal merkwaardig helder was en hij glinsterde zo dat ik mijn ogen dicht moest knijpen. Toen ik mijn blik verlegde, zag ik dat de vliegenmepper die ik in mijn hand hield, in brand stond en dat het vuur op de vloer droop, als een vuurwerksterretje op Onafhankelijkheidsdag.

Ik stond aan de grond genageld, denk ik, niet in staat iets te doen; ik kon alleen maar toekijken hoe de bal op de vloer viel. Ik hoorde een enorm geraas; een soort explosie, net een geweerschot. Het deed me denken aan het ijs dat van het dak was gerateld toen mijn moeder wegreed. Het geluid van de dood. De bons van hetgeen niet kan worden tegengehouden. Eén tel dacht ik: dit is het einde der tijden. Mijn tijd, bedoelde ik natuurlijk. En dat was in zekere zin ook zo. In een tijdsbestek van een paar seconden was alles veranderd. Als ik me naar links in plaats van naar rechts had gedraaid, was het misschien niet gebeurd; als de vlieg die ik had doodgemept nooit door een gaatje in de hor naar binnen was gekomen, als ik nooit uit New Jersey was weggegaan, als ik nooit geboren was, als een vlinder in Zuid-Amerika nooit zijn vleugels had uitgevouwen en met een vleugelslag alles had veranderd, nu en voor altijd.

Toen ik in het ziekenhuis bijkwam, wist ik dat mijn wens was uitgekomen. Ik kon hem proeven, de bijtende smaak van de dood. Maar de wens die ik had gedaan in de auto op weg naar Florida, was slechts gedeeltelijk zijn opdracht vervuld. Ik was nog voor de helft in leven. Ik kon alleen mijn linkerkant niet bewegen. Armen, benen en lijf waren allemaal aangetast. Er was geen multiorgaan falen – geen aantasting van lever of longen. Maar mijn hart had een klap gekregen en er was neurologische schade, de twee meest voorkomende doodsoorzaken bij slachtoffers van blikseminslag. Toch werd mij medegedeeld dat ik bofte in Orlon te wonen, waar er meer blikseminslagen voorkwamen dan waar ook in Florida – het geweldige Florida, staat nummer één waar het doden en gewonden vanwege bliksem betrof. Hierdoor was de medische zorg in onze county uiterst vakkundig. Ik werd verondersteld hier dankbaar voor te zijn. Ik zou therapie nodig hebben en een serieuze relatie met een cardioloog, aangezien mijn hart nu een slag oversloeg. Ik kon het in me voelen trillen – een gescheurd hartzakje aan de rugzijde, werd me verteld. Wat ik erover kan zeggen is dat het leek alsof er een vogel in me gevangen zat, eentje die op een plek buiten de kooi van mijn pijnlijke ribben hoorde. Terwijl ik onder het toeziend oog van mijn broer en Nina op de hoogte werd gebracht van mijn toestand, kon ik me enkel en alleen concentreren op het geklik in mijn hoofd. Dat was niet ongewoon in gevallen zoals het mijne, verzekerde de dokter me toen hij mijn klachten hoorde. Zo ook mijn misselijkheid of de pijn in mijn nek of de zwelling in mijn gezicht of het feit dat mijn vingers gevoelloos waren. Maar bedenk eens waar ik allemaal aan ontsnapt was! Longoedeem, gescheurde trommelvliezen, doofheid veroorzaakt door geluid en shock, brandwonden door ontvlamde kleding, ernstige schade aan bloedvaten, een hartaanval, grauwe staar, letsel aan hersenen, ogen en huid.

Ik was tweeëndertig uur bewusteloos geweest, vandaar het infuus in mijn arm. Natuurlijk was alles wazig. Natuurlijk keken mijn broer en Nina bezorgd. En dus zei ik maar niets toen de verpleegster met een blad met avondeten binnenkwam. Er kwam geen woord over mijn lippen toen ik zag dat de gelatinepudding die me werd voorgezet, de kleur van kiezelstenen had. De verpleegster, niet ouder dan vijfentwintig, leek lang wit haar te hebben. De bloemen die mijn broer en zijn vrouw voor me hadden meegebracht, leken met sneeuw bepoederd. Toen begreep ik het. Ik was de kleur rood volkomen kwijt. Wat eens rood was geweest, was nu grijzig en bleek. Misschien was dit een reactie van de ogen op de hitte van de inslag – een bloeding van het glaslichaam was een van de vele mogelijke uitwerkingen op het oog, naast krassen op het hoornvlies en staar. Waarom de afwezigheid van een kleur opeens zo'n sterke uitwerking op me had, begreep ik niet, maar ik had het gevoel dat alles me was afgenomen. Ik was iets kwijtgeraakt voordat ik me bewust was van de waarde ervan, en nu was het te laat.

Ik bleef bijna twee weken in het ziekenhuis. Ik zag mijn broer niet veel, maar Nina ging dagelijks naar mijn huis om Giselle eten te geven. Toen ik uiteindelijk naar huis mocht, weliswaar met een rollator vanwege de zwakte aan mijn linkerkant, haalde Nina me op en reed me naar huis. Ik zag dat mijn schoonzus mijn koelkast had bevoorraad. Waarschijnlijk had ze ook gestofzuigd. Ik begreep waarom mijn broer zich tot haar aangetrokken had gevoeld. Nina was logisch, met een groot geloof in orde en was evenals mijn broer geen grote liefhebber van emoties. Ze stond daar maar haar handen te wringen terwijl ik op de bank zat te huilen.

Plotseling voelde ik me overspoeld door alles: ik was een wrak, echt waar. Mijn haar was bij bosjes uitgevallen en ik had dat afschuwelijke klikkende geluid in mijn achterhoofd. Ik kon nog steeds geen vast voedsel binnenhouden. De dokter had me verteld dat mijn symptomen vergelijkbaar waren met die van iemand die door radioactieve straling was aangetast. Zo voelde ik me – tot in de toppen van mijn tenen aangetast. Langs de hele beschadigde kant van mijn lichaam voelde ik een soort pijnscheuten, alsof er iets verdraaid was. Een kortsluiting in mijn elektrische systeem, nam ik aan. Mijn eigen wezen, mijn innerlijke zelf was verdwenen. Ik pakte dingen beet, maar kon ze niet voelen. Het was alsof alles wat vast was, aan me ontglipt was. Vanbinnen voelde mijn hart bevroren.

Het weer was nog steeds verstikkend heet en vochtig; voor iemand van buitenaf was het onmogelijk zich voor te bereiden op een zomer in Florida. De hitte explodeerde midden in de lucht en nestelde zich daar; hij drukte je neer. En toch, toen Nina me vroeg of ik iets wilde hebben, vroeg ik om hete thee. Het feit dat ik wit zag waar eens rood was geweest, deed me huiveren. Terwijl mijn schoonzus thee zette, keek ik uit het raam. Buiten was alles in ijs veranderd. Ik vroeg me af of de bougainville scharlakenrood was: ik had er eerder nooit op gelet. Nu zag de klimplant er vaal en spookachtig uit, aangetast door de vorst en rillend in de hitte. Ik had het gevoel alsof ik met één voet in deze wereld stond en met de andere in de volgende. Deze keer had ik de doodswens niet eens goed uitgesproken. Ik was net iemand die geprobeerd heeft zelfmoord te plegen door uit het raam van de vierde verdieping te springen en het daarbij alleen maar voor elkaar krijgt al zijn botten te breken. Nog steeds in leven, nog steeds min of meer intact, nog steeds gevangen in dezelfde wereld.

Voordat Nina wegging, zei ze tegen me dat er een fysiotherapeut bij me langs zou komen. Toen de therapeut de volgende ochtend bij me op de stoep stond en aanbelde, deed ik niet open. Misschien wilde ik niet genezen worden. Misschien verdiende ik wel wat ik had opgelopen. Ik zat met Giselle op de bank en beeldde me in dat ik daar veilig was voor goedbedoelende en behulpzame mensen. Maar mijn broer had zijn extra sleutel aan de fysiotherapeut gegeven en ze liet zichzelf binnen. Ze stelde zich voor als Peggy Travis. Alsof mij dat wat kon schelen, alsof ik van plan was om sociaal te gaan doen. Ik nam aan dat Peggy een rood gestreepte jurk aanhad, maar voor mij was hij grijs. Ze nam de lijst met oefeningen door die we zouden gaan doen om mijn linkerkant sterker te maken. Ik excuseerde me. Ik liep onhandig met mijn rollator naar het toilet en gaf daar over.

'Het is heel normaal om je misselijk te voelen.' Mijn onwelkome bezoekster was nota bene achter me aangekomen en keek toe hoe ik overgaf. 'Bij sommige mensen duurt dat maar kort, anderen hebben er langer last van.'

Verder zei ze niets. Maar ik begreep waar ze heen wilde. Voor anderen is het voor eeuwig.

Ik was een zielig figuur. Ik kon niet eens in een rubberbal knijpen. Alleen al door de inspanning vielen er weer plukken haar uit. Maar mijn fysiotherapeute was niet zo'n type dat de mensen voor wie ze verantwoordelijk was, toestond het op te geven. Peggy had alles al meegemaakt in haar werk: cliënten die verlamd, kreupel, in de war waren, van hun leven een zooi hadden gemaakt, die opgegeven waren, oud, door pech of ongeluk waren achtervolgd, of helemaal nooit geluk hadden gehad. Onder het theedrinken – zij dronk ijsthee, ik stomend hete thee – vertelde ze me over hen. Ik had al zwetend en kreunend het oefenprogramma doorlopen, terwijl mijn gezwollen gezicht nog dikker werd en het geklik onophoudelijk doorging; ik voelde me nauwelijks in staat tot enige conversatie. Zo kregen mensen als Peggy je te pakken: ze wachtten tot je geen verweer meer had en praatten je dan plat. Ik voelde me eigenlijk een tijdbom, maar dronk gewoon thee. Ik kon niets anders dan naar haar luisteren. Ik hoorde Peggy praten over haar laatste cliënt, een man die door een buldog gebeten was. Tegen de tijd dat de aanval voorbij was, had het slachtoffer in totaal nog maar drie vingers over en ik had eens moeten zien hoe snel hij weer hersteld was. Hij werkte nu in Acres' IJzerwinkel. Vóór hem was er een vrouw die zich na een auto-ongeluk niet meer kon herinneren hoe ze heette en die gevoerd moest worden, maar nu weer op de been was en kunstgeschiedenis studeerde aan Orlon College.

Ik wist precies waar Peggy heen wilde.

Dus goed onthouden! Kijk naar hen! Jij kan dat ook! Trek jezelf uit het moeras! Beetje harder werken!

Alle casussen van Peggy waren succesverhalen. Misschien had ik haar moeten waarschuwen: dat zou nu anders gaan. Ik was koppig, ik denk dat ik probeerde te falen en toch ging ik lichtelijk vooruit, althans aan de buitenkant. Ik zei nooit iets over de afwezigheid van de kleur rood, de kou binnen in me, over het gevoel dat het onder mijn huid gonsde als het geklik in mijn hoofd begon. Het enige schepsel voor wie ik de ergste verschijnselen niet kon verbergen was de kat. Soms kwam Giselle naast me zitten en legde haar poot op mijn arm. Haar poot vibreerde dan hevig en na een paar tellen haalde ze hem weg en staarde me aan. Ik had het gevoel dat zij mij toen door en door kende. Het enige schepsel in het hele universum dat begreep hoe ik me echt voelde. Geen wonder dat ze een hekel aan me had. Ik had haar geen moment voor de gek gehouden.

Frances York had beloofd mijn baan bij de bibliotheek, die veel te weinig gebruikte plek zonder boeken, voor me open te houden. Toen ze me belde om me dat nieuws te vertellen, zei ik: 'Nou, dat is fijn.' Ze merkte niet dat het sarcastisch bedoeld was; ze dacht dat ik het meende.

'Maar natuurlijk doe ik dat, lieverd. Wij laten elkaar niet vallen.'

Ik wist niet of ze bibliothecaressen bedoelde, of mislukkelingen, of vrouwen die alleen waren en met een of andere tragedie geconfronteerd waren. Ik nam aan dat ze zelf ook tragische dingen had meegemaakt, niet dat ik daar iets over wilde horen. Ik wilde haar vertellen dat ik vroeger regelmatig zielloze seks had met iemand op de parkeerplaats van mijn vorige bibliotheek. Dat ik op sommige avonden op het bevroren asfalt knielde en hem pijpte, zelfs in de winter, als er ijs was en het asfalt in mijn huid brandde. Ik wilde haar vertellen dat ik sinds de inslag halve nachten op was, aan het overgeven terwijl in mijn hoofd geklik klonk, en dat mijn ogen zo'n pijn deden van de zwelling in mijn gezicht dat ik waarschijnlijk nooit meer een boek zou inkijken. Ik wilde haar vertellen dat ik het voor elkaar had gekregen bijna alle mensen van wie ik het meest ter wereld hield, de dood in te jagen door mijn nabijheid en doelloze wensen en er desondanks niet in slaagde mezelf van kant te maken. In plaats daarvan zei ik: 'Bedankt', en ik beloofde haar op de hoogte te houden van mijn toestand: zodra ik eraan toe was, zou ik op de bibliotheek terug komen.

Mijn leven was leeg en dat was goed, daar was ik aan gewend. Toch werd er iets van mij verwacht, of ik dat leuk vond of niet. Ik zou deel gaan uitmaken van een onderzoek naar blikseminslag. Ik was overgehaald door mijn broer me te voegen bij tientallen patiënten die getest werden door een team biologen, neurologen en meteorologen op de vierde verdieping van het natuurwetenschappelijk centrum van het college. Mijn broer scheen zich schuldig te voelen over wat er met mij was gebeurd en toch ging hij mij uit de weg. Beter je ogen te sluiten voor wat je van de wijs brengt. Het beste was het te ordenen, te bekijken en het in een onderzoek onder te brengen. Volgens mij lag de chaostheorie ten grondslag aan Neds schuldgevoel. De keren dat hij mij belde, was het om de kansberekening van mijn blikseminslag te bespreken. Als hij er niet bij me op had aangedrongen naar Florida te verhuizen, zou ik niet getroffen zijn en ga zo maar door. Ik wilde daar niets meer over horen en ik wilde Ned zeker niet zien lijden. Dat een van ons dat deed, was al genoeg.

Dus gaf ik toe.

De deskundigen beklopten me van alle kanten, brachten mijn hartslag in kaart, onderzochten mijn gebeente. Ze legden me een reeks intelligentietests voor en zeiden tegen me dat het niets uitmaakte dat ik me de namen niet meer kon herinneren van historische figuren, die de meeste kinderen uit groep acht zo konden opdreunen. Er waren ook psychologische tests: dat had ik wel verwacht. Op die vragen gaf ik als antwoord dat alles onwaar was.

Ik kreeg te horen dat er vijf soorten blikseminslag waren: direct, indirect, door de 'grondstroom', door contact of door stomp trauma. De mijne bleek een indirecte te zijn geweest – het scheen dat de vliegenmepper tussen mij en de volle kracht van wat wel 120 volt had kunnen zijn, was gekomen. Tachtig procent van de slachtoffers overleefde een blikseminslag, maar vijfentwintig procent kreeg te maken met ernstige verschijnselen, waarvan sommige pas na maanden of zelfs jaren werden ontdekt. Mijn broer stuurde me diverse boeken en de medische staf overlaadde me met folders. Ik denk dat ze allemaal probeerden me niet alleen informatie te verschaffen maar me ook te laten weten hoezeer ik had geboft.

Dat maakte op mij geen indruk.

Tegen het eind van de maand zei mijn neuroloog, dr. Wyman, dat ik goed vooruitging. Ik wist dat dat niet het geval was. Ja zeker, ik was van een rollator naar een wandelstok gepromoveerd, van dagelijkse fysiotherapie naar twee keer per week en mocht nu in mijn eentje de oefeningen uitvoeren. Peggy was doorgegaan naar haar volgende patiënt, een oudere man die van de trap was gevallen en alle botten in beide benen had gebroken. Ik was klaar wat mijn fysiotherapeute betrof. 'Ze loopt weer rond en geniet van het mooie weer van Florida,' zei Peggy ongetwijfeld tegen de man met de gebroken botten. Dr. Wyman besprak mij ongetwijfeld met zijn collega's. 'Zo'n goede vooruitgang!' Zelfs toen ik mijn oogprobleem opbiechtte, zei hij met grote stelligheid dat het vervagen van een enkele kleur geen reden tot ongerustheid was. Misschien was het voor hem een peulenschil, maar voor mij was het gemis van de kleur rood onoverkomelijk: ik moest telkens huilen om de leegte waarmee ik was opgescheept. In mijn wereld was er geen verschil tussen een kers en een steen. O, wat miste ik de dingen die me vroeger niets konden schelen. Een appel, een anjer, een vogel waarvan ik wist dat het een rode kardinaal was, maar in mijn ogen zo grijs als een duif.

Het viel niet uit te leggen hoezeer Wyman het mis had met zijn inschatting van mijn conditie. Feitelijk was ik aan het achteruitgaan. Huilen, de kou binnen in me, de angst telkens als ik de deur uitging. Hoe kon ik de dokter vertellen wat er mis met me was? Ik begreep het zelf niet. Ik kon geen woorden vinden voor de pijn: het was pijn om niets. Ik was bang voor het weer, de atmosfeer, de lucht op zich. Wat had ik nu aan veiligheidsvoorschriften? Vermijd water, metalen voorwerpen, daken, blijf van de telefoon af in geval van storm, denk niet dat glas je kan beschermen, zelfs als een storm tien kilometer van je vandaan is, dan nog ben je niet veilig voor een blikseminslag. Vermijd het leven, misschien was dat wel het antwoord, het belangrijkste veiligheidsvoorschrift. Houd alles op afstand.

Bij gebrek aan woorden zouden alleen daden helpen. Om mijn dokter te laten zien hoe weinig vooruitgang ik had geboekt, om hem te laten zien hoe mijn wereld eruitzag, stak ik mijn hand door de ruit. Ontzaglijk stom om dat te doen, maar wanneer had ik me daar ooit door laten weerhouden? Zo voelde ik me: gevangen achter glas, koud, leeg, dood vanbinnen. Zo was ik eraan toe: verbrijzeld.

Het onderzoekscentrum was tintelfris en had airconditioning. De kokend hete lucht kwam met geweld door de gebroken ruit de ijzig koude ruimte instromen. De dokter sprong achteruit. De vloer was bezaaid met glas, zo glad als ijs.

'Lieve hemel!' zei Wyman. 'Wat doe jij nu in hemelsnaam?'

Er stroomde bloed, neem ik aan, langs mijn arm. Voor mij zag het eruit als dunne pap.

'Ben je gek geworden?' vroeg mijn dokter me.

Dat leek me nu niet bepaald een professionele vraag. En eerlijk gezegd vond ik dat het aan Wyman was mij dat te vertellen. Uiteindelijk was hij de diagnosticus; hij was degene die er zo zeker van was dat ik vooruitging.

De onderhoudsploeg maaide het gras en het gezoem van hun werk vermengde zich met het geklik in mijn hoofd, dus luisterde ik niet langer naar de dokter. Ik werd per ambulance teruggebracht naar het ziekenhuis, ook al had ik slechts een paar hechtingen nodig. Ik had alleen maar mijn gevoel zichtbaar willen maken. Wat was daar nou zo verkeerd aan? Daar lag toch alles wat ik was: bloed, glas, paniek, de kleur rood. Moest ik het dan helemaal voor hem uitspellen?

Ik werd een etmaal lang geobserveerd door internisten en een psychiatrisch team en al die tijd zorgde ik ervoor uitermate plezierig over te komen. Dat kon ik wanneer ik maar wilde. Dat had ik op de middelbare school geleerd. De 'ik' die ze mij wilden laten zijn, het meisje dat goed kan luisteren. Het duurde niet lang of de verpleegsters vertrouwden mij van alles toe over hun liefdesleven, net zoals mijn vriendinnen op de middelbare school hadden gedaan. De moeder van de diëtiste was dol op me. Ze was stervende; de diëtiste deed de deur dicht zodat ze bij mij kon uithuilen: een kneus die niet veroordeelde. Het was een rol waaraan ik gewend was. De vriendin in nood naar wie je op jouw beurt nooit hoefde te luisteren. De vriendin die echt bezorgd leek te zijn.

Maar ik had gedurende mijn verblijf op de afdeling psychiatrie net zo goed van ijs kunnen zijn. Ik zocht de verte af naar bergen, maar er waren alleen ramen van draadglas en hoge koolpalmen. Ik was me het meest bewust van de dingen die ik niet kon zien: geraniums in potten op de vensterbank, grijze en zwarte schaakstukken op vaalbruine borden, de monden van de verpleegsters terwijl ze mij iets toevertrouwden, lippen zo ijzig wit dat ze bevroren leken.

Toen ze me ontsloegen – alweer vooruitgang! – nam ik een taxi naar huis. In het bungalowtje trof ik Giselle die uitgehongerd bij de voordeur liep te ijsberen. Deze keer was Nina haar vergeten, dus gaf ik het arme beestje tonijn en melk. Mijn diagnose was paniekstoornis en depressie en daar was ik het van harte mee eens. Een opgelopen trauma, zeiden ze tegen me. En ja, dat was waar. Alleen had het trauma niet hier in Florida plaatsgevonden en het had niets met bliksem van doen.

Toen ik de kat de tuin in liet, kon ik de verandering in de atmosfeer voelen. Het was heel merkwaardig: het was alsof ik een wolk was in plaats van een menselijk wezen. Ik wist een paar minuten van tevoren dat het zou gaan regenen. Ik kon de geladen atomen in de lucht voelen en ik riep Giselle snel binnen voor haar vacht nat werd en ging klitten. Acht kilometer verderop, in een buurt ten westen van Orlon, sloeg de bliksem in terwijl ik mijn bed in stapte. Door de inslag werd een pijnboom in tweeën gespleten en er ontstond een brand, die verscheidene huizen in de as legde. Het was een zomers onweer, het soort dat zonder donder opkomt, zonder enig voorteken. Maar daar hoefde niemand me iets over te vertellen.

Het was het enige wat ik diep vanbinnen kon voelen.

HOOFDSTUK 2

Vuurrood

I

Een grapje onder meteorologen luidt: wat is het verschil tussen bliksem en magie?

Magie valt te begrijpen.

Bliksem niet, zelfs niet voor deskundigen. Bliksem is willekeurig en onvoorspelbaar. Hij kan zo klein als een boon en zo groot als een huis zijn. Lawaaierig of geluidloos, melkwit of helder. Hij kan elke kleur aannemen – rood of wit, blauw of grijszwart – en hij lijkt er een eigen wil op na te houden. Bliksem zweeft in schoorstenen omhoog en komt binnen via gesloten ramen, glipt dwars door de moleculen die samen het glas vormen. Bliksem trekt zijn eigen plan, zeggen de meeste deskundigen, en kan ondanks alle veiligheidsmaatregelen gemakkelijk schade berokkenen. Je kunt je verstoppen, maar mogelijk vindt hij je wel. Maak een plan, maar je plan kan evenzogoed doorkruist worden.

Bliksem heeft zijn voorkeuren, hij pikt er iemand uit, kiest bepaalde mensen uit groepen van honderden, zelfs duizenden mensen. Bliksem haalt streken uit en schijnt ervan te genieten. Bliksem kan 7 miljoen graden heet worden, meer dan drie keer zo heet als de zon. Hij kan meer dan 300 miljoen volt bevatten, 160 kilometer lang zijn, zo dun als een mannenpink. Hij kan verrassende en onvoorspelbare gevolgen hebben. Er zijn bomen die na een inslag geen krasje hebben opgelopen en maanden later plotseling afsterven. Deuren worden uit hun scharnieren getild, auto's vliegen in brand en achteraf blijkt alleen de radio nog te werken en een droevig lied te kreunen. Mensen die veilig thuis zaten te kletsen aan de telefoon hebben meegemaakt dat de bliksem via de bedrading de hoorn inkwam en hen doof maakte. In één geval liet een hond die was getroffen, wekenlang scheten van zwarte zwavel. Haarstukken zijn van kale hoofden gerukt, vrouwen zijn van hun kleding beroofd, kinderen hebben gemeld dat ze brandende objecten door hun kamer hebben zien vliegen maar ze werden pas geloofd toen de elektriciteit uitviel of de muren in brand vlogen.

Hier is het verschil: sommige mensen staan na een inslag op en vervolgen hun golfspel, gaan verder met wat ze aan het doen waren en hebben een mooi verhaal te vertellen. Van anderen is het leven voor altijd geruïneerd.

De meeste andere incidenten van raar weer kunnen logisch worden verklaard. Bloedregens, waarvan men dacht dat het een straf van de hemel was, bestaan feitelijk uit lichaamsvloeistoffen die worden afgescheiden door bepaalde vlinders die tegelijkertijd uit hun cocon tevoorschijn komen. Bij zwarte regen, dat oude wijvenpraatje, gaat het in feite om stenen die in wervelwinden worden meegevoerd en elders weer naar beneden komen. Kikkers die uit de lucht komen vallen: precies hetzelfde, geen sprake van magie; de arme beestjes zijn gewoon ergens opgepikt door een storm, dan op de kust van een ander land weer neergezet. En als die kikkers hun bek opendoen en er vallen parels uit? Zelfs dan wint de logica het: de kikkers zijn waarschijnlijk uit de Chinese wateren opgepikt, habitat van parels in tientallen verschillende tinten die niemand ooit zou verwachten: rood, scharlaken, karmozijn. Parels in de kleur van een mensenhart.

Op Orlon College werkte het team van voren naar achteren in een poging bliksem te doorgronden door de effecten ervan op de menselijke fysiologie te bestuderen. Onze groep overlevers kwam 's avonds bijeen in de cafetaria van het onderzoekscentrum. Er waren wel zomercursussen, maar de campus lag er tamelijk rustig bij. Ik geloofde niet in lotgenotengroepen; waarom zou ik erheen gaan? Niets kon me redden. Maar toch hield mijn broer vol dat de groep een onderdeel was van het onderzoek waar ik me aan verbonden had. Het diende een hoger doel, iets waar ik zelden rekening mee hield. Ned belde me herhaaldelijk op en drong erop aan dat ik eindelijk eens iets zou afmaken waar ik mee begonnen was. Daar had hij gelijk in, denk ik. Maar toch had ik er geen zin in over de campus van Orlon te lopen, hoe verlaten hij er ook bij lag, met mijn haar in plukken en met een stok om niet zo mank te lopen. Ik had het over mijn duiveltje want zo voelde het. Een duiveltje in mijn zenuwgestel dat dan weer hier, dan weer daar kneep en er mij zo aan herinnerde wie ik was en wie ik nooit zou worden.

Ik had er op het laatste moment onderuit kunnen komen, per ongeluk de tijd, de dag, de plaats van bijeenkomst vergeten zijn, maar Ned stuurde me een verslag waarvan hij wist dat het me zou intrigeren. Het was een folder getiteld: *De Naakte Man.*

Hoe kon ik die nu weerstaan?

De Naakte Man was dakdekker geweest – een gevaarlijk beroep, wist ik na het lezen van de veiligheidstips. Hij was na werktijd op het dak van zijn schoonmoeders huis aan de slag, toen de bliksem insloeg. Hij was vierenveertig jaar, een meter zesentachtig en woog 110 kilogram. Hij werd kaal en had een baard. Hij had twee biertjes gedronken ten tijde van het ongeluk, maar hij was beslist niet dronken. Hij werkte in zijn eentje. Hij had nog nooit de loterij gewonnen, nooit een hond gehad, nooit een belofte gedaan waar hij zich niet aan had gehouden. Tot voor kort.

Die avond zong hij 'Ring of Fire' van Johnny Cash. Later realiseerde hij zich dat hij dit lied in gedachten had, omdat hij een verhouding had met een vrouw die in het winkelcentrum van Smithfield werkte. De vrouw van Johnny Cash had 'Ring of Fire' geschreven toen ze verliefd op elkaar werden maar nog met anderen waren getrouwd. Dat lied zat boordevol hartstocht. Dat was waarschijnlijk de reden dat de dakdekker het dak van zijn schoonmoeder op zo'n verschrikkelijke avond aan het repareren was. Schuld en hartstocht, een slechte combinatie. Er was storm voorspeld, maar hij dacht dat hij nog tijd genoeg had. Hij dacht dat een goede daad zijn tekortkomingen zou goed maken.

Daarin vergiste hij zich.

Halverwege het werk hoorde hij een sissend geluid en hij merkte dat hij zomaar aan de hel zat te denken en of hij daar al dan niet terecht zou komen, als er al zo'n plek bestond. Zijn vingers begonnen te tintelen. En toen leek het alsof de maan uit de hemel kwam vallen. Het was een bolbliksem. Hij viel op het dak en rolde naar hem toe. De lichtcirkel had een staart, zoals een komeet, een zwartblauw ding dat zo stevig en echt was als een vrachtwagen of een laars of een levende, ademende man. De dakdekker dacht dat hij wel eens oog in oog kon staan met de duivel, die gevallen engel. Hij dacht aan alles wat hij nog niet had gedaan in zijn leven. Plotseling leek het hebben van een hond het allerbelangrijkste ter wereld.

Het gesis werd luider en het volgende moment stond de dakdekker op het gras, helemaal naakt op zijn werklaarzen na. Zijn kleren waren een hoopje as en zijn baard was weg. Op de foto's in zijn dossier staat de Naakte Man tegen een wit scherm; hij ziet eruit als een baby met grote ogen die net in de wereld is verwelkomd. Mijn broer wist dat ik hem persoonlijk zou willen ontmoeten. Ik was per slot van rekening bibliothecaresse: ik zou willen weten hoe het verhaal afliep. Had hij zijn hond gekregen? Had hij de verhouding uitgemaakt? Had hij ander werk gevonden, iets wat niet zo dicht bij de hemel was?

Zodra ik de cafetaria binnenkwam zag ik de Naakte Man zitten. Hij leek te zijn afgevallen sinds de blikseminslag. Hij liep met een wandelstok, net als ik. Het duiveltje zat in zijn systeem, neurologische schade, maar hij was van het stille type, net als ik. Hij staarde recht voor zich uit en ik had de indruk dat hij gedwongen was te komen, zoals dat ook met mij het geval was. Iemand had volgehouden dat het goed voor hem was, louterend, alsof iets dat kon zijn.

De meeste mensen in de groep praatten maar al te graag over hun verschijnselen, zoals ze hun symptomen noemden. De Naakte Man hield zijn mond, maar de anderen bestudeerden zichzelf, alsof ieder van hen een bijzonder chemisch experiment was dat mislukt was. Fascinerend, tenminste voor henzelf. Maar wie kon hen dat kwalijk nemen, na alles wat ze hadden meegemaakt? Ze zeurden of klaagden niet; ze deden er zeer zakelijk over. De meesten hadden net als ik last van hoofdpijn, misselijkheid en desoriëntatie. Sommigen hadden bijwerkingen die hen ervan weerhielden te werken, te slapen, logisch te denken, te vrijen. Er bestonden fabeltjes dat slachtoffers van blikseminslag oversekst raakten, als het ware elektrisch opgeladen, maar meestal trad het tegenovergestelde effect op: impotentie en depressie. Sommigen in de groep schokten van de spierspasmen, anderen stotterden; weer anderen zagen er doodnormaal uit en waren dat misschien ook wel. Gaten in het geheugen, verloren gegane gedachten, vergeten identiteiten kwamen veel voor. Een man kon zich niet herinneren waar hij was geboren. Een meisje wist haar tweede voornaam niet meer. Voor de meesten gold dat de ogenblikken voor de inslag hen het helderst voor ogen stonden. Net zoals zij zich vallende sterren zouden hebben herinnerd, zo was de herinnering aan dat lichtende moment iets wat ze niet van zich af konden schudden, hoe hard ze dat ook probeerden.

Ik zag de man naast me, eigenlijk nog een jongen, van voor in de twintig. Lang, slungelig, met bruine ogen. Hij droeg handschoenen, raar genoeg. Toen hij zag dat ik ernaar keek, boog hij zich dicht naar mij toe.

'Wil je het zien?'

Het geklik in mijn hoofd was heftig; het kan best zijn dat ik knikte. Ik neem aan dat hij dat als een teken van toestemming beschouwde en dacht dat ik wilde weten wat er zich onder die handschoenen bevond. Alsof dat me iets zou kunnen schelen. De jongen heette Renny, hij was tweedejaarsstudent aan Orlon College en volgde het zomerprogramma om te proberen het semester in te halen dat hij door de inslag was achter geraakt. Toen hij zijn handschoenen uittrok, kon ik zien dat hij aan de ene hand een ring had gehad toen hij door de bliksem werd getroffen, en een horloge aan de andere kant. Beide sieraden hadden diepe kerven achtergelaten, alsof hij met het gloeiende metaal was gebrandmerkt, terwijl tegelijkertijd zijn huid plotseling sterk verouderd was. Hij hoefde niet te zeggen dat zijn handen hem veel pijn deden; dat was wel duidelijk door de diepe kloven en door de manier waar hij ze bewoog, zo aarzelend.

'Jammer dat het horloge de tijd niet aangeeft,' grapte Renny en trok zijn handschoenen weer aan. Hij kromp even ineen. 'Ik stond op de golfbaan. Wist je dat vijf procent van de inslagen op golfbanen plaatsvindt?'

'Echt waar?' Deze mensen konden geen genoeg krijgen van hun eigen belevenissen.

'Ik was er met alle jongens van mijn korps, met zo'n vijftig man; het was een feestje, om geld in te zamelen voor het opknappen van ons huis. We hadden grote lol en toen knal! Ik was de enige die getroffen werd. Hij ging dwars door mijn hoofd en kwam er via mijn voeten weer uit. Een voltreffer. Ik heb hier ergens nog steeds een gaatje zitten.' Hij tastte over de kruin van zijn hoofd tot hij het gevonden had. 'Hier.'

Het hele gesprek werd me te persoonlijk. Zo meteen wilde hij nog weten of ik zonder nachthemd sliep, of ik droomde van mijn blikseminslag, of ik bij de eerste tekenen van regen in paniek raakte en de deur op slot deed.

Hij zat me nog steeds aan te grijnzen. Ik moest hem blijkbaar iets teruggeven.

'Ik was in mijn woonkamer. De vliegenmepper die ik in mijn hand had, vloog in brand.'

Dat leek hem een plezier te doen. Bijna alsof ik hem in vertrouwen nam.

'Wauw. Dat moet een hele schrik zijn geweest.'

Hij was zo aardig en bezorgd dat ik besloot hem nog wat informatie te geven.

'Het was een plastic vliegenmepper, dus hij begon te smelten. Ik had hem bij Acres' IJzerwinkel gekocht. Er trad een versmelting op.' Ik hoopte dat het professioneel klonk.

'Gelukkig dat je geen opgerolde krant gebruikte. Dan was je waarschijnlijk in brand gevlogen.'

Ik mocht zijn droge humor wel. Als hij nu had geglimlacht, had ik waarschijnlijk teruggelachen.

Die avond waren we met z'n achten – jong en oud, man en vrouw, geen overeenkomsten, niets gemeenschappelijks. Een verpleegster, een neuroloog – duidelijk ondergeschikt aan dr. Wyman – en een therapeut hielden toezicht over ons en gaven ons, naar ik aannam, begeleiding. Ik kreeg algauw te horen dat twee derde van alle gedocumenteerde gevallen van blikseminslag in de staat had plaatsgevonden in Orlon County. Boften wij even. We zaten in het epicentrum van al het slechte weer van Florida. Geen wonder dat mijn broer dolgelukkig was hier te wonen.

We werden ertoe gedwongen een rondje te maken en onszelf te introduceren – natuurlijk alleen bij onze voornaam – waarbij we de gelegenheid kregen verslag te doen van onze emotionele toestand. Nu gingen alle monden potdicht. Lichamelijke kwalen opnoemen, dat kon, maar dit was iets heel anders. Wat heeft jouw inslag gedaan met je ziel? Je seksleven? Functioneert je ego nog, ook al was het een zielig geval voordat de vlammen door je heen vlogen? Of is het almaar aan het klikken, schudden en trillen?

Niemand deed zijn mond open. De Naakte Man ging druk in de weer met zijn laarzen. Een tienermeisje met prachtig krulhaar en niet passende sokken deed haar ogen dicht en begon te neuriën. Haar gezicht was pokdalig geworden door, naar ik later hoorde, regendruppels die tijdens de inslag op haar huid verdampten, tot stoom werden en haar gave teint verbrandden.

We waren niet van plan om over onze emotionele toestand te praten. Niemand wilde het zo persoonlijk maken. We keken naar elkaar en lachten wat verlegen.

'Volgende onderwerp,' riep een kippenboer, Marv genaamd; hij kreeg een luid applaus.

We gingen over tot dat waar de mensen echt over wilden praten. Kletsen over bliksem was buitengewoon geliefd bij deze groep. Verhalen over 'groter dan', 'erger dan' en 'heb je gehoord dat...'. Ik luisterde naar het verhaal van een man die door een inslag was gedood, toen tien meter meegesleurd werd en in een hooistapel was gedeponeerd. Een ander verhaal ging over een vrouw van wie het hele porseleinen servies in gruzelementen brak toen de bliksem door haar appartement schoot. Ik leerde dat het open veld gevaarlijk was, dat een van de soorten bliksem kamers vol rook achterliet, dat koeien vaak slachtoffer van bliksem waren, en dat als ze de inslag overleefden, ze geschifte, gele melk gaven. Maar het onderwerp waar de aanwezigen het meest in geïnteresseerd waren en waarover de meeste verhalen werden verteld, betrof mensen die gedood waren en weer tot leven kwamen.

Een onbewezen theorie, echter door velen in de kamer aanvaard, stond bekend als 'de theorie van de opgeschorte animatie'. Omdat een blikseminslag in staat was de systemische en cerebrale stofwisseling van een slachtoffer af te sluiten (een soort kortsluiting), kon iemand zeer lang, langer dan de tijd waarin men redelijkerwijs gered zou kunnen worden, zijn 'heengegaan' – officieel en medisch doodverklaard – en dan toch nog tot leven worden gewekt. Waarom het mogelijk was zulke mensen te reanimeren, was niet bekend. Maar toch kwam het voor.

Er was bijvoorbeeld in de buurt van Jacksonville een oude man, die de Draak werd genoemd, over wie verteld werd dat hij twee keer door de bliksem was gedood. Niet dat iemand hem in levenden lijve ooit had gezien. En dichter in de buurt was er een man die ze Lazarus noemden, die woonde zelfs in Orlon County. Hij was beslist echt, zijn bestaan was vastgelegd in het mortuarium en in het ziekenhuis. Seth Jones, zo was zijn naam voordat hij was gedood en weer terug tot leven was gekomen.

Ik voelde iets door mijn lichaam gaan. Een stroom. Dat was volkomen onverwacht.

Ik was geïnteresseerd in iets.

Dat was me in lange tijd niet overkomen.

Wat voor dingen deed hij dan, die man die dood was geweest? Grootse dingen? Erge dingen? Ik leunde naar voren om beter te kunnen horen en schoof mijn stoel dicht bij de binnenkring. Nou, om maar iets te noemen, er werd gezegd dat hij een ei op een tafel een rondje kon laten draaien. Zijn aanwezigheid veroorzaakte elektromagnetische storingen; liften gingen omhoog in plaats van naar beneden, lampen brandden door, klokken hielden op met tikken. Hij was een meter vijfenzeventig toen hij getroffen werd en daarna was hij een meter tachtig. De bliksem had hem uitgerekt, vervormd en hem zo veranderd dat hij bijna niet meer te herkennen was. Hij straalde nu zoveel hitte uit, dat hij alleen nog maar koud voedsel kon eten; iets rauws werd gekookt terwijl hij het doorslikte. Hij was veertig minuten lang dood geweest: geen hartslag, geen pols. Natuurlijk was het onmogelijk en toch was het waar en door het verplegend personeel gedocumenteerd. Toen Lazarus opstond uit de dood waren zijn ogen zo zwart dat het niet mogelijk was te zeggen of zijn pupillen vergroot waren. Niet dat hij toeliet dit te onderzoeken. Ogen noch hart noch longen.

'Hoe kreeg hij het voor elkaar weer tot leven te komen?' vroeg ik Renny. 'Zou hij geen hersenletsel hebben opgelopen na al die tijd?'

'Niet als de theorie van de animatieopschorting klopt. Maar is het mogelijk? Dat is de hamvraag.'

We zaten knie aan knie te fluisteren. Ik kon voelen dat Renny een tremor had. Als ik niet uitkeek, kreeg ik nog medelijken met hem.

'Ze hebben geprobeerd die Jones te bestuderen, maar hij wil niet met mensen van Orlon praten. Ik heb gehoord dat hij dokter Wyman met een geweer van zijn terrein heeft gejaagd.'

Wyman, de neuroloog die wilde weten of ik gek was geworden toen ik mijn hand door het raam stak.

'Misschien heeft hij het wel bij het rechte eind,' waagde ik. 'Wyman is ook mijn dokter. Misschien moeten we niet als proefkonijn fungeren.'

'O, mij maakt het niet uit. Ze geven ons tenminste lekkere hapjes. En niet alleen maar wortels.'

Renny grinnikte, stond toen op en liep naar de tafel met versnaperingen. Ik zag dat hij hinkte. De voet waar de bliksem doorheen was gegaan, was verschrompeld en mismaakt; het been leek zenuwschade te hebben opgelopen. Vandaar die tremor, zijn waggelende loop, waardoor ik zin kreeg om te huilen. Ik wilde geen medelijden voelen en ik wilde al helemaal niet dat iemand medelijden met mij had. Ik keek weg. Ik hield op aan deze jongen te denken die op de golfbaan in de rij stond om te putten en die gewoon een leuke dag wilde hebben, meer niet.

Ik wilde dat de dingen me koud lieten, zoals dat altijd was gegaan. En toch voelde ik me op een manier die ik niet begreep, ontroerd door deze mensen. Misschien was het omdat ieder van hen op een zo unieke manier een wrak was geworden, omdat hun neergang zo tegen alle waarschijnlijkheid in was voltrokken. Ik draaide me om en zag dat de Naakte Man met zijn hoofd in zijn handen zat, zijn ogen gesloten. Ik realiseerde me dat hij zat te slapen. Een vrouw naast me, die getroffen was terwijl ze de heg aan het snoeien was, hield een vinger tegen haar lippen.

'Arme man,' fluisterde ze.

Ik zag dat de Naakte Man geen trouwring droeg, dat er hondenhaar op zijn broekspijp zat, kort zwart haar, hoogstwaarschijnlijk van een labrador retriever. Misschien had hij gekregen wat hij wilde, of wat hij dacht dat hij wilde. Maar hij kreunde in zijn slaap en we draaiden ons allemaal naar hem toe, geschrokken door het geluid. Daar was het dan, als een kikker die in de tuin is gezet. Verdriet.

De Naakte Man deed zijn ogen pas weer open toen de groep opbrak. Toen vertelde hij ons dat hij steeds meer last kreeg van deze slaapstoornis; hij kon niet wakker blijven. Als hij met iemand in gesprek was, was hij voor hij het in de gaten had, al snurkend diep in slaap gevallen. Hij kon het verschil niet zien tussen zijn leven en een droom. Dat was zijn probleem. Hij kon bijvoorbeeld met zijn vriendin Marie zitten praten over wat ze de dag ervoor hadden gedaan en dan kreeg haar gezicht een nietszeggende blik. Dan wist hij het. Het was niet echt geweest. De kano op de rivier, de auto op de weg, de storm of de heldere lucht waar hij zo zeker van was geweest, verdwenen als hij wakker werd.

'Ik wil wakker zijn,' zei de Naakte Man, 'dat is alles wat ik vraag.'

We keken allemaal de andere kant op toen hij begon te huilen. Ik hoopte op mijn beurt dat hij zich dit als een droom zou herinneren. Niet meer dan dat. Een wazige dagdroom van met stomheid geslagen mensen die zo netjes waren hem zijn privacy te gunnen. Voor hij het wist liep hij zijn hond uit te laten en zou hij zich ons niet eens meer herinneren, vreemdelingen die hem het beste wensten, die hem toewensten dat hij inderdaad wakker zou worden.

Die avond werd van ons allen een foto gemaakt. Dat

vormde een onderdeel van het onderzoek. Echt noodzakelijk, werd ons medegedeeld. Een voor een gingen we de onderzoekskamer in. We trokken onze kleren uit en gingen voor een wit scherm staan. Ik moest aan een sprookje denken terwijl ik daar stond te rillen, met de titel: 'De jongen die de wereld in ging om het griezelen te leren'. Het was een sprookje dat ik als kind niet leuk had gevonden, eentje waarin een jongen zo dapper is dat hij kaartspelletjes met lijken durft te doen en demonen durft te temmen zonder maar één keer met zijn ogen te knipperen. Als mijn broer me voorlas, drong ik er altijd op aan dat hij dit oversloeg en meteen doorging met het volgende verhaal. Ik hield niet van verhalen waarin de dood de hoofdrolspeler was. Zelfs in mijn ogen was dit sprookje te onlogisch. Wie ter wereld zou de dood in de ogen kunnen zien en niet bang zijn?

Toen ik aan de beurt was om gefotografeerd te worden, trok ik mijn kleren uit, ging op de aangewezen plek staan en deed wat me werd gezegd. Ik draaide naar links en naar rechts. Ik hield mijn ruggengraat tegen het witte papier. Mijn foto's zouden in mijn dossier komen, net zoals bij alle anderen in het onderzoek. Mijn gezichtsuitdrukking zou niet veel anders zijn dan die van de Naakte Man – knipperend in het koele, witte licht. Misschien was dat het wat Lazarus Jones ervan weerhield te komen. De man die geen angst kende, die worstelde met de dood en er tien keer sterker uitkwam. Hij wilde privacy; sommige mensen geloofden dat een man die zijn geheimen prijsgeeft, zijn kracht verliest en misschien behoorde Lazarus tot die groep.

Langzaam kleedde ik me aan. Ik vertrok als laatste. Ik was net weer begonnen met autorijden, hetgeen waarschijnlijk dom van me was. Ik was nog niet in orde. Soms was ik zo misselijk dat ik langs de kant moest gaan staan om over te geven. Een keer bevond ik me opeens op de snelweg de stad uit, en vroeg ik me af hoe ik daar terecht was gekomen en ook hoe ik ooit de weg terug zou kunnen vinden.

Toen ik thuiskwam van de bijeenkomst van de overlevenden, moest ik twee keer om het huizenblok heen rijden voor ik mijn voortuin herkende. Daar lag hij: de ergste voortuin van het blok, vol onkruid, en hij moest nodig begoten worden. Ik reed de oprit op, haastte mij naar binnen en liep mijn slaapkamer in. Ik trok mijn kleren uit en keek in de spiegel. Ik had mijn ogen dicht gedaan onder het fotograferen, alsof ik daardoor kon blijven wie ik was en hoe ik er in mijn eigen gedachten uitzag. Nu zag ik echt wie ik was. Er zat een vlek boven mijn hart, op de plek waar de bliksem contact had gemaakt voordat hij sputterend op de grond viel. Ik raakte het bewuste plekje aan; vanbinnen was het hard, alsof er een steentje onder mijn huid was geïmplanteerd.

De ramen stonden open en ik kon het weer door de horren naar binnen voelen stromen. Nu had ik eens geluk. In tegenstelling tot de mythische Draak waar de mensen het over hadden, woonde Lazarus Jones vlakbij, maar tachtig kilometer van Orlon vandaan. Ik dacht aan hoe de jongen zonder angst had gekaart met de dood, hoe hij grijnzend een aas op tafel had gegooid, hoe hij zonder ook maar één keer te huiveren over begraafplaatsen had gelopen, hoe hij de dood door en door kende. Zo'n soort man wilde ik hebben, zo een die je onmogelijk kon doden, die er niet om zou malen als je hem dood wenste, die al over de grens heen was gegaan en weer was teruggekomen.

Ik had een koffer vol kleren met me meegenomen naar Florida, maar voor deze gelegenheid had ik iets nieuws nodig. Ik had in geen jaren gewinkeld, niet meer sinds de eerste keer dat mijn grootmoeder ziek werd. Mijn kleren konden ermee door voor iemand die tien jaar ouder was dan ik. Ik had niet eens een paar behoorlijke schoenen, alleen slippers, sportschoenen en een paar sneeuwlaarzen die ik vast nooit meer zou aantrekken. Maar het was nog niet zo eenvoudig in Orlon iets te vinden wat ik kon dragen. Ik moest naar het winkelcentrum van Smithfield rijden, drie afslagen verderop op de snelweg.

Ik had mijn wandelstok thuis gelaten en alleen al over de parkeerplaats lopen bij vijfendertig graden slorpte vrijwel al mijn energie op. Toch zette ik door maar liet de *Kmart* links liggen, want ik schatte die winkel in als te groot en niet haalbaar. Ik vond een kledingwinkeltje en ging er naar binnen. Ik liet de verkoopsters me kledingstukken brengen terwijl ik zelf in het kleedhok bleef. Het was er donker en koud en ik vermoed dat iedereen in de winkel medelijden met me had. Ik liet ze in de waan dat ik een ex-kankerpatiënt was; dat was gemakkelijker te accepteren dan de waarheid: de woonkamer, de vuurbal, het gesloten raam en de manier waarop het noodlot mij had uitgekozen.

Een van de verkoopsters kwam toevallig met een arm vol kledingstukken binnen terwijl ik in mijn ondergoed stond. Ze wierp één blik op me en zonk neer op de kruk in de hoek.

'Sorry.' Ik verontschuldigde me voor mijn eigen lichaam. Ik griste de eerste de beste jurk van de stapel en schoot hem aan.

'Blikseminslag,' zei de verkoopster. Ze had het litteken boven mijn hart gezien. 'Ik herken het meteen als ik er een zie. Lieve hemel, ik leef er elke dag mee.'

'Jijzelf?' vroeg ik.

'Hij,' vertelde ze me. 'Mijn vriend. En hij maakt me gewoon gek met al die verdomde verschijnselen van hem.'

Op het naambordje van de verkoopster stond Marie. En toen wist ik wie ze was. De grote liefde van de Naakte Man. Aan wie hij boven op het dak had staan denken. Ik wist te veel over haar geliefde. Dat had gênant kunnen zijn als ik er niet zo aan gewend was om in die positie te verkeren. Juffertje Vertrouw-mij-maar. Juffertje Vertel-me-alles. Juffertje Denk-je-echt-dat-het-me-iets-kan-schelen?

'De wereld is een wrede plek,' zei Marie tegen me. 'Je

denkt dat je krijgt wat je wilt hebben, en uiteindelijk houd je er een bord vol rottigheid aan over.' Ze knikte tegen mijn spiegelbeeld. 'Die staat u echt goed,' zei ze over de jurk die ik aan had. 'Ik geef u tien procent korting vanwege alles wat u heeft meegemaakt.'

Ik draaide me naar de spiegel. Het was een eenvoudige, mouwloze witte jurk. Hij kon er mee door. Ik dacht aan de verlangens van de Naakte Man, wat hij het liefst had willen hebben toen het leek alsof de Dood hem kwam halen.

'Heb je een hond?' vroeg ik aan Marie.

'Een hond? U denkt toch niet dat ik mijn hele huis onder de haren wil hebben? Mij niet gezien.' Ze kwam weer terug op waar we mee bezig waren. Zo was zij, gericht op wat er voor haar lag. 'Ik denk niet dat u er veel beter uit kunt zien dan dit,' zei ze tegen me terwijl ze aandachtig mijn spiegelbeeld bekeek.

Ik concludeerde dat ze gelijk had. Ik kocht de jurk samen met een paar sandalen en trok ze in de winkel al aan. In de auto trok ik de prijskaartjes eraf en toen bleef ik zitten om bij te komen van mijn inspanningen, met de airconditioning voluit aan. Ik had weer dat tintelende gevoel in mijn vingers waarvan de neuroloog zei dat het volkomen normaal was, gezien het feit dat ik getroffen was door op z'n minst drieduizend volt, meer dan de hoeveelheid elektriciteit nodig om het winkelcentrum te verlichten.

Ik raapte alle moed bij elkaar en reed terug naar de snelweg. Het enige wat ik zeker wist, was dat mijn autobanden goed waren. Ook al leek mijn broer mij de laatste tijd te vermijden, hij had tenminste veel tijd genomen om een consumentengids door te bladeren voordat hij in New Jersey nieuwe autobanden voor me kocht. Ik zou niet slippen, dus reed ik hard.

Alles zag er hetzelfde uit op de weg. Er zaten witte reigers in afval te pikken. Het gras was bruin geworden van de hitte. Het liep tegen augustus, de maand die door de mensen in

Orlon 'de hel op aarde' werd genoemd. Ze lachten er echter om en niemand was blijkbaar van plan naar een koeler oord te verhuizen. Ik liet de airconditioning aan in de auto maar deed alle ramen open. Frisse lucht betekende in deze contreien een hittevlaag uit een oven. Mijn jurk waaide op en ik kon het geklik in mijn hoofd niet zo goed horen door al die wind.

Een van mijn verschijnselen was dat ik de hele tijd moest plassen. Ook dat was volkomen normaal, werd mij verzekerd. Ik stopte bij een benzinepomp waar een paar mannen rondhingen, frisdrank dronken, de tijd doodden. Ze floten naar me. Dat deden ze echt en ik moest er wel om lachen. Ik zwaaide naar hen. Ik moest het land zonder vrouwen zijn binnengekomen, als zo'n zielig exemplaar als ik al een fluitconcert ontketende. Ik bekeek mezelf niet in de spiegel van het toilet. Ik deed alleen een plas en vertrok weer.

Ik had het adres van Seth Jones in het telefoonboek opgezocht en een kaart van Orlon County gekocht. Toch lag mijn plaats van bestemming verder weg dan ik had gedacht. Florida was groter dan New Jersey en de mensen maakten meer gebruik van de auto. Dat leek hen niets te deren, net als de hitte, als de bliksem, als de anolishagedissen die je rond vuilnisbakken kon zien schuifelen. Als mensen tegen je zeiden dat een plek dichtbij was, dan kon hij wel 150 kilometer verderop liggen. Ik besloot om gewoon de tijd te vergeten. Wat had ik ooit aan de tijd gehad? Toen ik eindelijk de snelweg afreed, stonden er aan weerskanten bosjes fruitbomen. De weg versmalde, de bosjes werden groter. Citroenen, sinaasappels, en toen het land van Jones. Hier was het gebeurd. Over een paar dagen was het een jaar geleden dat de bliksem insloeg. Ik had een artikel gevonden in een oud exemplaar van de *Orlon Journal*, op een stapel in de kelder van de bibliotheek, gewoon een kort verslag in de stadskatern. Een aantal mensen die op de snelweg de flits hadden gezien, zeiden dat hij in een rechte lijn leek te gaan, van oost naar west, alsof er een raket was gelanceerd. Er volgde een enorme regenstorm, die in minder dan een uur vijfentwintig millimeter regen achter liet. Iemand die langs het land van Jones reed, zag een diep gat met een diameter van ongeveer een halve meter, waaruit een zwarte rookwolk oprees.

Er werd een ambulance gestuurd en het ambulancepersoneel dat als eerste arriveerde, verklaarde dat het slachtoffer om 16.16 uur was overleden. Er was geen hartslag, geen pols te voelen en geen ademhaling te constateren. Ze probeerden zijn hart weer aan de gang te krijgen, maar dat lukte niet. De overledene werd afgeleverd bij het mortuarium in de kelder en veertig minuten nadat hij was getroffen, draaide de dienstdoende verpleger zich om en zag de borst van het slachtoffer op en neer gaan onder het plastic laken. Hij werd razendsnel naar de intensive care overgebracht. Zijn vingers en tenen waren zwart van de roet en hij voelde kokend heet als je hem aanraakte. Zijn hartslag was nog steeds traag, dus legden ze hem in een bad vol ijs, in de hoop dat zijn stelsel door de schok weer zou opstarten. Dat werkte. Het slachtoffer kreunde, rilde, verhief zich uit het bad en riep om zijn kleren en laarzen. Een uur later verliet de heer Jones na alle hulp te hebben afgewezen het ziekenhuis en begaf zich naar een bushalte.

Iedere andere man zou hersenbeschadiging hebben opgelopen, als hij al erin zou zijn geslaagd terug te komen. Maar Lazarus stapte in de bus en ging naar huis. Sommige mensen namen aan dat zijn organen intact waren gebleven door het ijs, anderen zeiden dat zijn terugkeer een wonder was. Of misschien verlakkerij. Misschien was hij helemaal nooit dood geweest, maar was hij een of andere magiër of yogi waar je wel van hoorde; misschien was hij in staat zijn hartslag te verlagen en zijn ademhaling stil te zetten en zonder naar adem te snakken tussen twee werelden te balanceren.

Veertig minuten, zo lang was hij weggeweest. Van hier naar daar en weer terug. Het had me meer tijd gekost om van Orlon naar hier, naar het platteland te rijden.

Het allereerste wat ik zag toen ik de lange onverharde oprit was ingeslagen, was het gat in de grond. Niet alleen was het er nog steeds, maar het was veel groter dan de krant had vermeld – misschien wel een meter breed. Een paar bomen waren door de afgebrokkelde aarde ontworteld en daarna omgevallen. De bomen die er nog stonden, zagen er vreemd uit; het fruit leek wit, als sneeuwballen. Ik nam aan dat ze voor iemand zonder mijn gezichtsverlies feloranjerood waren. Ik parkeerde de auto, stapte uit en raapte een vrucht op die op de grond was gevallen. Ik verwachtte half en half dat hij koud zou zijn, maar hij was warm en geurde. Ik brak hem open en proefde van het vruchtvlees. Ik voelde me als een blinde die plotseling het gezicht aanraakte van iemand met wie ze naar bed is geweest maar die ze nooit in het echt had gezien. De volkomen verrassing dat je iets door en door kende, de bekende smaak van een sinaasappel.

Ik at hem helemaal op.

Ik veegde mijn handen aan mijn nieuwe jurk af en stapte weer de auto in. Ik reed een stukje door en stopte toen ik het huis kon zien. Dat stelde niet veel voor. Een oude boerderij met een zinken dak. Als er regen op viel, zou die vast klinken als geweerkogels, een hagelbui als hamerslagen. Ik bleef veertig minuten in de auto zitten, precies de tijd dat hij dood was geweest. Ik wilde voelen hoe lang dat duurde. Ik vroeg me af of veertig minuten een eeuwigheid konden lijken. Kon je als de ene persoonlijkheid de angst ingaan en eruit komen als volstrekt iemand anders? Ik dacht aan de ochtend dat ik wakker werd en mijn moeder weg was. Het ijs op de ruit. De lichtinval van de zon. Mijn broer die de keuken aan het schoonmaken was, met zijn rug naar me toe. 'Ga terug naar bed,' had hij gezegd. 'Het is nog vroeg.' En dat had ik gedaan. Ik had gedroomd van sneeuw en ijs tot ik mijn grootmoeder mijn naam hoorde roepen.

Nu bevond ik mij op een plek waar er witte sinaasappels

op het veld lagen. Waar hoog in de lucht wolken in dunne slierten te zien waren. Ik voelde de wens die ik zo lang geleden had gedaan, nog steeds in me zitten. Hij was er al die tijd geweest, vastgeklonken in mijn borst, op de plek waar mijn hart had moeten zitten, vlak onder het litteken van de bliksemminslag.

Al wat ik wilde, was iemand anders zijn. Wat dat te veel gevraagd? Was dat vragen om de maan? Daarom was ik hier. Het was al aan het gebeuren, alleen al door tachtig kilometer te rijden. De persoon die ik was geweest, zou nooit naar de voordeur van een onbekende zijn gegaan en aangeklopt hebben, niet één keer, maar drie keer. Eén keer voor het ijs. Twee keer voor de sneeuw. Drie keer voor de banden op de weg.

Alles rook verhit; stof dwarrelde op en brandde bij iedere ademteug in mijn neus. Ik was op een plek waar de weg nooit door ijs was bedekt. Waar een dag in januari hetzelfde was als een dag in juli. Net als de dakdekker die had gehuild, had ik het nodig het verschil te weten tussen wat echt was en een droom. Ik kneep mezelf om te voelen of het pijn deed. Toen ik mezelf weer had losgelaten, zag ik een zwelling op mijn huid. Ik nam aan dat hij rood was. Dat was een goed teken.

Ik was klaar om te krijgen wat ik verdiende.

II

Is het in de chaostheorie van belang welke kleur de vlinder heeft? Met andere woorden: zou er iets totaal anders zijn gebeurd als ik niet kleurenblind was geweest? Zou Lazarus Jones de deur hebben opengedaan als de jurk die ik droeg wit was geweest, zoals ik had gedacht, in plaats van rood, zoals hij in de ogen van alle anderen was?

Dit was wat hij naar eigen zeggen vanuit het raam op de bovenverdieping zag: een vrouw in een rode jurk op de veranda. Niet van deze plek, niet van deze tijd, gestaag op de deur kloppend. Iemand die vast van plan was binnen te komen. Meestal liet hij de zonwering naar beneden als er mensen voor hem kwamen. Hij had dr. Wyman weggejaagd met een geweer, weliswaar ongeladen, maar toch zeer bedreigend. Hij was niet geïnteresseerd in bezoekers. Hij praatte niet eens tegen zijn eigen landarbeiders. Maar zijn blik viel op de rode jurk. Dat vertelde hij me later. Misschien deed ik hem denken aan het fruit in de boomgaard op de dag dat de bliksem insloeg. Iets wat hij niet had verwacht en wat hij niet helemaal kon tegenhouden.

Zelf was ik op alles voorbereid. Ik dacht dat ik zou ontploffen, net als toen ik mijn hand door de ruit duwde. Ik zei tegen mezelf dat ik, als hij niet binnen vijf minuten naar buiten zou komen, weer weg zou gaan. Misschien kreeg ik inderdaad precies wat ik verdiende: niets. Nog een paar minuten en ik zou waarschijnlijk blij zijn met de mogelijkheid me om te draaien en weg te vluchten, zoals ik altijd al had gedaan. Maar ik had niet bedacht wat ik dan zou doen. Weggaan en dan? Van de snelweg een vaart inrijden? Van een rots springen? Naar huis gaan, op de bank gaan liggen kijken naar de plafondventilator? Ik wist alleen maar dat ik weg wilde vliegen. Ik wilde spiksplinternieuw zijn. Ik voelde me als die menselijke wezens in sprookjes die gevangenzitten in de huid van een ezel of bedekt zijn met zwanenveren en in hun eigen vlees krabben. Ik was de ijskoningin, vastgevroren op mijn plek, niet in staat ook maar één enkele stap te zetten.

Lazarus Jones kwam de veranda op. Ik hoorde de deur dichtknallen, maar ik durfde hem niet aan te kijken. De uitdrukking op mijn gezicht zou hem vast afschrikken. Als ik in een spiegel had kunnen kijken, was ik van mezelf geschrokken. Ik was wanhopig, moet je weten. Ik zat muurvast tussen de dood en verlangens, bekneld in de verkeerde huid. Ik was de ezel, lelijk en balkend, bedelend om genade, om kennis, om een korst brood. De schouderbandjes van mijn jurk zakten af, maar het kon me niet schelen. Er zat stof op mijn gezicht en op mijn vingers. Veertig minuten van alomvattende kennis en al wat ik wilde was een beetje van wat hij aan de andere kant te weten was gekomen. Ik wilde hem niet ontleden of fotograferen of de radioactiviteit onder zijn huid meten. Ik wilde alleen maar in de nabijheid van een man zijn die met geen mogelijkheid omgebracht kon worden.

Er vlogen vogels over ons heen en ik zag hun schaduwen over de planken van de veranda zweven. Ademen deed me pijn. Ik had me moeten verontschuldigen voor het feit dat ik hem lastigviel of hem moeten vertellen dat ik van ver gekomen was om hem alleen maar te vragen hoe bang ik moest zijn voor de dood. Ik had hem moeten vertellen dat het uitkomen van een wens het ergste in de wereld was. Maar ik hield mijn mond, zoals ik al zo vaak had gedaan.

'Wie heeft je hiernaartoe gestuurd?' vroeg hij.

Wat moest ik zeggen? Het noodlot? Een vlinder aan de andere kant van de wereld? De ezelshuid die ik droeg, die zo slecht paste, die zo kriebelde? Een meisje van acht jaar dat één wens fluisterde en daarmee alles veranderde?

'Probeer je me te interviewen of zo?' wilde hij weten. Hij kwam naar me toe en pakte me bij mijn arm. Controleerde hij zo of ik loog? Kon hij verraad even makkelijk aanvoelen als hij een klok kon laten stilstaan?

Zijn aanraking was zo heet dat ik bijna flauwviel. Maar dat hoefde niets met de blikseminslag te maken te hebben.

'Ik ben maar een bibliothecaresse, geen verslaggeefster. Ik wilde je alleen maar zelf zien. Ze hadden het over jou in mijn bliksempraatgroep. Ze zeiden dat je dood was gegaan en weer tot leven kwam en nu nergens bang voor bent. Dus wat kan het je schelen of ik hier wel of niet ben. Je bent toch niet bang?'

Dat waren in totaal meer woorden dan ik in jaren had uitgebracht. Het was uitputtend om te praten. Ik had het gevoel dat ik elk woord mijn keel uit moest trekken, als stenen met scherpe randen die ik had doorgeslikt.

Jones bekeek me eens nauwkeuriger, nu hij had begrepen dat ik door de bliksem was getroffen. Ik was niet zomaar iemand, een bemoeial die er geen idee van had wat hij had doorgemaakt. Hij liet mijn arm los.

'Als ze dat over me zeggen, dan zijn ze gek. En als ik nergens bang voor was, zou ik ook gek zijn.' Hij bekeek me van top tot teen. Ik voelde me veel te warm. Ik bedacht me dat ik in Florida was. Ik bedacht me dat het hier nooit zou sneeuwen. Ik kon eerlijk zijn. Tot op zekere hoogte.

'Mijn inslag heeft mijn linkerkant aangetast,' zei ik. 'Zenuwstoornis. In dezelfde mate ook een hartritmestoornis. En ik kan de kleur rood niet zien.'

Hij lachte hardop; eventjes veranderde zijn hele gezicht.

'Is dat grappig?' vroeg ik.

Hij hield op met lachen en staarde me aan. 'Misschien.'

Niemand had over Lazarus Jones gezegd dat hij mooi was. Jonger dan ik: vijfentwintig of dertig, dat kon ik niet goed zien. Zijn ogen waren donker, donkerder dan de mijne. Ik vroeg me af of zijn ogen ook zo zwart waren voordat hij stierf, of dat wat hij geleerd had in die veertig minuten hem in as had veranderd. Hij droeg een wit overhemd met lange mouwen en een oude spijkerbroek, werklaarzen. Zijn haar was donker en hij had het al geruime tijd niet laten knippen; het was langer dan het mijne. Als hij voor zich uitstaarde kreeg zijn blik iets gloeiends, alsof hij je levend kon verbranden als hij daar zin in had, als je daartoe aanleiding gaf.

'Nou, je bent nu hier,' zei Lazarus. 'Wat wil je?'

Dit klonk mij als een strikvraag in de oren. Als ik een verkeerd antwoord gaf, zou ik zelf in as worden veranderd. Levend verbrand.

We staarden elkaar aan. Hierbij vergeleken was mijn hand door het glas heen duwen een peulenschil. Ik dacht aan New

Jersey, en het was alsof ik me een mythologisch land herinnerde.

Je moest toch doen waar je het meest bang voor was? In ieder sprookje is de juiste weg het moeilijkste pad, datgene dat over rotsen heen, door doornstruiken heen, dwars door een vuurzee leidde. Ik deed een stap naar voren en sloeg mijn armen om de nek van Lazarus Jones zodat ik iets in zijn oor kon fluisteren. Iedereen heeft een geheim en dit was het mijne: ik kon niets beginnen dat ook maar in de verste verte op een leven leek, voordat ik de dood had begrepen.

Van zo dichtbij rook Lazarus Jones naar zwavel. Mensen met gezond verstand rennen weg van vuur, maar ik niet.

'Nu je het één keer hebt gedaan, ben je bang om het nog eens te doen?'

Hij trok me dichter tegen zich aan, eventjes maar. In die tijd hoorde ik het geklik in mijn hoofd niet, niet één enkele tik. Ik rook geen sinaasappels en voelde geen korrelig zand.

'Voor mij een weet,' zei hij. 'Ik weet niet goed of je het echt wilt weten.'

Hij liet me los en maakte aanstalten weg te lopen. Toen stond hij stil en draaide zich om. Ik was er nog steeds. Hij had me zich niet verbeeld of me van zich afgeschud. Nog niet.

'Wil je weten waar ik bang voor ben?'

Hij wierp een schaduw over de meter afstand tussen ons. Een donkere schaduw. De zon verblindde me niet langer. Ik kon hem recht in het gezicht zien. Misschien knikte ik. Dat moet wel, want hij sprak.

'Voor de levenden ben ik het allerbangst,' zei Lazarus Jones. Toen liep hij door, zijn huis in. Toen hij de deur had dichtgedaan, hoorde ik het slot omdraaien. Ik voelde me verloren terwijl ik daar zo stond te smelten in de zon. Het was zo heet dat er geen vogels in de lucht te bekennen waren. Ze zaten allemaal in de schaduw van de boomtakken.

Een groepje mannen zat ook in de schaduw en pauzeerde

even van het sinaasappelplukken. Een van hen kwam op me af toen ik naar mijn auto terugliep. Hij was jong, van middelbareschoolleeftijd, lang en mager. Hij keek vriendelijk en nieuwsgierig en zijn hoofd was kaalgeschoren. Hij deed me aan Renny denken, maar hij was sterk en gezond; zijn handen waren ruw, overdekt met blaren. Ik vroeg me af of de blaren hem erge pijn deden. Of hij ze inwreef met vaseline. Of er een meisje was dat van hem hield en zijn vingers in haar mond stopte om hem met een kus te genezen.

'Was dat Jones, met wie u stond te praten?' vroeg de jongen me.

'Eventjes,' zei ik.

'Hij praat nooit met een van ons. Hij laat ons loon op de veranda achter. Dan stuurt de fruitexporteur vrachtwagens hierheen en die mannen hebben ook geen contact met hem. Ik heb hem tot op vandaag zelfs nog nooit gezien. U stond vlak bij hem. Was hij helemaal mismaakt of zo?'

Mismaakt, nee. Alleen maar mooi. Maar ik vond niet dat het aan mij was om commentaar te leveren als Jones zichzelf wilde afzonderen.

'Dat zou ik echt niet kunnen zeggen.'

'Dat is wat we allemaal denken. Hij is getroffen door de bliksem en hij zit onder de littekens.'

'Ik heb niets gezien.'

'Laat het ons weten als u erachter komt. Misschien werken we allemaal wel voor een klotemonster.' Hij moest lachen bij het idee. 'Misschien is hij wel zo'n vampierachtig wezen van de andere kant van het graf.'

'Dat was hij niet,' zei ik. Alleen maar mooi, gevuld met as en hij sloeg de deur in mijn gezicht dicht. Dat alleen maar.

'U kon hem zeker niet echt goed zien,' zei de jongen uitdagend. 'Toch?' De andere jongens floten naar hem, riepen zijn naam, dus ging hij naar hen terug. 'Doei,' riep hij terwijl hij terugsjokte naar de schaduw.

Ik stapte in mijn auto en reed weg, maar ik was van streek.

Ik reed de snelweg aan de verkeerde kant op en ik had mijn vergissing pas door toen ik drie afritten noordwaarts was gereden. Orlon lag in het zuiden. Eindelijk kon ik ergens omdraaien en reed een parkeerplaats op. Ik maakte gebruik van het toilet en kocht een fles water. De caissière maakte me een compliment over mijn rode jurk en toen realiseerde ik me waarom Lazarus Jones had gelachen om mijn kleurenblindheid. Ik begreep waarom de mannen bij het benzinestation waar ik eerder was gestopt, naar me gefloten hadden. Vanwege mijn rode jurk dachten ze dat ik wist wie ik was.

Ik voelde me warm en verward; op de plek waar hij mijn arm had beetgepakt waren schroeiblaren opgekomen. Waar hij iets tegen me had gefluisterd, voelde mijn oor brandend aan.

Ik ging naar huis, trok mijn jurk uit en hing hem achter in mijn klerenkast. De volgende ochtend, toen ik naar mijn auto liep, zag ik dat de watermeter niet meer functioneerde. Ik vroeg me af of het defect veroorzaakt was door de nabijheid van Lazarus Jones. Er was ook met mij iets mis; dat had ongetwijfeld te maken met Lazarus. Waar hij me had aangeraakt, had ik korstige brandplekjes. Ik ging naar het gezondheidscentrum van Orlon College, naar de verpleegster die mij voor het onderzoek over blikseminslag had onderzocht. Ze heette June Malone en ze was een jaar of twee jonger dan ik.

'Je hebt een paar bijeenkomsten gemist,' zei ze.

'O ja?' Alsof ik er ooit nog heen zou gaan. 'Deze dingen doen echt pijn.' Ik liet haar mijn arm zien.

Er zaten rode bulten op mijn arm, waar Lazarus me had aangeraakt; ze waren begonnen te zweren. June gaf me een zalfje voor mijn huid, maar ze leek het niet te vertrouwen. Misschien zag het eruit alsof ik mezelf had gemutileerd, een brandende lucifer tegen mijn huid had gehouden.

'Ik heb een gevoelige huid,' zei ik tegen haar.

'Dat zie ik.'

'Echt, ik reageer op alles,' verzekerde ik haar.

'Heb je je broer hierover verteld?' vroeg ze.

'Mijn broer is meteoroloog. Ik ga niet met medische problemen naar hem toe.'

'Dus je bent niet naar hem toe geweest?'

'Moet je horen, ik ben niet geschikt voor een onderzoek. En het is toch zo dat deze onderzoeken alleen de belangen van doktoren en wetenschappers dienen en niet die van patiënten?'

Ik stemde er wel in toe naar de cardioloog te gaan, een man met de naam Craven, die mijn casemanager was, maar mij nooit leek te herkennen. Gelukkig herkende hij mijn hart wel en dat was het belangrijkste, dacht ik zo. Er was een MRI-scan gedaan en Craven hing de film op, deed het licht aan en knikte alsof hij een oude bekende tegenkwam. Hij vroeg of mijn hart snel klopte. Dat was soms wel het geval, gaf ik toe. Ik kreeg een recept voor nitroglycerine en hij zei me dat ik een tablet onder mijn tong moest leggen als mijn hart begon te bonzen. Ik zou zo nu en dan last kunnen krijgen van angina, veroorzaakt door de neurologische schok van de inslag. Dat kwam veel voor. Ik hinkte zijn spreekkamer uit met mijn zalf en mijn nitro, een doodnormaal wrak.

Ik zag Renny in de verte toen ik over de campus liep. Het was de laatste week van de zomerschool en hij volgde colleges moderne architectuur, zijn hoofdvak. Om eerlijk te zijn, wilde ik hem het liefste ontlopen. Ik wilde geen vriend hebben, maar hij kreeg me in de gaten en riep naar me op hem te wachten, dus deed ik dat.

'Probeer je stilletjes weg te lopen?' Renny droeg een korte kaki broek, trimschoenen, een T-shirt van Orlon College en zijn dikke leren handschoenen.

'Ik ben naar de dokter geweest voor een viezig huidprobleempje.' Ik liet hem mijn arm zien. We gingen op een bank onder een koolpalm zitten.

'Ruilen?' zei hij. En toen hij de uitdrukking op mijn gezicht zag: 'Ik maak een grapje. Ik bedoel het niet serieus. Schaam je niet. Ik dacht dat wij daar al overheen waren. Allebei overlevers en zo.'

Ik denk dat we op de een of andere rare manier als vrienden bij elkaar pasten. Hij vertelde me iets over zijn leven – zijn ouders waren allebei arts in Miami, zijn jongere zusje zat nog op de middelbare school. Het enige waar hij ooit belangstelling voor had gehad, was het bouwen van dingen; sinds de tijd dat hij voor het eerst met blokken speelde, werd hij geobsedeerd door architectuur. Nu zijn handen waren aangetast, was hij bang dat hij de architectuur wel kon vergeten.

Renny was pas eenentwintig, maar als hij begon te praten leek hij ouder. Hij staarde naar de andere studenten die langs ons liepen. Ik zag wat er op zijn netvlies stond. De andere studenten hadden er geen flauw benul van wat hij had doorgemaakt. Ze bewogen zich door een wereld waarin mensen niet hinkten of gaten in hun hoofd hadden. In hun universum droeg niemand handschoenen als de temperatuur opliep tot vijfendertig graden. Niemand werd in alle stilte midden in de nacht wakker van de pijn, een vreemde in zijn eigen leven.

'Denk je dat ieder mens een bepaald geheim heeft?' vroeg Renny.

Ik lachte en koesterde mijn eigen geheim, Lazarus Jones. 'Denk je niet dat we veel gecompliceerder zijn dan dat? Hebben we niet allemaal eindeloze geheimen?'

'Van die kleine flauwekulgeheimen. Zeker. Maar die bedoel ik niet. Op wie ben je verliefd. Met wie heb je geneukt. Die heeft iedereen. Ik bedoel een geheim dat je karakter bepaalt. Het wezen van iemand. Als je daar achter bent, begrijp je het raadsel van die ene bepaalde mens.'

'Probeer je me over te halen jou in vertrouwen te nemen?'

'Misschien. Geef me een van je flauwekulgeheimen. Maar

pas op: daardoor kunnen we vrienden worden.'

Ik was verbaasd. Ik nam aan dat hij dacht dat we al vrienden wáren. Renny was, naar het bleek, niet gemakkelijk voor de gek te houden. Waarschijnlijk was hij eraan gewend dat mensen hem niet serieus namen. De zon scheen in zijn gezicht en vervaagde zijn gelaatstrekken. Al met al was Renny geen lelijke jongen, maar geen enkel meisje dat langsliep had naar hem gekeken. Het mank lopen, de verschrompelde voet, het gat in zijn hoofd, de handschoenen: die zagen ze wel.

Zou het zo erg zijn hem iets te geven? Een klein stukje maar?

'Ik ben naar Lazarus Jones toegegaan.'

Renny staarde me aan, gooide toen zijn hoofd achterover en begon te lachen. Het zou kunnen dat hij gnuifde. 'Dat is pas echt onzin.'

'Ik meen het. Dat heb ik echt gedaan.'

'Groot gelul. In het kwadraat.'

'Oké, dan geloof je me maar niet.'

'Nou, vertel op. Heeft hij Wyman echt met een geweer weggejaagd?'

'Ongeladen. Hij was niet van plan als laboratoriumrat voor hen te dienen.'

'Aha, je speelt advocaat voor de duivel. Nu geloof ik dat je hem ontmoet hebt.'

'Hij is geen duivel. En ik neem niemand in bescherming.' Dat was echt flauwekul. 'Hij heeft een sinaasappelboomgaard.' Nu ermee ophouden. 'Oké, nou moet jij een van jouw geheimen vertellen.'

'Daar heb je er een,' zei Renny treurig.

Ik volgde zijn blik. Een paar jonge vrouwen waren op weg naar hun laatste college van deze zomer. Eerlijk gezegd kon ik ze niet uit elkaar houden. Ze waren allemaal knap en jong.

'Die ene links.'

De blonde.

'Iris McGinnis. Ze zat in het voorjaar bij mij op het college kunstgeschiedenis. Ze weet niet dat ik besta. Ik ben stapelgek op haar.'

'Dit is toch niet het geheim dat jou karakteriseert?'

In plaats van een antwoord te geven, zei Renny: 'Moet je eens naar haar kijken.' Ik wist nog steeds niet wie ze was, maar ik knikte. Toen de groep meisjes uit ons blikveld was verdwenen, draaide Renny zich naar me toe.

'Er zal nooit iemand verliefd op me worden. Ik zal waarschijnlijk ook nooit met iemand naar bed gaan.'

'Je bent niet de enige op de wereld met een verschrikkelijk liefdesleven. Voor mij geldt hetzelfde.'

Hij hoefde niets af te weten van de politieman op het parkeerterrein of van de vriendjes van mijn vriendinnen op de middelbare school of van het feit dat de brandwonden op mijn armen mij een prettig gevoel gaven, dat ze mij aan hem deden denken. Nu ik hier zo met Renny zat, vroeg ik me af of de keuze voor een rode jurk misschien geen toeval was geweest.

Toen Renny naar zijn college ging, liep ik naar mijn auto om naar de bibliotheek te gaan. Ik had besloten de administratie van de bibliotheek op orde te brengen. Dat was het minste wat ik kon doen om goed te maken dat ik zo vaak afwezig was geweest. Ik pakte al Frances' geschreven notities en voerde ze in de computer in. Op de ledenkaarten had Frances nauwkeurig elk boek genoteerd dat men had geleend. Er was bijvoorbeeld een vrouw die elk boek over architectuur in ons bezit had gelezen, en er toen nog meer had besteld. Ik vroeg me af of ze soms iemand voor Renny zou zijn tot ik haar geboortedatum vond en ontdekte dat ze bijna tachtig jaar was. Zij kon niet tegen de mooie Iris McGinnis op, nam ik aan.

Het was donderdagmiddag en terwijl ik aan het werk was, hoorde ik zonder het te willen, de leesgroep voor peuters.

Frances las 'Alles op zijn plaats' van Andersen voor, waarin het vrome ganzenhoedstertje totaal niet lijkt op de ganzenhoedster uit het sprookje van Grimm. In dit verhaal worden er geen hoofden tegen de muur gespijkerd. Geen gevallen van verwisselde identiteit die moeilijk terug te draaien zijn. Een paar moeders keken me slinks aan. Ik nam aan dat er peuters waren die nog steeds nachtmerries hadden van de tijd waarin ik verantwoordelijk was voor het verteluur. Geen wonder dat hun moeders mij op afstand wilden houden. Als ik iets zei, kon er van alles uit mijn mond vallen: bloed, kikkers, doodswensen, verlangen.

Ik concentreerde me op mijn archief. De hele middag was ik met de A bezig. Binnen niet al te lange tijd dook de naam van mijn broer op. Ik had hem in geen weken gezien; nu was het alsof ik tegen hem was opgebotst en tegenover hem stond. Ik was verbaasd dat Ned ooit in deze bibliotheek was geweest, terwijl de faciliteit in Orlon College zo veel beter was. De natuurkundebibliotheek in het noordelijke gedeelte kon zich meten met de collectie van de universiteit van Miami, ten gevolge van een aanzienlijke donatie door een afgestudeerde van Orlon, die een plastic hulpstuk voor slecht functionerende levers had uitgevonden. Maar mijn broer had hier echt een bibliotheekkaart en zo te zien had hij ook boeken geleend.

Ik schoof zijn kaart in mijn rugzak.

Toen ik naar huis reed, was de wind aangewakkerd. Een hete wind. Ik parkeerde en stapte uit. Ik had dat gevoel van verdwaald zijn, iets wat ik hier vaak had, alsof ik op de een of andere onbegrijpelijke manier op transport was gezet naar Florida, dit rare, hete land. Ik had met mijn ogen geknipperd en mijn leven was verdwenen. Daar zat Giselle in het onkruid met haar staart te zwiepen. Mijn boezemvriendin. Ze liep me achterna naar de deur en toen ik op de bank ging zitten, sprong ze op schoot en staarde me aan. De wind kwam door de horren heen zetten en liet de plafondventilator draaien, ook al stond hij niet aan. Ik haalde de bibliotheekkaart van mijn broer tevoorschijn en Giselle tikte er tegen aan met haar poot.

Klop, klop, wie is daar?

Ik kon me niet voorstellen dat mijn broer iets anders las dan wetenschappelijke tijdschriften en publicaties. Toch had hij niet een keer, maar twee keer de complete sprookjes van Grimm geleend. Hij had er zelfs een boete voor moeten betalen wegens te laat terugbrengen. Wat moest hij met die verhalen? Waarom had hij die in vredesnaam willen lezen? In onze kindertijd had ik hem steeds moeten dwingen ze me voor te lezen. 'Alsjeblieft, deze. Of die. Niet die ene over de dood.' Hij had er altijd wat op aan te merken: het is genetisch onmogelijk dat mannen in beesten veranderen. Belachelijk om je voor te stellen dat een vrouw honderd jaar lang kan slapen. Idioot om te denken dat de doden in rijm kunnen praten en dat de levenden wensen kunnen doen die uitkomen. De logica van sprookjes is, dat er geen logica is: slechte dingen overkomen de onschuldigen, kinderen worden in het bos achtergelaten door hun ouders, angst ging hand in hand met ervaring, een hardop uitgesproken wens zou uit kunnen komen.

Ik gaf de kat te eten en nam toen een koud bad. Er zaten nog steeds blaren op mijn huid, maar ze waren aan het wegtrekken. Ze deden me nu aan sneeuwvlokjes denken. Ik rilde in mijn badwater en keek toe hoe het licht vervaagde. Ik was naar Lazarus Jones toegegaan omdat ik dacht dat hij me kon helpen te begrijpen wat er die dag in januari, toen ik nog een kind was, kon zijn gebeurd. Flitste iemands leven voor zijn ogen langs, alles wat men had gehad en wat men had verloren? Of was juist dat laatste ogenblik het allerbelangrijkste? Duurde dat speciale ogenblik voor altijd, ging dat maar steeds door? Had mijn moeder als laatste de weerschijn van ijs gezien? Luisterde ze naar de radio en zong ze mee? Ik denk dat ik eigenlijk wilde weten of ze mij verachtte voor de wens die ik had gedaan, of zij me ooit op de een of andere manier, in welke wereld dan ook, zou kunnen vergeven.

Ik liet het badwater weglopen en nadat ik me had aangekleed, liep ik naar buiten. Het was nog steeds heet. Te heet om adem te halen. De wind loeide, gooide dingen om. De palmbladeren sloegen tegen elkaar. Giselle liep achter me aan naar buiten en ging bij de heg zitten, om de mollen op te wachten die soms ons grasveld opkwamen. Ik vroeg me af of ik me hier ooit thuis zou voelen. Of ik me ooit ergens thuis zou voelen. Ik vroeg me af of dit boek het karakteriserend geheim van mijn broer was, of slechts een klein gedeelte van wie hij echt was. In de verte klonk onweer, iets wat veelvuldig in Florida voorkomt, iets waar de meeste mensen niet op letten. Ik wilde mijn broer opbellen en zeggen: 'Vertel me de waarheid. Geloof jij dat een wens kan doden? Geloof jij dat we die nacht iets hadden kunnen veranderen, het ijs in zijn val hadden kunnen tegenhouden, onze moeder ervan hadden kunnen weerhouden de auto in te stappen, over de weg achter haar aan hadden kunnen rennen tot ze was omgedraaid, wakker hadden kunnen worden en de politie bellen met een voorgevoel, een honderdtal vlinders hadden kunnen loslaten in de lucht? Zeg eens, broer, hadden we het anders kunnen doen, jij en ik?'

Ik dacht aan Ned, omringd door een wervelwind, als de kern van een atoom, gevangen in zichzelf. Ik dacht aan hoe hij de openbare bibliotheek van Orlon binnenliep, op zoek naar antwoorden, net als ik, helemaal niet zo anders dan ik had gedacht.

Nog steeds bezig om proberen te begrijpen wat we fout hadden gedaan.

HOOFDSTUK 3

Stratus

I

Wat is het verschil tussen liefde en obsessie? Of is er geen? Is dat een van de kleine geheimen? Is het niet zo dat beide maken dat je de hele nacht opblijft, door de straten dwaalt, slachtoffer van je eigen verbeelding, je eigen hartslag? Is het niet zo dat je je in allebei stort, het drijfzand in duikt? Is niet iedere verliefde man een dwaas en iedere vrouw een slavin?

Dit is wat ik zelf geloofde: liefde was als de regen, ze veranderde in ijs of verdween. De ene keer zag je haar, de andere keer kon je haar niet vinden, hoe goed je ook zocht, onder het bed, op de achterbank van de auto, op een donkere parkeerplaats.

Obsessie was reëler; ze deed pijn, als een speld in je achterste, een steentje in je schoen. Ze was niet in een oogwenk verdwenen. Een ochtendtelefoontje vervuld van spijt. Een brief waarin stond: Schat, ik wens je het beste. Obsessie smaakte naar iets bekends. Iets wat je je hele leven lang had gekend. Ze groef zich in en lag op de loer; ze bleef bij je in de buurt.

Ik probeerde erachter te komen wat er met me gebeurde. Ik had besloten nooit meer naar de boomgaard van Jones te rijden en toch kon ik door gewoon mijn ogen dicht te doen de plattegrond van de weg erheen uittekenen. Ik lunchte met Renny in de cafetaria van het college – bijna leeg nu de zomerperiode afgelopen was en het nieuwe semester nog niet begonnen – maar ondanks de salade voor me kon ik alleen maar een sinaasappel proeven, de rode soort, de zoete soort, de soort die er als ijs uitzag. Mijn mond vertrok. Mijn hart ging als een razende tekeer. Ik dacht aan al die onnozele, hopeloos verliefde meisjes die ik op de middelbare school had gekend en ik had voor het eerst medelijden met hen. Dwaze schepsels. Dwaze ik. Die nacht droomde ik van gevaarlijke dingen zoals slangen, trapleren, paardenhoofden tegen de muur getimmerd. Toen het begon te regenen ging ik bij het raam staan om te kijken of het bliksemde. Er woonden een eindje verderop een stel muziekstudenten en als zij 's avonds oefenden, maakte het geluid van de hobo me aan het huilen en dwong de piano me mijn handen voor mijn oren te houden. Ik denk dat ik was begonnen iets te voelen; alleen maar kriebels, zo nu en dan een steek. Dat was juist het probleem. Ik was nog zo groen dat ik niet begreep wat het betekende dat ik niet kon slapen, niet kon eten, dat mijn tollende gedachten te vaak bij Lazarus Jones vertoefden.

Aangezien ik niet in de liefde geloofde, bestempelde ik mijn toestand algauw als een preoccupatie met waandenkbeelden. Obsessie. Een emotie die, ingepakt en wel bij het vuilnis gezet, zou moeten worden vervangen door gedachten die serieuzer, reëler en minder aangrijpend waren. Ik concentreerde me op het werk, of dat kleine beetje dat er van was in de bibliotheek. Maar zelfs daar nam mijn obsessieve aard het over. Ik pretendeerde opgewekt bezig te zijn terwijl ik gegevens in de computer invoerde, de planken afstofte en boeken opnieuw rangschikte, maar in feite was mijn nieuwe, nogal obscene belangstelling bezig leesgewoonten van anderen na te gaan. Het was eigenlijk walgelijk. Een schending van de privacy, een kleine misdaad van de ziel. Ik was begonnen met het bekijken van mijn broers kaart, nu scheen ik niet meer te kunnen stoppen.

Dat lag in mijn aard: iets slechts oppakken en het nog erger maken.

Ik zocht op welke romans mijn fysiotherapeute het liefste las, dikke negentiende-eeuwse boekdelen waarin problemen niet zo makkelijk opgelost werden met behulp van veel bewegen en diëten. Ik zag dat Matt Acres, de eigenaar van de ijzerwinkel, de voorkeur gaf aan biografieën van avonturiers, mannen die verdwenen uit hun veilige en gesettelde levens. De tienerdochter van dr. Wyman, die 's zomers thuis was van een privé-school in New England, had alles gelezen van D. H. Lawrence. De bewoners van het bejaardentehuis in Orlon vroegen meestal om reisboeken over plaatsen die ze zeker nooit zouden bezoeken: Egypte, Parijs, Venetië, Mexico. Mijn postbode las gedichten; geen wonder dat de weinige post die ik ontving verkreukeld en besmeurd was. De kok in het wegrestaurant die geen lekkere omelet kon maken en nog viezere pannenkoeken met bosbessen bakte, las Kafka in het Duits.

Als Frances York op de hoogte was geweest van mijn activiteiten, zou ik op staande voet ontslagen zijn. Wat mensen lazen onthulde zoveel over hen dat zij onze kaartcatalogus beschouwde als een schatkamer van onschendbare geheimen; op iedere kaart stond de plattegrond van iemands ziel beschreven. Ik kende Frances' filosofie. Het was net zo min onze taak bij te houden welke boeken onze bezoekers leenden als dat het onze plicht was hun leesgewoonten te veranderen. Ik mocht Frances graag en respecteerde haar, maar ik vroeg me af of ze mij had aangenomen als ze had geweten wie ik werkelijk was. Lang voordat ik was begonnen rond te neuzen, was ik al verderfelijk. Zou ze zich veilig hebben gevoeld met iemand die meer afwist van de uitwerkingen van arsenicum dan van het decimale systeem van Dewey? Verslingerd aan de dood en een dief, die het verschil niet wist tussen goed en kwaad, tussen wit en rood? Ik had nu tenminste mijn kleren voorzien van een kleurencode; ik was wel zo gis om witte blouses en zwarte rokken naar het werk te dragen en mijn rode kleren thuis te laten. Maar ik was nog steeds mezelf, verscholen achter verstandige schoenen, rokken tot ver over de knie en hoog dichtgeknoopte blouses.

Gelukkig was er voor Frances geen aanleiding om bedenkingen te hebben. Ik was een modelwerkneemster; ik was beleefd tegen de bezoekers, en ik bracht opgewekt boeken naar mensen die aan huis gebonden waren of in het ziekenhuis lagen. Ik ging zelfs een keer per week naar het bejaardentehuis met een doos reisverhalen. Had iemand kunnen vermoeden dat ik niet te vertrouwen was? Geen enkel ogenblik. Nou ja, misschien wel de moeders van de peutergroep, zij leken het te weten, maar zij telden niet mee. Ik vermeed trouwens de kinderafdeling. De gekleurde illustraties, de rijmpjes, de hoge verwachtingen maakten me nerveus. Kinderen wilden altijd iets: weten waar het toilet was, water drinken, het tweede deel van een boek dat geen vervolg had.

Op de kinderafdeling waren hoge ramen en het zonlicht dat in bleke stromen naar binnen scheen, onthulde hoe vies de planken waren. Overal lagen stofvlokken. Eén ochtend waagde ik me die afdeling in, ogenschijnlijk om af te stoffen. Het was tenminste een schooldag, en er waren geen kinderen. Alleen ik.

Ik vond per toeval het boek dat mijn broer had geleend. Ik draaide me om en daar lag het, niet op de juiste plek teruggezet, maar scheef op een plank. Het was een oude uitgave van Grimm, zwart met zilveren letters. De bladzijden roken vochtig; toen ik het boek onder mijn neus hield, begon ik te niezen. Tranen in mijn ogen. En wat dan nog? Ik had het toevallig ter hand genomen, was toevallig in kleermakerszit op de grond gaan zitten en bladerde het toevallig door.

Eén verhaal was duidelijk favoriet geweest, misschien wel van mijn broer, met ezelsoren en een paar koffievlekken. Het heette Peetvader Dood, een van de verhalen die ik haatte en altijd had overgeslagen. In dit verhaal behoort iedere zieke bij wie de Dood aan het voetbed staat, aan hem toe. Om de Dood om de tuin te leiden, draait een goede dokter, de vriendelijke held, de zieke zo om dat de Dood aan het hoofdeinde van de zieke staat en hem daarom niet kan meenemen. De logica in sprookjes kan eigenzinnig of plooibaar zijn en de held weet nooit met welk van de twee hij te maken heeft. Vooral als de held een rationele man is.

Deze was dat zeker.

'Nog één keer en ik neem jou mee,' zegt de Dood, maar de dokter is een op en top wetenschapper, een groot aanhanger van orde en van de juistheid der dingen; hij kan niet accepteren dat dit de manier is waarop het spel van leven en dood wordt gespeeld. Er moeten regels zijn en hij is ervan overtuigd dat hij alleen maar de handleiding van de Dood hoeft om te draaien. Maar als de dokter het meisje van wie hij houdt, redt door haar om te draaien om zo haar lot te ontlopen, grist de Dood hem mee. À la minute. Geen vragen, geen antwoorden, geen waarschuwingen of uitleg, alleen die ene laatste handeling. Een leven voor een leven.

Is dat de manier waarop het verhaal afloopt? Is het eigenlijk wel mogelijk? Vast niet in de verhalen van Andersen, waar de sterken en rechtschapenen winnen, maar dit is Grimm.

Er is een enkele, eenvoudige regel in het spel van de dokter en de Dood, die de dokter of held over het hoofd had gezien: wanneer het om de dood gaat, gelden kop of munt niet. Aan het eind is er geen ontkomen meer aan.

Het is een droevig spel, dat de logica met voeten treedt en zijn tong uitsteekt naar iedere poging van een verstandig mens de natuurlijke gang van zaken op orde te brengen. Dat uitgerekend mijn broer dit duistere verhaal uitkoos om te lezen en te herlezen was op zich al een raadsel. Ik dacht aan de manier waarop hij naar me geroepen had toen ik op de veranda stond te kijken hoe mijn moeder wegreed. Hij had gewild dat ik me had omgedraaid. Als ik dat had gedaan, was de Dood dan langs ons huis gegaan?

Net toen ik dacht dat mijn broer alles op alles zette om mij uit de weg te gaan, hoewel hij maar een paar kilometer verderop woonde, werd ik uitgenodigd op een feestje bij hem thuis. Ik was zo verbouwereerd toen Nina belde, dat ik 'ja' zei terwijl ik eigenlijk 'nee' bedoelde. Ik kon me niet heugen wanneer ik voor het laatst naar een feestje was geweest, de bijeenkomsten op de bibliotheek in New Jersey daargelaten, en die had ik zelf georganiseerd. Ik was me langzamerhand gaan realiseren dat ik me alleen op mijn gemak voelde als ik sprak met mensen die iets rampzaligs hadden meegemaakt, op z'n minst uit de tweede hand, zoals mijn fysiotherapeute Peggy met wie ik zo nu en dan ging lunchen. En natuurlijk Renny, die ik minder vaak zag omdat hij het druk had met het begin van het nieuwe semester. En nu had ik toegezegd dat ik op een feest zou komen dat wemelde van de wiskundigen en wetenschappers.

Het bleek een jaarlijkse gebeurtenis te zijn, vol professoren en mastersstudenten van zowel Nina's als Neds afdeling. Erheen rijden was een beproeving voor me; ik reed aldoor de verkeerde richting uit op die kronkelende weggetjes die de campus doorsneden en die allemaal op elkaar leken. Toen drong het tot me door dat ik sinds ik in Florida was komen wonen, nog nooit bij mijn broer thuis was uitgenodigd en dat vond ik maar raar. Ik neem aan dat ik te zeer in beslag was genomen door mijn herstel en mijn belangstelling voor Lazarus Jones om me te realiseren hoe ongastvrij Ned en Nina waren geweest. Nu vroeg ik me af of mijn schoonzus iets tegen me had. Of misschien wel mijn broer. Had ik me toen maar omgedraaid. Was ik mijn moeder maar niet achternagelopen naar de veranda. Was ik maar over het ijs gerend en de auto achternagegaan, had ik me er maar aan vastgehouden, stevig, nog steviger en was ik maar mee de heuvel afgegleden.

Het huis van mijn broer en Nina was modern, vol glas en stucwerk, gelegen aan een doodlopend straatje aan de andere kant van de campus van Orlon, een toplocatie van de faculteit. Geen wonder dat sommige van de knapste koppen ervoor kozen les te geven aan Orlon College; het leven hier was aangenaam, een feit dat mij tegen de haren in streek. Mijn vingertoppen werden gevoelloos en het geklik in mijn hoofd verergerde toen ik langzamer ging rijden om te kunnen parkeren. In tijden van spanning keerden mijn symptomen dubbel zo sterk terug. Het teleurgestelde meisje in mijn vel wilde niets liever dan meteen weer omdraaien en weggaan. Ik had veel liever voor het huis van Lazarus Jones gestaan, op de deur geklopt en o, ik ging verder: brandend in zijn handen en zijn bed. In plaats daarvan stapte ik de auto uit en liep het keurige pad op. Mooi grasveld, mooie bloemen. Alsof het mij wat kon schelen. Alsof dit alles ertoe deed. Ik kon door het erkerraam gelukkige studenten zien staan. Ik had het gevoel alsof ik uit een ander universum kwam. Noem het New Jersey, noem het wanhoop, noem het wat je maar wilt.

Ik liep onmiddellijk naar de bar die in de hoek was opgesteld. Ik schonk een groot glas rode wijn voor mezelf in; waarschijnlijk van goede kwaliteit. In mijn ogen was het net modder.

Terwijl ik mezelf een drankje inschonk en daarna iets fris, kon ik eens peilen hoezeer de studenten mijn broer waren toegewijd; ik hoorde een van hen zeggen dat Ned hoofd van de afdeling zou worden als dr. Miller, de huidige decaan, met pensioen ging. Een aantal gaven blijk van hun teleurstelling dat Ned dit semester geen college gaf – iets wat ik niet wist – om zich op zijn onderzoek te kunnen concentreren.

Nina's studenten waren wat stiller, tot ze op de alcohol overstapten, toen gingen ze goed tekeer. Ze deden een hele reeks drinkspelletjes met wiskundige regels die ik niet begreep. Ze leken ook toegewijd, alleen meer in stilte; ik kon zien hoe zij in de keuken om Nina heen gingen staan terwijl zij bouillabaisse opgeschepte, zelfgemaakt, zo werd mij verzekerd, hetgeen me een schok gaf. Ik had aangenomen dat iemand zo theoretisch en afstandelijk als Nina niet kon koken. Maar natuurlijk was kokkerellen voor haar gewoon een soort vergelijking: oesters staan tot tomatensaus, basilicum staat tot peper, rum staat tot limonade. Ik begon me te ergeren aan mijn schoonzus, waardoor mijn eerdere apathie verdween. Waarom had ze mij hier niet uitgenodigd en bouillabaisse voor mij gemaakt? Misschien beschouwde ze mij als een van de vele projecten van mijn broer, die tijd en energie opslokten waar hij weinig of niets voor terugkreeg.

Ik bleef bij de keuken vandaan en ging in de buurt van de bar staan. Een meteorologiestudent zag wel wat in me. Hij stelde zich aan me voor en bleef een tijdje achter me aan lopen. Ik had de rode jurk weer aan, dat moet het geweest zijn. De student, Paul geheten, had over mijn blikseminslag gehoord en hij wilde over de verschijnselen ervan praten. Was ik duizelig? Had ik knikkende knieën? Had ik migraineaanvallen? Blijvende psychologische nawerkingen? Had ik zin in een kom bouillabaisse, een glas punch? Hoe zat het met de seks, dat wilde hij dolgraag weten. Heter, kouder? Er deed een mythe over een hyperactief seksleven de ronde, netjes genoteerd, half en half geloofd. Zou de herschikking van mijn elektrische impulsen mijn partner de adem benemen, hem dichter aan de rand van de wereld die wij kenden, brengen?

Dit werd me iets te persoonlijk. Ik dacht dat we het over het weer zouden hebben, de hitte, misschien zijn studie, maar niet over de rand van de bekende wereld.

Ik zag mijn broer aan de andere kant van de kamer. Ik herkende hem bijna niet. Hij zag er ouder uit, onverzorgd, dunner. Was het me nooit opgevallen dat hij bijna al zijn haar kwijt was, dat zijn schouders gebogen waren? Toch scheen hij zich wel te vermaken. Hij stond met diverse andere docenten te praten en lachte om iemands grapje. Ik vroeg me af of hij zijn geluk had gevonden in de logica, in zijn goedgeordende wereld die hij vanuit het niets had opgebouwd in een land waar er geen ijs was. Misschien stond de Dood in Orlon buiten, voor de ramen. Misschien kon hij niet door het glas heen komen.

Ik verontschuldigde me en liet de student aan zijn eigen soort over. Er stond alleen bier en wijn en ik had iets sterkers nodig om de avond door te komen. Ik liep naar de keuken, vond de drankkast en schonk mezelf een whisky in. Mijn grootmoeder hield van een glas whisky op zijn tijd en soms had ik met haar meegedaan. Ik proostte nu op haar en dronk op haar herinnering. Iemand die ondanks alles van me hield, ongeacht wie en wat ik was.

Het kwam doordat ik mijn grootmoeder zo miste dat ik de whisky zo snel opdronk en me tijdens het drinken naar het raam omdraaide. Het was omdat alles wat ik deed mislukte, inclusief te gast zijn op een feest, dat ik toevallig Nina op het gras zag staan huilen. Was dat de chaostheorie of gewoon chaos? Als een ijstijd door minieme veranderingen in de omloop van de aarde in gang kon worden gezet, wat zou er dan kunnen worden veroorzaakt door een vrouw in tranen? Het was donker in de tuin en eerst meende ik een standbeeld te zien. Ze droeg een witte jurk en ze bewoog zich niet. Maar het was Nina, de vrouw van mijn broer, de wiskundige, en ze huilde.

Na een paar tellen zag Nina me door het glas. Ik denk dat ze haar mond open deed. Ze slikte in paniek lucht in. Ik dacht aan de dood, die niet in staat was diegenen mee te nemen die zich van hem hadden afgedraaid. Dat deed ik nu ook. Ik keerde haar gauw de rug toe. Misschien kon ik doen alsof ik haar niet had gezien. Misschien kon zij ook doen alsof. Was dat niet de manier waarop de meeste mensen hun leven leidden? Stop het in een doos, bind hem stevig dicht, loop weg. Alsjeblieft, o alsjeblieft, laten wij dat ook doen.

In de woonkamer stonden de studenten de versnaperingen naar binnen te werken. Wie had gedacht dat ze zo hongerig zouden zijn? Stokbrood, kazen, sneeuwwitte vruchten, zeer waarschijnlijk aardbeien, punch, champagne, grote hoeveelheden bier. De gasten waren vrolijk, niet zo somber en serieus als ik had verwacht. Waren ze niet allemaal het einde van de bekende wereld aan het onderzoeken, het eind van het numerieke continuüm, voortdurend bezig betekenis te vinden in rijen cijfers die weigerden mee te werken? Moesten ze niet terneergeslagen en wanhopig zijn? Zouden ze zich niet moeten realiseren hoe weinig er te begrijpen viel van deze wereld?

'Jouw broer geeft altijd de beste feestjes,' zei iemand tegen me. Ik veronderstel dat dat een compliment was. Ik vond het niet van deze wereld. Ik had mijn broer nog nooit met iemand anders zien praten dan Nina en de begrafenisondernemer in New Jersey toen we de begrafenis van mijn grootmoeder aan het regelen waren. Vurenhouten kist, kleine bijeenkomst, witte bloemen die er als een bed van sneeuw uitzagen. Ik kende deze kant van hem niet, net zomin als ik had geweten dat hij geïnteresseerd was in sprookjes.

'Ga je weg?' vroeg Ned toen hij me tegenkwam op weg naar de voordeur.

Misschien had ik hem nooit gekend, en dacht ik alleen maar van wel. 'Leuk feest,' zei ik. 'Maar ik hoor hier niet. Moet je eens naar hen kijken. Ik spreek hun taal bijna niet. Wiskunde en natuurkunde. Ik pas daar niet bij.'

'Bibliotheekwetenschap,' hielp mijn broer me herinneren.

We moesten allebei lachen. Hadden we dat ooit samen eerder gedaan?

'Nou, je ziet er een stuk beter uit.' Ned klonk hoopvol. Ik haatte dat van hem.

'Het lijkt er wel op.'

Mijn broer bekeek me zorgvuldig. 'Wat bedoel je daarmee?'

Ik wilde zeggen: ik bedoel ermee dat de Dood niet aan mijn voeten stond, tenminste niet op dat ogenblik, niet hier en nu. Ik dacht aan het boek met sprookjes op de plank. Ik wilde Ned vragen wat ik nog meer niet van hem wist. In plaats daarvan zei ik: 'Daar bedoel ik "ja" mee. Zeker. Het gaat een stuk beter met me. Maar jij ziet er beroerd uit.'

Mijn broer ging met zijn hand door wat er van zijn haar over was. 'Waarschijnlijk een geschenk van onze vader. Kaalheid.'

'Ik denk dat je dat gen van moeder geërfd hebt,' zei ik. 'Je ziet er ook mager uit. Misschien moet jíj maar eens naar de dokter.'

'Ik moet zeggen: ik ben blij dat je naar ons feest bent gekomen.' Mijn broer leek echt blij te zijn dat ik er was. 'Ik weet dat je niet bepaald dol op dit soort bijeenkomsten bent.'

'Ik wilde niet onbeleefd zijn.'

'Daar heb je je eerder nooit door laten weerhouden.'

Ik kon tussen de mensen door de keuken inkijken. Nina was terug. Ze had wat haar ook had bezield in de tuin van zich afgeschud en was nu bezig punch in te schenken voor de studenten.

'Bedank Nina voor me, wil je?'

'Zal ik doen.' Mijn broer keek achterom. Nina zwaaide naar hem van de andere kant van de kamer. 'Wat bof ik toch,' zei hij en zwaaide terug.

Ik reed naar huis, als mijn gehuurde bungalowtje zo genoemd kon worden. Ik liet de kat naar buiten, dronk een groot glas whisky en viel op de bank in slaap. De stilte was overweldigend. Ik vond het prettig alleen te zijn, tenminste, dat had ik altijd gedacht. Ik viel snel in slaap; ik was dronken, neem ik aan, tot op mijn botten uitgeput. Ik droomde dat mijn schoonzus een vlinder was. Ik droomde dat mijn grootmoeder de vloer aan het vegen was. Ik droomde dat ik mijn hand in een zwarte emmer met water stak en dat ik vissen tussen mijn vingers door voelde zwemmen; het koude water werd warm en de hitte steeg op langs mijn armen, via mijn bloedstroom omhoog naar mijn borst.

Er werd op de deur geklopt en in mijn droom keerde ik me te snel af van de emmer en stootte ik hem om. Er viel water op de grond, druppel voor druppel. Helder, toen wit en toen rood. Zo komt de waarheid altijd in sprookjes naar boven: geschreven op glas, in sneeuw, in bloed. Toen ik bij mijn positieven kwam voelde ik me angstig, zoals ik me op de ochtend na mijn moeders ongeluk had gevoeld. Je kunt in je slaap verraden worden. De hele wereld kan verschuiven terwijl je van vlinders droomt.

Ik zweefde nog rond in mijn droomwereld terwijl ik naar de deur liep. Ratten, katten, vleermuizen hadden het tuinpad op kunnen komen. Ik voelde me echt in paniek. Het was een gevoel dat ik me glashelder kon herinneren. Ga terug naar bed, het is nog te vroeg, het is te ijzig, het is te laat.

Ik was opgelucht toen ik zag dat het maar een bezorger was die aanbelde, met een kartonnen doos met bloemen. Ik lachte en liet hem wachten terwijl ik mijn portemonnee ging zoeken. Ik gaf hem een fooi van tien dollar, voor mijn doen extravagant.

Giselle kwam met iets in haar bek naar binnen rennen.

'Daar zit een echte jager in,' beweerde de bezorger.

'Mooi is dat.'

Twee pootjes piepten tussen de kaken van de kat uit.

Moordenares, dacht ik. Het volmaakte huisdier voor mij.

Een spoor van bloed druppelde op de grond terwijl de kat langs trippelde. Ik kon de kleur niet zien, maar ik kon hem mij voor de geest halen. Ik had gehoopt de veren van een nare kraai of de snorharen van een rat te zien, maar in plaats daarvan liet Giselle een van de mollen vallen die ze altijd zat op te wachten naast de heg. Blind, zacht als een handschoen en hulpeloos. Uiteindelijk gevangen.

Voordat ik me bezig ging houden met de rotzooi, tilde ik de deksel van de doos met bloemen op. Rozen. Meteen riep ik naar de bezorger om te vragen welke kleur ze hadden.

Hij begon te lachen, maar zag toen dat ik het serieus meende.

'Kleurenblind,' legde ik uit.

De jonge bezorger verontschuldigde zich. 'Sorry, ik dacht dat u een grapje maakte. Ze zijn rood.'

Maar voor mij waren ze wit, zoals mijn aanbidder heel goed wist. De dubbelzinnigheid van het geschenk vond ik grappig, maar het beangstigde me ook. Sprookjes zijn raadselachtig en mensen zijn ook raadselachtig. Als je iemand hebt doorgrond, hoort hij jou toe, of hij het wil of niet. Eén bezoek en Lazarus Jones dacht dat hij me kende. Ik had gezegd dat ik op de bibliotheek werkte; mijn adres was openbare informatie. Had hij echt het gemeentehuis opgebeld? De website van de county opgezocht? Was dat liefde, obsessie of slechts een uitnodiging?

Giselle zat in een hoek over haar prooi gebogen en er zat niets anders op dan haar met een krant weg te jagen.

'Wegwezen! Laat dat liggen!'

De kat had haar rol in het spel gespeeld, maar het spel leek helemaal verkeerd te zijn gegaan. De mol lag als een boomblad opgerold. Ik ging zitten en toen het arme beestje zich niet verroerde, pakte ik het met een stuk krantenpapier op. De mol was levenloos. Toch hield ik hem tegen mijn oor, op de manier zoals sommige mensen doen met schelpen om een verre zee te horen.

Na een poosje haalde ik een schoenendoos uit de kast, deed er papieren zakdoekjes in en legde het mollenlijk erin. Als ik tijd had zou ik hem begraven, vlak bij de heg, waar hij thuishoorde. Maar nu had ik het druk met het bloed van de vloer te poetsen, een spoor dat op sneeuw leek.

Giselle had het raadsel van de mol opgelost: als je maar lang genoeg bij de heg blijft zitten, komt hij een keer tevoorschijn en is hij van jou. Blind en goedaardig ploetert zo'n beestje door het donker, niet in staat sterren of tanden te zien en hij neemt aan dat wat de ene dag veilig is, de volgende dag weer net zo veilig zal zijn. Dat was de manier waarop je iemand ving, één hap en klaar is Kees. Zo was ik ook gevangen. Ik zette de rozen voor de nacht in de diepvriezer. Ik wist niet of ik ze wel wilde hebben. 's Ochtends glinsterden ze, toen ik ze tussen de ijsblokjes en de blikken ingevroren sinaasappelsap uit haalde. Dat is alles wat iemand in de greep van een obsessie nodig heeft: de ondubbelzinnige mogelijkheid dat het echt waar kan zijn; een nietig bewijsstuk dat je niet alleen in het donker bent. Ik dacht aan die arme Jack Lyons, die me veldbloemen aanbood op het parkeerterrein in New Jersey. Hij had er geen flauw benul van wie ik was. Maar deze rozen die Lazarus Jones me had gestuurd, waren zo scherp dat iemand zich er tot bloedens toe aan kon snijden. Dat was de sleutel tot mijn raadsel. Om alles wat ik had gedaan, om alles wat ik me had gewenst, om alles wat ik was en ooit zou worden, was een roos van ijs precies wat ik verdiende.

's Ochtends reed ik weg, toen de lucht nog donker was en de opkomende hitte nog vastzat aan de aarde. Er werd regen voorspeld en ik kon de verandering in de atmosfeer onder mijn huid voelen. 's Nachts had ik gedroomd dat ik lang donker haar had. Er zat over mijn hele lichaam ijs en in mijn droom had ik het zo koud dat ik rillend wakker werd. Nu stopte ik in de meedogenloze hitte van de heiige ochtend bij een benzinestation, kocht een cola light en gooide de tank vol. Ik was deze keer zorgvuldiger te werk gegaan met mijn kleren: een zwart T-shirt, een spijkerbroek, sandalen, niets wat de aandacht op me zou vestigen. Deze keer had ik er bijna een uur voor nodig om de boomgaard te bereiken, tijd genoeg om van gedachten te veranderen. Ik dacht niets bepaalds. Ik had mijn hoop nergens echt op gevestigd. De radio stond aan en voor ik het in de gaten had, luisterde ik naar Johnny Cash. Ik dacht aan de dakdekker die getroffen was terwijl hij boete deed voor de affaire die hij had; hij had moeten weten dat hij er was geweest toen hij 'Ring of Fire' hoorde. En hier was het weer, werd het gespeeld op de zender waar ik op had afgestemd. Rond Orlon werd dat nummer vaak door mensen gedraaid. Ze luisterden naar de waarschuwing en liepen dan recht de brandende ring in, helder van verstand en stompzinnig tegelijkertijd.

Ik had alle ramen open en de hemel werd lichter. Als ik een ongeluk zou krijgen op de afslag naar de boomgaard, zou ik als laatste de stem van Johnny Cash horen. Zou ik hem voor eeuwig horen, de diepe donkere klank, al die pijn binnenin opgestapeld? Ik was nu acht jaar ouder dan mijn moeder was toen het gebeurde. Als ik nu aan haar dacht, leek ze zo jong, bijna alsof zij de dochter was, op weg naar een feest op een avond in januari, haar lichtblonde haar pas gewassen, haar hoopvolle blauwe sjaal om, klaar voor het leven. Ik was het oude vrouwtje dat achterbleef op de veranda, de heks die met haar voeten op het ijs stampte.

Ik was blij dat het hier op de weg zo heet was. Ik nam niet de moeite de airconditioning aan te zetten en toen ik bij de boomgaard was kon ik tussen de bomen slierterige hittegolven op zien rijzen. Ik parkeerde, stapte uit en bukte me naar de achterbank. Ik had het bevroren boeket rozen meegenomen, met ijs in een plastic zak verpakt. Het was natuurlijk een test. Ik was benieuwd wat hij zou doen.

Het was nog vroeg maar Lazarus Jones was wakker. Hij had de auto gehoord, uit het raam gekeken, toen de deur open gedaan en nu stond hij naar buiten te kijken, in de schaduw. Buiten op het veld was een zestal mannen aan het werk. Een paar keken onze richting uit, maar ik dacht niet dat ze iets konden zien. Het zonlicht werkte per slot van rekening verblindend. Het maakte dat er zonnevlekken voor je ogen verschenen.

Lazarus droeg een oude spijkerbroek en een blauw overhemd; zijn haar was nat van de douche. Het was al kokend heet. Ik dacht dat ik van mijn leven nog nooit zo'n mooie man had gezien. Alles leek onwerkelijk – de rode sinaasappels, het geluid van vrachtwagens op het veld, de manier waarop hij naar me keek.

'Ik geloof dat ik bezoek heb,' zei hij.

'Dat wilde je toch. Ik nam aan dat dit een uitnodiging was.' Ik stak de bloemen naar voren met hun blaadjes overdekt met ijs, de stelen zwart van de kou. Lazarus lachte.

'Ik weet niet of dit betekent dat je ze mooi of afschuwelijk vond.'

Dit was de test. Dat moest hij zelf bepalen.

Hij deed de hordeur open.

'Wil je binnenkomen?'

Hij was niet het soort man waarmee ik uiteindelijk mijn leven zou delen. Hij was van het soort dat door de een of andere fantastische vrouw werd weggekaapt; misschien waren ze verliefd op elkaar geweest op de middelbare school en elkaar sinds die tijd trouw gebleven. Twee prachtige mensen, voor elkaar bestemd. Mijn linkerhelft was scheef, mijn hoofd vol kale plekken, mijn huid vlekkerig; ik was tien jaar te oud voor hem. Maar ik stond hier aan de deur. Ik was degene die hij binnen had gevraagd. Dat was de test.

Hij was geslaagd.

We gingen het huis in en stonden in de hal. Er stonden een paraplubak en een rek volgeladen met jasjes en hoeden. Er stond een houten bank waarop je kon gaan zitten om je laarzen aan te trekken. De gang was donker en stoffig. Zo was het met alles. De ramen waren al een tijd lang niet gelapt. Als je eenmaal binnen was, kon je niet meer zeggen wat voor weer het was. Het kon vriezen, sneeuwen, de velden konden vol rode sinaasappelen staan, er kon een hittegolf aankomen, van alles. Waarom bleef ik? Omdat er nu eens iets anders meer op de voorgrond stond dan het klikken in mijn hoofd. Omdat hij de deur had opengedaan. Ik dacht aan dingen waar ik eerder nooit aan gedacht had. Dus dit was het, waardoor mensen stomme dingen deden, belachelijke dingen; dit was het helemaal, hier in de donkere hal.

We gingen naar de keuken. Zijn ontbijt stond op tafel: een glas ijswater, een kom koude muesli, een servet, een lepel. Ik realiseerde me dat de rozen aan het smelten waren, dus legde ik ze in de gootsteen.

'Dat je het maar weet. Ik vond ze mooi.'

'Je wilde alleen niet dat ze rood waren.'

'Dat heb ik je toch gezegd. Ik kan die kleur niet zien. Een van mijn verschijnselen.'

Hij leunde tegen het aanrecht en bekeek me. Hij keek naar me alsof hij me kende.

'Ik wed dat er meer met mij mis is dan met jou,' zei Lazarus.

Hij hield zijn hand boven de lepel op de tafel. Deze slingerde naar voren, draaide een rondje. Toen hij ophield, hoorde ik een metalig geluid.

'Dat is een truc,' zei ik.

'Het is iets elektromagnetisch.'

'Wat kun je nog meer?'

Mijn maag draaide om. Ik viel ergens in, iets hards. Als ik bleef, zouden mijn botten verbrijzelen; ik zou in stukjes aan zijn voeten uit elkaar spatten. Domme meid, domme ik. Ik was niet voor niets in ijs veranderd, hierom, om deze vreemdeling die op geen enkele manier de ware voor mij was. Het zou me maar een paar seconden kosten om de hal door te rennen, een paar minuten om in mijn auto te springen, minder dan een uur, als ik vijftien kilometer harder reed dan toegestaan, om in Orlon te komen. Maar ik wist al dat ik niet weg zou gaan.

'Denk je dat ik een goochelaar ben?' Hij zei het minachtend. Alsof hij eraan gewend was dat mensen op hem neer keken, alsof hij zich daar al helemaal op ingesteld had.

Ik stak mijn kin naar voren en keek hem recht in het gezicht. 'Misschien.'

'Je hebt zeker kinderen die ik bezig moet houden op een

verjaardagsfeestje – is dat het? Ik en een pony en een paar konijnen. Daar zul je voor moeten betalen, en ik ben niet goedkoop.'

'Ik houd niet van kinderen,' zei ik.

Hij schoot in de lach, verbaasd.

'En ik heb niemand.'

Hij begreep het. Er was niemand in mijn leven.

'Dan zal ik alleen jou vermaken.'

Hij liep naar de tafel en pakte een servet. Een ogenblik dacht ik dat hij van plan was me een goocheltruc voor feesten en partijen te laten zien. Gewoon om mij te pesten. Uit trots. Een konijn van papier gevouwen; een vogel die in de lucht draaide en fladderde. In plaats daarvan bracht hij het papier naar zijn mond en blies ertegen.

De kraan in de spoelbak drupte; ik kon dat geluid beter horen dan het geklik in mijn hoofd.

Ik zag hoe het papier in brand vloog. De vlam was zo heet dat hij blauw was. Zelfs ik kon dat zien. Toen de vlam te hoog opschoot en zijn vingers verschroeide, liet Lazarus het brandende papier in de kom met muesli vallen waar hij tot as verbrandde. Ik wist niet dat vuur een eigen geluid had, een ademteug, een zucht, als iets levends.

'Heb jij iets wat nog erger is?' zei hij.

Ik kon een wens doen en deze in bloed en botten veranderen. Wat was dat waard? Ik had ijs in mijn aderen; ik was kouder en verder weg van alles dan een planeet zonder sterren. Als dat was wat hij wilde, dan was ik de volmaakte vrouw voor hem.

Ik ging naar de tafel en pakte het glas ijswater. Ik vulde mijn mond met ijs. Een vrouw die op één plaats stond, die voor eeuwig naar de lucht keek, bewegingsloos, vastgevroren. Ik zoende hem met mijn mond open. Ik kon voelen hoe de hitte binnen in hem het ijs deed smelten, maar ik hield vol. Dit was waarom ik hier was, dat wist ik nu. Ik kon niet ophouden met zoenen. Ik hoorde mezelf, mijn hartstocht en ik kon niet geloven dat ik het was. Maar dat was wel zo. Ik was aan het kreunen. Ik klonk net als het vuur, een ademteug, een zucht. Het raadsel binnen in me: hoe smelt je ijs? Hoe kun je je bewegen als je vanbinnen bevroren bent?

Toen de ijsblokjes in mijn mond water waren geworden, en het water bijna kookte, trok ik me terug. Ik ging naar de spoelbak om het water uit te spugen voor ik me verbrandde. Plotseling wist ik waar de mythe vandaan kwam dat mensen die getroffen waren door de bliksem, seksueel meer geprikkeld zijn. Het draaide doodeenvoudig hierom: we wisten dat we elk moment dood konden gaan. Terwijl je bij het raam stond, je op een dak bevond, golf aan het spelen was, aan de telefoon zat. De mogelijkheid als een lucifer uitgeblazen te worden, zette ons in vuur en vlam.

'Nou, nou.' Lazarus keek verbaasd naar waar hij mee was opgezadeld. 'Jij kent inderdaad aardige trucjes.'

Ik werd tot hem aangetrokken, een spreeuw tot een havik, een havik tot een spreeuw. Er was geen logica toen ik hem de gang door naar de badkamer volgde. Hij vulde het bad met water. Ik begreep dat het de enige manier was om samen te kunnen zijn – de elementen die het meest tot elkaar worden aangetrokken zijn degene die elkaar vernietigen.

Ik bukte, stak een hand in het bad en spetterde heen en weer. Het water voelde ijskoud aan. Ik kon het tot in mijn ruggengraat voelen. Lazarus zei dat dit niets was vergeleken met het bad met ijs waar ze hem in het ziekenhuis in hadden gestopt, toen hij levend aan het verbranden was en ze zijn temperatuur naar beneden moesten zien te krijgen om zijn hart aan de gang te kunnen houden. Dat had hem waarschijnlijk het leven gered. IJs en nog eens ijs. Nu was het zijn diepste verlangen. Een koude vrouw als ik. Ik denk dat hij van mij aan het dromen was en toen stond ik daar, in mijn rode jurk.

De dag was vochtig en nu begon het te regenen. We konden de regen tegen het dak horen tikken. Er was onweer. Ik kon het weer onder mijn huid voelen. Ik was een wolk. Ik had overal en nergens kunnen zijn.

'Het moet voor mij donker zijn,' vertelde Lazarus me.

Dat kon mij niet schelen. Ik wilde alles wat hij wilde. Hij trok de rolgordijnen voor de ramen en deed het licht uit. We konden elkaar haast niet zien. Toen was er nog een licht over, dat ging ook uit. We stonden in het donker, tastend, onze handen, harten, huid volgend. Om de waarheid te zeggen, was ik dankbaar voor het donker. Ik was niet mooi. Ik kon niet vergeten dat ik tien jaar ouder was dan hij. Ik deed mijn kleren uit, ging in het bad liggen en rilde van het koude water. Hij kwam meteen na mij het bad in, wanhopig verlangend naar mij, denk ik. Dat moet het zijn geweest. Ik kon de randen van de hitte in het water voelen. Ik hield me vast aan de gladde kanten van het bad. Ik dacht aan een vis in een emmer. De Dood die aan het voeteneind van een bed stond. Toen hij zich boven op me liet glijden, bedacht ik me dat ik wel eens zou kunnen verdrinken. Misschien was dat ook wel de bedoeling. Misschien kon het me niet schelen. Wat mij betrof was dit de andere helft van mijn doodswens – half vuur, half water. Hij trok me onder en zoende me, diep, onder water, oneindig. Tegen de tijd dat hij ophield, stond ik in vuur en vlam. Ik draaide de koudwaterkraan open en liet hem lopen. Over mijn schouders, mijn borst, in het donker waar ik dankbaar voor was. Ik had overal kunnen zijn, maar ik was hier. Ik had naar het westen of oosten kunnen rijden, maar ik reed hierheen, naar hem toe. Ik sloot mijn ogen. Verbrand me. Verdrink me. Doe wat je wilt. Toen hij in mij kwam, trok ik hem nog dieper.

Ik had thuis kunnen blijven. Ik had de bloemen in de afvalbak kunnen gooien, dat had ik kunnen doen, maar ik deed het niet. Ik wilde het niet. Ik wilde dit.

Toen ik uit het bad stapte, trilden mijn benen. Er was water op de grond terechtgekomen. Iedere stap was glibberig, gevaarlijk, koud. Lazarus zei iets tegen me, maar zijn stem klonk veraf.

'Ik moet iets doen,' zei ik.

Ik wikkelde een handdoek om me heen, ging naar de keuken en deed de vriezer open. Mijn handen trilden. Dit was echt te gek voor woorden. Ik pakte een stuk ijs en duwde het in me, op de plek waar ik in vuur en vlam stond. Het kon me niet schelen. Het was de moeite waard. Ik wist niet meer of ik eerder ooit iets had gevoeld.

'Ik heb je pijn gedaan,' zei Lazarus.

Hij had zijn kleren aangetrokken en was achter me komen staan. Niets had mij meer pijn gedaan sinds die nacht op de veranda; niets wat daar ook maar in de verste verte op leek. Ik stond te trillen, nog steeds nat, dus sloeg hij zijn armen om me heen. Ik kon de hitte door zijn kleren heen voelen. Ik kon zijn hart voelen kloppen, het sterke hart dat de dood had getrotseerd, dat had stilgestaan en weer tot leven was gekomen. Niets maakte hem onweerstaanbaarder voor me dan dat. Als je iedereen van wie je ooit gehouden hebt, vernietigd hebt, dan wil je een man die onverwoestbaar is.

Ik verschilde niet zo heel veel van het hebberige, egoïstische meisje dat ik jaren geleden was geweest. Alleen wilde ik nu niet de kosmos hebben, niet de hele wijde wereld. Alleen dit en verder niets: zorg dat ik wat voel, wat dan ook, in koud water, op een bed van ijs, op een nacht zo donker dat het onmogelijk is het verschil tussen hemel en aarde te zien. Laat dat telkens en telkens weer gebeuren, keer op keer. Doe me zo'n pijn dat ik weet dat ik nog leef.

II

Voelen mensen zich tot elkaar aangetrokken vanwege de verhalen die ze met zich meedragen? Bij de bibliotheek had ik automatisch in de gaten welke leden dezelfde boeken meenamen. Ze leken niets met elkaar gemeen te hebben, maar wie kon zeggen wat voor persoon iemand echt was? Het onbekende, het raadsel, de diepste waarheid. Ik zag ze allemaal: degenen die de weg kwijt waren, degenen die hun leven in zak en as doorbrachten, degenen die zichzelf zonodig moesten bewijzen, degenen die net als ik het vermogen tot voelen hadden verloren. Ik werd tot zulke mensen aangetrokken. Dat was zeker ook de grondslag van mijn vriendschap met Renny. Met zijn handschoenen kon hij niet goed genoeg voelen; hij kon geen stro of stenen oppakken. Zonder handschoenen aan was er te veel gevoel, duizelingwekkend, alomvattend. Hij slikte Demerol tegen de pijn, Tegritol tegen het trillen. Toen ik eenmaal naar de boomgaard begon te gaan, zag ik hem minder vaak. Ik realiseerde me niet in wat voor toestand hij verkeerde, hoeveel pijn hij had, tot hij langskwam en me om hulp vroeg. Ik was in de bibliotheek, op mijn dooie akkertje bezig om boeken op hun juiste plaats op de planken te zetten, in de droomtoestand waarin ik telkens als ik aan Lazarus dacht, terechtkwam. Ik was het meisje met kippenvel, het meisje dat vuur at, de IJskoningin die levend verbrand wilde worden. Iedereen behalve mezelf.

Ik had al mijn moed bij elkaar geraapt en Lazarus gevraagd hoe het was om dood te zijn. Ik vroeg en ik vroeg, maar hij wilde het me niet vertellen. Toch liet ik het onderwerp niet los. Ik zeurde en smeekte. Deed het pijn, was het hemels, was er een wit licht, een zwarte doodsstrijd? Hij weigerde er iets over te zeggen. Hij had een prachtige glimlach, die me nog meer naar hem deed verlangen. Verlangen, had ik ontdekt, is een land op zichzelf. Al het andere valt van de kaart af: oceanen, continenten, vrienden, familie, het 'ervoor', het 'erna' – alles was verdwenen.

Ik was egoïstischer dan ooit. Ik had een geheime, duistere wereld en dat beviel me. In mijn hebzucht was ik Renny volkomen vergeten. Zo'n soort vriendin was ik, denk ik en toen ik hoorde dat hij zo van streek was, schaamde ik me omdat ik zo in beslag genomen was door mezelf.

'Je moet me helpen,' smeekte Renny me.

'Gaat het om Iris?' Iris McGinnis, de fee van verdriet, zo buiten bereik dat ze evengoed op de maan had kunnen wonen.

'Iris,' zei Renny verdrietig. 'Deze keer niet.'

Hij kon de architectuurmodule niet bijbenen; zijn project moest af en hij kon er zelf niet aan werken vanwege de pijn in zijn handen. Ik had hem moeten adviseren een ander hoofdvak te kiezen. Maar nee hoor. Ik, de eeuwige vrijwilliger, bood hem aan het werk voor hem te doen als hij mij vertelde wat ik moest doen.

Ik wilde dat hij zei: 'Nee, dat kan ik niet van je vragen. Dat zou te veel zijn om aan een vriendin te vragen.' Ik wilde in mijn auto stappen en tachtig kilometer rijden naar het geheime land waar de sinaasappels wit waren, waar de sneeuw warm aanvoelde en het ijs naar fruit geurde. Ik wilde het koude meer inlopen waar we nu steeds 's nachts gingen zwemmen als alle arbeiders vertrokken waren, de hoog opgeladen vrachtwagens weggereden waren, als het donker was. Modder tussen mijn tenen onder een zwarte sterrenloze hemel. Ik liep er de hele dag aan te denken terwijl ik boeken op de planken zette. Ik wilde onder water worden getrokken, vergeten dat er nog iets anders bestond in het universum.

Maar hoe kon ik nee zeggen? Renny, mijn vriend. Renny, de verdrietige. Hoe kon ik hem de waarheid zeggen, vertellen wat ik echt wilde? Ga weg, ga weg, ik vertoef in een heel ander land, waar niemand me kan vinden, waar er geen verschil is tussen water en vuur.

Die avond kwam Renny langs. Ik kon zien dat hij wanhopig was, zozeer leken we op elkaar. Zijn tremor was heviger. Zijn haar was lang en zat vol klitten. Hij had zich niet gewassen. Allemaal tekenen van wanhoop.

'Weet je zeker dat je dit aankan?' vroeg ik.

Had hij gedronken, hasj gerookt? Zijn ogen waren rood. En toen dacht ik: o nee, o nee. Hij had gehuild.

'Ik moet het aankunnen, anders zak ik.' Hij staarde naar zijn handschoenen; aan zijn gelaatsuitdrukking te zien had hij net zo goed naar gespleten hoeven of leeuwenpoten kunnen kijken. 'Misschien is het wel tijd om de architectuur op te geven.'

Soort zoekt soort, verhaal zoekt verhaal. Ik had 'ja' moeten zeggen, ik had hem moeten zeggen dat hij ermee op moest houden, maar zo zou het niet verlopen. Spring in de bron, slaap honderd jaar, bind jezelf vast aan een boom aan de voet van een berg, die ene waar het elke dag sneeuwt en het ijs vijftig centimeter dik is.

'Doe niet zo raar. Architecten bouwen niet zelf. Zij inspireren en creëren. Timmermannen doen al het eigenlijke werk.'

'Nou, misschien is het tijd dat ik alle gedachten aan Iris uit mijn hoofd zet.'

'Als je opgeeft, gebeurt er nooit wat.'

Ik was zijn cheerleader, zijn vriendin, zijn familie, zijn leugenaarster.

Renny grinnikte flauwtjes. Hij liet een gehandschoende hand door zijn vieze haar glijden.

'Kom op, we doen het,' suggereerde ik opgewekt alsof ik helemaal niet tachtig kilometer verderop wilde zijn, tot over mijn oren verliefd, tot in mijn botten vol hartstocht. 'Eerst de tempel, dan Iris. Geef me inspiratie. Zet me aan het werk. Behandel me alsof ik een timmerman ben.'

Renny had lijm, stokjes, balsahout, plexiglas en papier meegebracht. Hij ontrolde de schetsen op het aanrecht.

Om eerlijk te zijn, nu ik ervoor stond, joeg de opdracht me angst aan. Ik had nog nooit iets gebouwd. Vernietiging was mijn pakkie an. Renny zag mijn gezicht.

'O, verdomme,' zei hij. 'Misschien moet ik ook wel mislukken.'

Ik ruimde mijn keukentafel leeg en legde een groot vel doorzichtig plastic neer dat Renny had meegebracht voor de basis van het project. Het was de bedoeling dat we een Dorische tempel zouden bouwen, als we tenminste de kat de kamer konden uitwerken, hetgeen ons uiteindelijk lukte door een blikje tonijn open op de veranda te zetten. Ik kreeg de opdracht met dunne bamboestokjes te beginnen. Renny gaf me aanwijzingen, maar het zweet brak me uit bij de gedachte het project te laten mislukken. Ik deed nooit iets goed, dus waarom had ik gedacht dat ik hem kon helpen?

'Fantastisch,' zei Renny telkens wanneer het me lukte een dunne draad aan een bamboestokje vast te knopen. 'Uitstekend.'

Toch leek het op een tempel van botten toen ik klaar was met wat het geraamte moest zijn. 'Weet je zeker dat dit goed is?' Ik tuurde naar de schets. Zestig procent van Renny's cijfer zou gebaseerd worden op dit project.

'Het is alleen nog maar het geraamte,' stelde hij me gerust. 'De rest doen we een andere keer.'

We bestelden een pizza, deden toen de keuken op slot om te voorkomen dat Giselle de tempel omver zou gooien. De herfst hier was heter dan de zomer in New Jersey. Ik had de ventilator aan staan, maar aan of uit: het geklik in mijn hoofd was minder geworden.

'Deze tempel is voor Iris,' vertelde Renny me.

'Echt waar?' zei ik. Ik rilde helemaal; dit kon helemaal verkeerd aflopen. Wist ze eigenlijk wel van zijn bestaan af?

Renny maakte zijn portefeuille open en haalde er een gouden bedeltje uit, waarop de contouren van de naam Iris gedrukt stond. Het zag er droevig, mooi en petieterig uit in zijn enorme, gehandschoende hand.

'Ik heb dit laten maken bij de juwelier in winkelcentrum Smithfield. We hangen het boven de voordeur. Ik wed dat nog nooit iemand zoiets voor haar heeft gemaakt.'

'Renny,' zei ik. Obsessie of liefde of allebei?

'Je vindt me een idioot. Je denkt dat ik helemaal geen kans maak.'

'Voor mij maakt misschien niemand ooit een kans,' gaf ik toe.

Toen de pizza werd bezorgd, betaalde Renny, om me te trakteren op een diner als een bedankje voor al mijn handenarbeid. Toen hij het geld overhandigde, staarde de bezorgjongen naar Renny's handschoenen, beducht, neem ik aan, dat Renny een of andere besmettelijke ziekte had.

'Hij is een idioot,' zei ik toen de bezorgjongen weer weg was. 'Let maar niet op hem.'

Renny deed het gouden bedeltje weer terug in zijn portefeuille; dat kostte hem lange tijd omdat hij onhandig en zorgvuldig tegelijkertijd was. Meestal vielen mij Renny's handschoenen niet erger op dan de klauwen van Giselle. Maar nu wel. Ik dacht aan Iris McGinnis, die niets had om zich zorgen over te maken en er geen sjoege van had dat Renny bestond.

Ik kon een verandering in de luchtdruk voelen, dus stak ik mijn hoofd om de deur en riep de kat. Giselle rende naar binnen en trippelde naar een hoek van de kamer. Ze negeerde ons diner op de theetafel. Vreemd. Ze had weer iets gevangen. Pootjes. Een grijze schaduw.

'Leeft dat ding?' vroeg Renny.

'Ze doodt alles waar ze haar tanden in kan zetten,' zei ik ter verontschuldiging van Giselle. 'Het is haar natuur.'

Renny liep naar de hoek van de kamer en vocht met de kat om deze tweede mol. Ze zette haar tanden in zijn handschoen. 'Goddorie, wat een kreng. Laat dat vallen!' beval hij.

De kat was niet van plan naar bevelen te luisteren, dus greep Renny haar bij haar nekvel beet en schudde haar lichtjes door elkaar. Giselle voelde zich waarschijnlijk vernederd – ik behandelde haar als gelijke – want ze gromde en liet los. Haar slachtoffer was nog in leven, wrong zich blind in allerlei bochten in de handschoenen van Renny. Giselle liep statig sissend weg. 'Moordenares,' riep ik haar achterna. Mijn huisdier, mijn lieveling. Ik begon me aan haar te hechten. Ik maakte me zorgen als ze 's nachts niet binnen wilde komen; ik wachtte bezorgd in de tuin tot ze naar binnen slenterde wanneer het haar goed uitkwam. Ze staarde me net zo lang aan tot ik mijn ogen neersloeg. Dan wreef ze langs mijn benen. Ik had er een gewoonte van gemaakt room voor haar te kopen. Een slecht teken. Geen banden, dat was mijn motto. Geen enkele.

'De afdruk van de tanden staan in zijn vel,' zei Renny.

'Is hij dood?'

Onze pizza stond koud te worden, maar ik kwam toch de mol inspecteren. Hij bewoog niet.

'Ik heb er nog een op de veranda liggen.'

'Echt waar? Nog een mol?'

Ik nam Renny mee naar de plek waar ik de schoenendoos had laten staan. Ik tilde de deksel op. 'Deze is morsdood.'

'Verzamel je ze?'

We schoten in de lach, maar het was niet grappig. Ik voelde hoe mijn keel dichtgesnoerd werd. Daar in de schoenendoos lag het molletje, opgerold als een afgevallen blad, uit te drogen in de hitte, niet veel meer dan huid en botten. Kon het zijn dat ik zelfs aan dit arme beestje gehecht was geraakt?

'Nou, deze is springlevend,' zei Renny over de mol van vandaag. Inderdaad haalde hij adem, dus stopte Renny hem in zijn jaszak. 'Ik durf te wedden dat die andere ook nog in leven was en zich dood hield. Het is namelijk moeilijk te zien.'

Ik was nog steeds het meisje van de doodswens. Het meisje met kippenvel.

'Heb je dat gecontroleerd voordat je hem weggooide?' vroeg Renny.

Na alles wat ik vanavond voor hem had gedaan, leek hij

me nu te beschuldigen van moord, of als het niet daarvan was, dan toch wel van onzorgvuldigheid. Maar dat was lood om oud ijzer. Er zat lijm op mijn handen en mijn gevoelloze vingertoppen waren ruw geworden van het vastmaken van die verdomde bamboestokjes.

'Misschien moeten we dat project maar opgeven,' zei ik. 'Als ik toch niets goed kan doen.'

'O,' zei Renny. 'Ik begrijp het al. Eén eerlijke opmerking en de vriendschap is uit. Gaat het daarom?'

Hij was zo gevoelig dat een enkele druppel gif, één woord, één blik, een splinter ijs hem al kon kwetsen. Hij had zijn hoofd gebogen. Hij zat de mol te inspecteren. Ik zag wat ik niet wilde zien: Renny was er kapot van. Gelijke zielen. Ik wist hoe hij zich voelde.

'Zo bedoel ik het niet, Renny.' Ik ging dicht tegen hem aan staan. Mijn enige vriend. Ik kon zien dat de mol lichtjes ademhaalde. Nu zag ik pas dat een van zijn oren doormidden was gescheurd.

Ik nam Renny weer mee naar binnen en stond erop dat we zouden gaan eten. Ik was hem iets verschuldigd. Ik vertelde hem over Lazarus, niet alles natuurlijk, niet hoe ik me vanbinnen voelde, alleen maar dat ik op rare tijden opstond, dat iets me dwong ernaartoe te rijden; ik tilde slechts een tipje van de sluier op. Toch vertelde ik te veel. Ik maakte de vergissing te zeggen dat Lazarus en ik altijd in het donker samen waren. Misschien was dat iets wat me dwarszat. Maar zodra ik het gezegd had, wist ik dat ik mijn mond had moeten houden.

'En dat doet je niks? Geeft dat je niet het gevoel dat er iets is waarvan hij niet wil dat je dat ziet? Ik wou dat ik dat kon doen, maar als ik samen met Iris in het donker zou zitten, dan zou ik haar niet kunnen bedriegen. Wat er mis is met me zou dan nog duidelijker worden. Het donker maakt het voor mij nog erger.'

Renny besloot dat hij me zijn laatste verschijnsel van zijn

inslag zou laten zien. Het verschijnsel dat hij voor iedereen verborgen hield. Ik had het gevoel dat dat zijn diepe geheim kon zijn, het raadsel van wie hij was. Ik wist niet goed of ik dat wel wilde weten, maar er was geen houden meer aan.

'Blijf hier,' gebood hij me.

Ik ging op de bank zitten terwijl hij het licht ging uitdoen. Het werd allemaal wel erg persoonlijk. Ik wilde weg. Ik wilde eenzaamheid. Maar hij stond alweer naast me. Hij stootte zijn knie tegen de theetafel, hard en we lachten allebei toen hij 'au' zei.

Alles deed pijn, misschien was dat het raadsel van wie hij was.

Ik wilde hem zeggen dat hij het me niet moest laten zien. Ik wilde zeggen dat ik alleen maar geïnteresseerd en bezorgd leek. Maar ik zat daar maar naast hem. Als bevroren.

Renny trok zijn handschoenen uit. Ik kon het hem horen doen; hij kreunde van de pijn, van de wrijving van het leer tegen zijn vernielde huid. En toen zag ik het. Verbazingwekkend. Stukjes geel en groen gloeiden op zijn huid. Het was zo vreemd en op een bepaalde manier ook mooi. Je kon het alleen in het donker zien, het goud was door zijn huid geweven, alsof hij een wandkleed was. Het goud ging verder dan het gebied waar zijn horloge en ring hem hadden gebrandmerkt, alsof het metaal over zijn handen was gespat. Maar ik begreep waarom hij de liefde evenzeer wenste als vreesde: hij zag er niet helemaal menselijk uit.

'Ze hebben een biopsie gedaan om te zien of het eruit gehaald kon worden, maar het goud is vermengd met het vet en het onderhuids bindweefsel. Ik zal het nooit kwijtraken.'

Ik nam zijn handen in de mijne. Ik had het gevoel dat ik moest huilen. Ik vroeg me af of beschadigde mensen ooit over datgene wat hen had beschadigd, heen konden komen.

'Dus jij bent van goud gemaakt. Dat is beter dan gewoon vlees.'

'Ja, dat zal wel. Ik ben een rariteit.' Renny ging het licht weer aan doen. Hij bleef met zijn rug naar me toe staan en trok zijn handschoenen weer aan. 'En dat is hij ook, denk ik. Jouw vriend Lazarus.'

Soort begrijpt eigen soort. Daar was ik van overtuigd. Renny draaide zich weer naar mij toe.

'Hij houdt iets voor je achter,' zei mijn vriend.

Ik had het hem nooit moeten vertellen, nooit met hem moeten praten, nooit betrokken moeten raken.

'Nou, ik hoop dat het net zoiets moois is als jouw handen.'

Renny keek me aan alsof ik mijn verstand had verloren. 'Begrijp je het dan nog niet? Je verbergt niet wat je denkt dat mooi is. Je verbergt iets wat kapot is.'

We lieten het onderwerp vallen, maar het was te laat. Sommige ideeën groeien als ze eenmaal in je opgekomen zijn, of je het wilt of niet. Ik was begonnen aan kapotte dingen te denken.

'Wat eten mollen volgens jou?' vroeg Renny toen ik hem naar Orlon College terugreed.

Natuurlijk hield hij de mol en hij zou van dit blinde, gewonde schepseltje een huisdier maken. En wat dan? Zou de mol tegen hem gaan praten? Zou hij Renny drie wensen geven? Haal het goud uit mijn huid, de ring van mijn vingers, het horloge van mijn pols?

'Larven?' gokte ik. 'Mijn broer weet dat wel, maar hij heeft het te druk om met mij te praten.'

'Larvensoep.' Renny grinnikte. 'Larvenkoekjes.'

'Ze verkopen vast mollenvoer in de dierenwinkel. Of probeer Acres' IJzerwinkel. Die schijnen alles te hebben.'

Ik zat eraan te denken hoe Ned vroeger voer neerzette voor de vleermuizen die onder ons dak hun nesten hadden. Hij zette een mengsel van niervet, honing en fruit in de dakgoot. Ik stopte mijn hoofd onder mijn kussen, maar hij ging dan door het raam zitten kijken.

'Ze kunnen het vinden zonder te zien waar ze heen gaan,'

vertelde mijn broer me. 'Zo verfijnd zijn hun zintuigen. Ze vliegen blindelings door het donker.'

's Nachts was de woonwijk van Orlon College rustig. Ik had echter het gevoel dat ik Renny op de verkeerde plaats afzette. Het kwam door zijn handicap. De campus was zo goed verzorgd, zo volmaakt, en hij begon in te storten. Ik had het gevoel dat een ware vriendin in staat zou zijn geweest handschoenen van riet en mollenhuid te weven; als hij dat soort handschoenen drie dagen achtereen zou dragen, zou hij genezen zijn. Het eerste het beste meisje dat langs hem liep in de cafetaria zou verliefd op hem worden en dat zou Iris zijn. Iris McGinnis zou echt naar hem kijken, naar zijn innerlijk en als ze zag hoezeer hij van haar hield, zou ze zo geroerd zijn dat ze zou gaan huilen.

Renny stak zijn hand in zijn zak om de mol te pakken. Hij had het bij het rechte eind over mij. Ik had waarschijnlijk aangenomen dat de mol niet meer te helpen was en had hem bij zijn voorganger in de schoenendoos gegooid om te verworden tot huid en botjes, tot nog een opgerold blaadje.

'Hij leeft nog,' zei Renny.

'Meer kunnen we niet vragen, toch?'

'Vergeet nou maar wat ik over Lazarus heb gezegd. Misschien was ik jaloers dat jij iemand had gevonden.'

Alsof ik dat kon vergeten. Ik merkte dat ik wenste dat Renny niet langer deel uitmaakte van mijn leven.

'Natuurlijk. Zit er maar niet over in. En het is ook weer niet zo dat we weglopen naar een trouwkapel. Het is geen liefde, Renny. Daar lijkt het echt niet op.'

'Ik ben blij voor je. Wat het ook is. Dat meen ik.'

Dat deed hij inderdaad. Hij kon een gebroken hart hebben en toch blij voor een ander zijn.

'Ik ga Iris uit mijn hoofd zetten. Het was een idioot idee haar de tempel te geven. Of ooit te denken dat ze me zou willen hebben. Wat zou ze met een monster aan moeten?'

'Je bent helemaal geen monster.'

Ik voel iets achter mijn oogleden branden. Het was medelijden. Iets wat ik niet wilde voelen.

'Moet je horen, Renny, zelfs als het niet Iris is, dan zal toch iemand je volmaakt vinden zoals je bent.' Hij keek me aan en ik kon zien dat hij, wat hij ook zou zeggen, nog steeds hoop had. Hij wilde erin geloven.

'Geloof me nou maar,' zei ik.

Godallemachtig, dat leek hij nog te doen ook.

'Misschien heb je gelijk,' zei hij.

'Dat weet je best.'

Ik had bijna mezelf overtuigd. Renny stapte de auto uit en liep achterwaarts zodat hij naar me kon zwaaien.

'Monsters aller landen, verenigt u.' Hij stak een gehandschoende vuist de lucht in.

'Ga studeren of zoiets,' riep ik naar hem.

Dat deed hij, hij was weg, maar niet helemaal. Want daar was het: de gedachte binnen in me, die zich herhaalde en steeds groter werd. Stel dat Lazarus iets voor me verborg? Stel dat ik hem helemaal niet kende? Hij kon een hersenspinsel van me zijn, een beer, een slang, een stekelige pad. Ik bedacht dat ik maar eens wat onderzoek moest doen; dat was uiteindelijk mijn werk.

In plaats van naar huis te gaan, reed ik naar de bibliotheek. Ik liet mezelf met mijn sleutel via de achterdeur binnen en deed daarna de deur achter me op slot. Het was heet en vochtig in de bibliotheek; geen wonder dat de bladzijden van de oudere uitgaven bruin werden. Ik ging naar de kaartencatalogus en knipte de bureaulamp aan. Een kleine cirkel van geel licht. Frances liet het bureau opgeruimd en goed geordend achter, dus lette ik er goed op niets te verleggen. Er hing een bijzondere zwaarte in de ruimte; overdag lieten we de oude airconditioner aan staan, maar nu was het stof gaan liggen. Ik kuchte en het geluid weerkaatste. Misschien had ik hier niet moeten komen. Ik had de deur weer van het slot kunnen doen en naar huis kunnen gaan.

Ik piekerde er niet over.

Ik liep de kaarten langs tot ik hem gevonden had, de kaart van Lazarus Jones. Ik nam aan dat dit de dichtstbijzijnde bibliotheek voor de boomgaard was, maar het verraste me toch dat hij zo ver kwam rijden voor een stel boeken. Het was doodstil in de bibliotheek. Ik voelde de drang al mijn kleren uit te trekken. Die gedachte schoot opeens door mijn hoofd en ik verbaasde me over de kracht van mijn hartstocht. Ik nam aan dat mensen zulke dingen deden om uit hun eigen huid te kunnen kruipen, een lange neus te kunnen trekken, iets op te kunnen eisen. Ik nam aan dat het te maken had met vernieuwing of vrijheid. Ik hield mijn kleren aan; ik schreef de nummers op van de boeken die hij had geleend, voor ik de kaart op zijn plaats terugzette. Toen zocht ik de nummers op van de boeken die hij had gelezen, door met een zaklantaarn het duister in te schijnen. Ik bevond me in de reisafdeling. Het eerste nummer verwees naar een platenboek over de schatten van Egypte in het museum van Cairo, een ander was de geschiedenis van een zeeman op de Zwarte Zee; een tijdje werd ik afgeleid door een nummer in de biografieën, maar het verwees naar de memoires van T. E. Lawrence, een boek over ontsnapping bedoeld voor de lezer voor wie ontsnappen niet mogelijk was.

Lazarus' keuzes verbaasden me. Wat waren mensen toch geheimzinnig en wat was hun boekenkeuze een onthulling van wie ze waren. Ik wist nu nog zekerder dat Lazarus iets verborg, en dat kon wel eens zijn ware aard zijn. Ik zette de boeken terug, deed de bureaulamp uit, borg de zaklantaarn op en dacht aan hem in de zwarte duisternis.

Frances had foto's op haar bureau staan, van neven en nichten, van een zwarte hond met de naam Harry, van de kanalen van Venetië, waar ze afgelopen jaar met vakantie was geweest. Op mijn bureau stond niets, althans niets opvallends. Alleen het onzichtbare portret dat ik altijd bij me had, dat ene van mezelf, het enige waarin ik was geïnteresseerd, het meisje dat stond te stampvoeten op de veranda, adem in stoomwolken, een draakje, een monstertje, met lang zwart haar dat langs haar rug naar beneden viel, de sterren aan de zwarte hemel voor altijd op hun plaats vastgezet, het ijs eeuwig schitterend, helderder dan de sterren.

Ik kon torren tegen de raamhorren horen botsen. Ik hoorde een zucht, alsof de boeken ademden. Ik had het gevoel dat dit de plek was waar ik thuishoorde. Hier leefde ik. Al het andere dat ooit gebeurd was of nog zou gebeuren, was een soort droom. Toen hoorde ik een bons. Mijn adem stokte in mijn keel. Dat deed mij wakker schrikken. Misschien wilde ik toch wel leven. Misschien wilde ik wél in de wereld vertoeven. Ik was bang dat een dief de bibliotheek probeerde binnen te komen. Alles was hier gratis; er viel niets te stelen. Wie gek genoeg was om in te breken, kon ook gek genoeg zijn om meer uit te halen.

Ik week terug in de duisternis. Toen hoorde ik geschuif en ik kon weer gemakkelijker ademhalen. Geen inbraak, maar een teruggave. Ik realiseerde me dat iemand een boek door de nachtbus had laten glijden. Dat was alles. Ik kneep mezelf omdat ik zo idioot had gedaan en liep naar de deur. Er was niets om bang voor te zijn. Ik kon iemand in het wit gekleed het pad af zien lopen. Ze liep blootsvoets over het asfalt. Haar haar was blond en ze had haast. Er stond een auto met lopende motor in de straat geparkeerd. De nacht was donker: torrenzwart. Ik kon geen gelaatstrekken onderscheiden tot de deur van de auto werd geopend en het binnenlicht aanging. De vrouw was mijn schoonzus.

Ik bleef kijken tot de auto uit het zicht was verdwenen. Mijn hart bonkte, te snel, te hard. Ik had mijn hele leven al het gevoel gehad dat ik een medeplichtige in een misdaad was. Dat was niets nieuws voor me. Doodswenser, verrader, leugenaar, geheimenbehoeder. Ik was de assistente van de Dood, zonder al te veel eigen vaardigheden. Een lakei, een dwaas, het hulpje bij wie elke stap in een fiasco eindigde.

Een stap, een wens, een vergissing, een ijzige nacht. En nu had ik mijn schoonzus Nina naar haar auto zien rennen, zien wegrijden in het donker. Ik realiseerde me dat het witte ding dat ze droeg, haar nachtjapon was. Ik realiseerde me dat ik haar niet kende, van geen kant.

Het boek dat ze had achtergelaten lag in de houten nachtbus; toen ik het oppakte, was het nog warm. Ik nam het boek mee, de achterdeur uit, waar mijn auto in de schaduw stond geparkeerd. Ik reed terug over de campus en het was waarschijnlijk niet toevallig dat ik in de straat van mijn broer uitkwam. Misschien wilde ik mezelf geruststellen dat het niet Nina was geweest bij de bibliotheek, alleen maar iemand die op haar leek. Ik kon sommige huizen gevuld met geel licht, met leven, binnenkijken. Het huis van mijn broer was echter donker. Iedereen lag te slapen, iedereen was veilig binnen. De auto die ik bij de bibliotheek had gezien, stond op de oprit geparkeerd. Misschien had ze er vannacht niet in gereden; toch was ik er niet zeker van of ik dat wilde weten. Ik durfde niet uit te stappen en de motorkap aan te raken om te voelen of hij nog warm was.

Ik stond onder een lantaarnpaal; toen ik het teruggebrachte boek omdraaide, zag ik de titel: *Honderd manieren om dood te gaan.* Het was een instructieboek over suïcide, het boek waar ik vaak naar verwezen had in New Jersey als Jack Lyons me om informatie belde.

Ik voelde mijn keel dichtsnoeren. Ik had gedacht dat soort altijd eigen soort herkende, maar ik had me volkomen in Nina vergist. Ik had gedacht dat ze was wie ze leek te zijn.

Ik keek naar de torren die door het duister vlogen. Ik vroeg me af of Nina naast mijn broer in bed was gekropen, of hij misschien niet eens had gemerkt dat ze weg was geweest, of hij voelde dat ze koude voeten had. Nu herinnerde ik me dat op de dag voor mijn moeder stierf, mijn broer de hele dag bezig was geweest een cadeau voor haar te maken. Het was een boek gemaakt van vouwpapier, met veters ingebonden. Toen ik hem vroeg, wat het was, zei hij dat het zijn levensverhaal was. 'Dat is stom,' had ik gezegd. Ik keek niet naar zijn gezicht om te zien of ik hem had gekwetst. 'Wie kan dat nou wat schelen?' Ik was jaloers. Daarom had ik dat gezegd. Ik had niets. Ik had er niet eens aan gedacht om een cadeautje voor haar te bedenken. Ik had helemaal niet nagedacht.

Het huis waarin we in New Jersey hadden gewoond, had gemakkelijk in de woonkamer van mijn broers huis gepast. Dat van hem was een prachtig huis, zelfs in het donker. Vóór deze nacht had ik me ingebeeld dat Ned en Nina goed sliepen in hun huis, een logische slaap, droomloos en zoet. Nu zag ik dat er een vrouw op het gazon stond. De vrouw van mijn broer. In haar nachtjapon was ze bijna niet te zien. Maar daar stond ze: het was Nina. Ze stond stokstijf stil. Ik probeerde zo snel mogelijk weg te komen, voordat ze me in de gaten kon krijgen. Ik reed weg zonder de koplampen aan te doen. Misschien heeft dit nooit plaatsgevonden, misschien had ik het verkeerd, maar toen ik me omdraaide om door het achterraam te kijken, zag ik dat ze me gezien had, ook al leek het haar niets te kunnen schelen. Ze keek dwars door me heen, alsof deze wereld haar niet langer aanging, alsof alles wat belangrijk was, niet langer met het blote oog kon worden waargenomen.

HOOFDSTUK 4

Verloren en gevonden

I

Mensen verbergen hun ware aard. Dat begreep ik maar al te goed; ik juichte het zelfs toe. Hoe zou de wereld eruitzien als mensen bloedden op het trottoir, als ze huilden onder de bomen, als ze iedereen die ze verachtten een klap verkochten, als ze op een parkeerterrein, op het ijs, in het donker op hun knieën vielen? Een mantel omslaan, dat mag wel, dat is de juiste omgangsvorm; presenteer een vermomming, je buitenkant, het veiligheidsnet. Zoals mijn schoonzus bijvoorbeeld: de zonnige, bijna volmaakte wiskundige, die in haar nachtjapon door stille straten reed wanneer de meeste nette mensen al in bed lagen en die de honderd manieren om dood te gaan bestudeerde. Ik had haar sinds die nacht in de bibliotheek een paar keer in het voorbijgaan gezien, een keer op de markt, een andere keer zag ik haar weggaan uit de cafetaria waar Renny en ik zaten te lunchen; beide keren zwaaide ze opgewekt naar me. Ik zwaaide op mijn beurt terug alsof er niets was gebeurd. Net als alle anderen een leugenaar, bereid net te doen alsof ik haar niet gezien had, niets wist van de barst in de werkelijkheid van haar leven, het duistere uur, de deur van de bibliotheek, het boek dat nog warm was van haar handen, de honderd manieren om dood te gaan.

Absint, daar begon het mee, opgedronken natuurlijk. Arsenicum, barbituraten (in pudding of appelmoes verkruimeld om snelle vertering te bevorderen), belladonna, bloedarmoede, veroorzaakt door alle voedsel te weigeren, bijensteken (zie wespen, zie nesten, zie allergieën), zwart nieskruid (als thee gezet), cruciale bloedvaten (messen, scheermessen, ballpoints), val uit een open raam (achtste verdieping of hoger), plastic zak over het hoofd (zie dubbele dood, zie gegarandeerde overdosis), dood door verdrinking, dood door brand, dood door een politieongeval (zie achtervolging van auto, zogenaamde roof, openbare dronkenschap, verstoring van de openbare orde), oxycontine, heroïne, gasovens, auto's, datura, kalmeringsmiddelen, stimulerende middelen, dollekervel, de wortel van de karmozijnbes, polei, het huren van een motelkamer, openbare toiletten, vijvers, meren, anonimiteit, verstikking, dood door ophanging, verwondingen veroorzaakt door geweerschoten, klimop (verpulverd en soep of thee van getrokken), dood door ijs, door wensen, door op de verkeerde tijd op de verkeerde plek te staan, door gladde banden, ondankbare kinderen, klauwen en tanden van katten.

Ik zwaaide gewoon naar Nina als ik haar zag, ging dan door met mijn boodschappen, mijn salade en ijsthee, alsof er niets was gebeurd, alsof ik niet *Honderd manieren om dood te gaan* had doorgebladerd voordat ik het weer op de plank terugzette, alsof mijn schoonzuster niet in haar nachtjapon op de stoep van de bibliotheek had gestaan. Zelfhulp, dat was de afdeling waar het boek hoorde.

De waarheid was dat ik me er niet mee wilde bemoeien. Waarom zou het aan mij zijn iemands leven te beroeren, iemand meer naar rechts dan naar links te sturen, van de weg af in plaats van erop? Raak erbij betrokken en je maakt onvermijdelijk fouten. Wie weet waar jouw advies, belangstelling, liefde toe kan leiden? Begin ermee en het zou wel eens onmogelijk kunnen zijn er weer mee op te houden. Dat was wat er met Lazarus was gebeurd. Ik was begonnen een vraagteken bij hem te plaatsen; welke boeken hij geleend had, wat voor man hij was. Ik had de kraal van twijfel die Renny me had toegeworpen, opgevangen en er een ketting van geregen, rode parels, onzichtbaar voor me, maar strakgetrokken om mijn nek.

Wat betekende het als je een minnaar had die jou alleen maar in het pikdonker wilde omhelzen? Die niet alleen zijn diepste innerlijk, maar ook zijn hele buitenkant wilde verbloemen? Niet veel goeds, zoveel was zeker; niet iets wat je kon vertrouwen. Vast iets wat je zou bijten, je naar beneden zou halen en je verrassen. Zelfs de hopelozen en de cynici, mensen die er zeker van waren dat ze nooit geschokt konden worden door de mate waarin mensen ontrouw en verachtelijk kunnen zijn, konden onderuitgehaald worden. Door bepaalde dingen. Door deze dingen. Rode parels, de waarheid, wat je niet wil weten, hoeft te weten, wat je in de palm van je hand moet hebben. Pak hem beet, de brandnetel, de wesp, de glasscherf. Doe het. Leef vervolgens met de consequenties.

Iedere keer als ik Lazarus vroeg hoe het was om dood te zijn geweest, begon hij te lachen. 'Ik heb je toch gezegd dat we daar niet over praten.' Hij had zo zijn regels: dit wel en dat niet. In het donker, de hele nacht lang, maar nooit in het licht. Maar ik liet het er niet bij zitten. Wanneer deed ik dat ooit wel? Ik fluisterde en dreef door als een zeurende echtgenote, een kind dat van geen ophouden weet. Stamp met je voeten, kleine meid. Knip uit wraak je haar af. Pak wat je wilt hebben. Geef niet op. Pest, smeek, huil.

'Waren er verwelkomende familieleden? Was er een zwart gat? Strekte de tijd zich uit tot een oneindigheid, of was het een enkele klap, boem, over, als een tovenaar die een doek over een konijn zwaait, en dan is alles, alles over?'

Hij lachte tegen me. Het was buiten vijfendertig graden en we zaten in de keuken met de zonwering naar beneden. Hij droeg een wit overhemd met lange mouwen. Nu viel het me op: alle knopen zaten dicht.

'Waarom denk je niet in het hier en nu?'

Lazarus deed zijn armen om me heen, trok me stevig tegen

zijn brandende borst aan, bracht zijn mond tegen mijn oor. Zijn stem alleen al was heet en deed me smelten. Ik voelde hem tegen me aan, dij tegen dij, en op dat ogenblik geloofde ik dat ik hem kende. Op een bepaalde manier. Heet, nacht, neuken, zoenen, huid, spieren, hitte. De manier waarop zijn armen aanvoelden in het donker. Iedere rib. Ladder, kooi, zijn, mijn. De grootte en hitte van hem in mij. De woorden die hij sprak en die helemaal geen woorden waren. De manier waarop hij me wilde hebben. Was dat niet genoeg? Zou dat geen liefde kunnen zijn? Alle wetenschappelijke kenmerken waren aanwezig: kloppend hart, bereid bijna alles te geloven, verlangt naar het donker, verlangt naar hem als ze niet bij hem is, stapt op de onmogelijkste uren in de auto, rijdt over onbekende wegen, denkt niet verder dan het neuken, verhoogde polsslag, het centrum van het zelf zakt naar de onderbuik, seks, dijen, niet meer nadenken, niets meer doen, het 'je bent niet alleen', de jij verdwenen, geen verschil tussen binnen- en buitenkant.

Alle tekenen. Bewijs te over.

En toch was het er. Het knagen van een enkele gedachte in mijn hoofd. Wat was er verborgen, wat niet. Het was net of er een bandrecorder in mijn hoofd zat; eentje die ik niet terug kon spoelen. Het was een vogelstemmetje, het gefluister van een mol: zoek het uit.

Vormt dat niet de kern van ieder verhaal? De zoektocht naar de waarheid. De behoefte om te weten. Ruk af die zeeleeuwenhuid, de ezelshuid, de veren, de boeien. In het maanlicht, het licht van de sterren, van de lantaren, het blauwe licht. O, alsjeblieft. O, nu. Ik weet dat dit is wat ik wil. Te zien en te horen. Haal de sluier voor mijn ogen weg. De stenen uit mijn oren. Dan, voor de zekerheid, het ijs uit mijn bloed. Draai me twee keer rond. Vertel het me, ongeacht de consequenties, ongeacht de prijs. Tenminste, tot er betaald moet worden. Tenminste, tot de prijs je verblindt, je verdooft, je levend verbrandt.

De volgende keer dat ik Lazarus opzocht, neusde ik stiekem langs de boekenplanken in de woonkamer terwijl hij in de studeerkamer aan het werk was. Rekeningen aan het betalen terwijl hij ondertussen de ijsthee die ik voor hem had gemaakt, opdronk. Druk bezig, vol vertrouwen in mij, uitgerekend in mij. De boekenplanken waren stoffig. De hele kamer was stoffig. Blauw licht, licht van de lantaren. Geen van de boeken leek in jaren te zijn aangeraakt. Als bibliothecaresse kon ik dergelijke dingen inschatten: wat was in gebruik, wat stond weg te kwijnen op de plank. Ik ging van de ene boekenkast naar de andere. Nog meer reisboeken. Gidsen voor Frankrijk. Musea in New York. Dorpjes in Peru. Een hele plank aan Italië gewijd. Alles op alfabetische volgorde, zo ordelijk, zo stoffig. Een museum van boeken.

Lazarus kwam de kamer binnen en betrapte me op handen en knieën.

'Zit je klaar voor mij?'

Hij lachte. Ik ook.

Ik had me moeten generen, zo'n grote plaats nam seks bij ons in. Ik vroeg me af hoe het zou zijn als we het ijs, water, al die kou niet nodig hadden. Misschien zouden we, als we enigszins de kans kregen, nooit ophouden; misschien zouden we elkaar tot as vermalen, tot stof, gloeiend heet, bloedrood.

'Ik bekijk de boeken.' Ik draaide me van hem af. Dat deed ik altijd als ik iets of iemand niet vertrouwde, hem dus eigenlijk.

'Zie je die niet genoeg in de bibliotheek? Is dat het?'

Hij kwam dichterbij, zijn handen op de tailleband van mijn spijkerbroek en zijn vingers drukten zo hard dat ze mijn huid konden verbranden.

'Als je van plan bent me voor te lezen, maak er dan een verhaaltje voor het slapen van.' Hij grinnikte sluw. Ik hield van die grijns. Ik hield van wat hij bedoelde. Ik neem aan dat ik bloosde. Mijn gezicht was waarschijnlijk rood. Roze. Blos.

Geen gêne. Hartstocht. Al dat verlangen dat ik voelde, kon ik onmogelijk verbergen. We brachten het grootste gedeelte van de tijd in het bad door, neukend zoals vissen het waarschijnlijk doen, in golven, in de kou, onze huid zo hard als schubben. En als we het in bed deden, deden we het op een deken van gemalen ijs. Mijn vingers werden blauw; het kon me niet schelen. Ze waren toch al gevoelloos, tenzij ik hem aanraakte.

'Dat kon ik wel eens doen.' Ik zwaaide een boek voor hem heen en weer. Het rook naar groene velden, rode wijn, zonlicht. De subtiele geur van drukkersinkt. 'Ben je geïnteresseerd in Italië?'

'Ik ben geïnteresseerd in jou.'

Hij dacht waarschijnlijk dat dat het antwoord was dat ik wilde horen.

Dat had gekund. Dat had zo kunnen zijn. Maar dat was het niet.

'Serieus. Je hebt zoveel reisboeken. Je bent toch niet van plan te verdwijnen? Op stap gaan naar Rome of Florence. Daar kun je een andere vrouw vinden, eentje die er knap uitziet.'

Hij pakte het boek uit mijn handen. Kon iemand echt op die manier naar me kijken?

'Jij bent degene die ik wil.'

Ik geloofde hem. Ik had moeten stoppen. Maar het had al een aanvang genomen, het plan dat ik had, de behoefte die ik had, het midden, de waarheid, de richting die we opgingen, waar we naartoe struikelden.

Lazarus blies het stof van het boek en zette het terug op de plank. De boeken waren geordend, stad bij stad, land bij land. Hij stak het boek in de sectie Zuid-Amerika. Hij gaf niet om orde.

Toen wist ik het. Hij had dit boek nooit eerder gezien. Dit noch enig ander boek op de plank.

'Misschien zouden we ergens heen kunnen gaan.' Ik wilde een reactie. Op de manier van kinderen die met stokken in dode dingen porren. Leeft het nog of niet? Is het kwaadaardig of tam? 'Ik meen het. Ergens heen waar we nog nooit zijn geweest.'

Hij keek me aan. Tien jaar jonger. Het soort man dat nooit naar me om had moeten kijken. Knap. Wist hij dat niet? Had hij nooit in de spiegel gekeken? Of kon hij mij niet zien? Was het een plaatsgebonden blindheid – ik kon geen rood zien; hij geen lelijkheid of bedrog.

Maar hij voelde dat er iets mis was. Het hing in de lucht, als stofvlokjes of muskieten. We zaten er middenin, het kroop over de vloer, langs zijn benen omhoog. Er verscheen een rimpel tussen zijn ogen. Alsof hij probeerde uit te dokteren waarom ik het had over weggaan terwijl alles wat we wilden juist hier zou moeten zijn.

'Italië,' fluisterde ik. De hele tijd dat ik in New Jersey had gewoond had ik over dergelijke plaatsen gedroomd. 'Zuid-Amerika.'

'Hé, ga je mee naar de keuken,' zei hij. 'Ik heb een lunch voor je klaargemaakt.'

Heel gewoon. Niet geïnteresseerd. Volgende onderwerp. Het hier en nu. Lunch op tafel. Net als gewone mensen.

Ik volgde hem de hal door. Ik had een leeg gevoel vanbinnen, alsof iemand dat kleine beetje dat ik in me had, had afgepakt en weggeblazen. Ik probeerde niet te weten wat ik wist. Hij had nooit reisboeken uit de bibliotheek geleend; hij had die boeken op de plank nooit gelezen.

Als lunch had hij hete tomatensoep voor me klaargemaakt. Hij hield zelf van koude soep met ijs erdoorheen.

'Vitamine c,' zei hij.

Hij moest aan dat soort dingen denken. Zijn gelaatskleur was licht, hij kwam nooit in de zon. Ik dacht dat hij misschien voor mijn ogen zou vervagen. Ik dacht aan de arbeider die half en half geloofde dat hij voor een monster werkte. Ik ging aan tafel zitten. We hadden elkaar niet veel te zeggen. Buiten kwam de schemer in golven aanzetten en weefde zich in krullers van blauw licht tussen de wolken door. Ik had het gevoel dat mijn hart gebroken was en ik had niet eens geweten dat ik een hart had dat gebroken kon worden.

Dat is het midden van het verhaal. Je komt meer te weten dan je ooit gewenst had.

We bleven in de keuken zitten kijken hoe het licht in de boomgaard verzonk. Al dat blauw, al dat licht. Als ik bleef, zou ik de borden afspoelen en hij zou zijn handen op het ijs van de diepvrieskist leggen, achter me gaan staan en me aanraken tot ik in brand stond. Ik zou dan de kraan laten lopen en mijn koude, natte armen om hem heen slaan. Maar dat gebeurde die dag niet. We begaven ons naar het 'voorbij'; het 'toen' en het 'nu' en 'binnenkort' begonnen onderscheiden gebieden te worden.

Dit was geluk en we wisten het niet. We liepen er vierkant langs. Hadden geen flauw vermoeden. Stap na stap.

Ik voelde het ergens steken, een scherpe pijn. We ontwaakten uit de droom van de keuken, de middag, de manier waarop we elkaar begeerden. Als het donker werd, gingen we meestal naar de slaapkamer, naar het bad. We waren blij dat het nacht werd. Nu was ik moe. Het was een lange dag. Het was een lange weg. En we waren er nog niet. Ik zei tegen hem dat ik me niet lekker voelde. Ik had mijn slaap nodig. Ik was er nog niet aan toe ergens achter te komen, denk ik. Nog niet. Ik wist dat de waarheid de dingen op zijn kop zou zetten.

'Sorry,' zei ik toen hij met me mee naar buiten de veranda opliep.

'Sorry waarvoor?'

Om niets. Om alles. Om alles wat ik van plan was te gaan doen.

'Dat ik moe ben.'

Hij pakte me beet en ik zoende hem tot mijn mond in brand stond. Geen ijs. Dit keer niet. Hij liet me los en keek me aan.

'Ik wil je geen pijn doen,' zei Lazarus.

Dat zeiden ze allemaal en dan gingen ze door en deden het toch. Toen ik naar huis reed, had ik het gevoel dat me iets was afgepakt.

Ik was iets kwijtgeraakt; dat voelde ik even zeker als toen ik de kleur rood was verloren, nota bene een kleur die ik nooit mooi had gevonden, eentje die ik vermeed. Nu was iedere kleurschakering flets zonder rood, futloos: niet alleen scharlaken, karmozijn en vermiljoen maar zelfs roest leek grijs; koper en brons verloren hun gloed zonder hun rode tinten, kersen zagen er niet mooier uit dan stenen. Zonder rood was de dageraad melkachtig, waren robijnen waardeloos.

Ik vertrouwde hem niet. Dat was het verlies. Als een steen in een plas gevallen. Geen woord dat hij had gesproken, geen boek dat hij had gelezen, geen neukpartij, geen zoen of een blik. Niet eens een kom soep. Niets.

Ik ging naar huis en daar zat mijn kat met zwiepende staart bij de heg weggedoken. Iedere bloem was zo wit als kalk. Ze negeerde me toen ik het pad opliep, maar kwam me achterna gerend toen ik de hordeur van de veranda open deed. Een slecht-weer-vriendin. Het was etenstijd. Ze wist wat ze wilde; ik was degene die het verschil niet merkte tussen spinnen en het rommelen van haar maag als ze langs mijn benen streek.

Mijn veranda. Mijn sleutel. Mijn huis. Mijn niets.

Daar stond de schoenendoos, opgevuld met oude kranten, papieren tassen, losse rommel. Ik kon me er niet toe zetten de mol te begraven en ik kon hem ook niet bij het huisvuil gooien. Ik dacht aan Renny. We hadden aan de Dorische tempel gewerkt en hij was bijna klaar. Hij moest hem halverwege het trimester af hebben en hij had me gebeld om een afspraak te maken. Maar ik had het te druk, had te veel aan mijn hoofd om te kunnen horen hoe het met zijn colleges ging of hoe goed de mol die hij had gered het maakte en hoe vet hij werd van de room en larven. Uiteindelijk stemde ik erin toe er komende zondag met hem aan te werken, maar hij zou tot dan moeten wachten. Ik had mijn eigen problemen om over na te denken. De mol die ik had gered bestond alleen nog maar uit huid en botten. Ik gluurde in de doos en deed hem toen stevig dicht. Er waren een paar mieren in de rotzooi gekropen. Het rook naar vochtige huid, aarde, rot. Helemaal niet aangenaam. Niet iets om te bewaren. Terwijl ik naar de doos keek die ik maar niet kon begraven, realiseerde ik me dat ik niet los kon laten; zelfs dit niet. Zo was ik mijn hele leven lang al geweest: ik hield alles in een zelfzuchtige greep stevig vast.

Ik kon helemaal niets loslaten.

Behalve de dingen die echt belangrijk waren.

Na een tijdje ging ik terug naar de bibliotheek. Ik had me ziek gemeld om meer tijd in de boomgaard te kunnen doorbrengen. Misselijkheid, tuitende oren, pijn in mijn arm, mijn zij, mijn alles. Alles wat ik zei was voor de helft waar, dus stak mijn schuldgevoel niet zo erg als had gekund, of had gemoeten. Obsessie deed dat wel, nam ik aan. Hevig verlangen naar iemand of iets. De risico's die iemand plotseling bereid was te nemen, de leugens die zo gemakkelijk te vertellen waren. Frances York had niet eenmaal een vraag gesteld of geklaagd. Haar vrijgevigheid had het me moeilijker moeten maken egoïstisch te zijn, maar zo werkte het niet. Ik dacht niet eens aan mijn verantwoordelijkheden tot op de ochtend van mijn afspraak bij de cardioloog, en zelfs toen was het de nabijheid van mijn werk en niet gewetenswroeging die me de juiste richting opstuurde. Nadat ik bij de dokter was geweest en ik op weg naar huis was, realiseerde ik me dat ik halverwege de bibliotheek was. Toen ik eenmaal geparkeerd had en naar binnen liep, merkte ik dat ik er zin in had terug te komen. Ik had het dus gemist. Al die onbetrouwbare woorden, onuitgesproken, tot zwijgen gebracht, veilig gedrukt en stevig ingebonden.

'Voel je je weer beter?' vroeg Frances toen ik binnenkwam. Het was twaalf uur, drie uur later dan ik had moeten komen opdagen als ik regulier aan het werk was geweest. Het was drukkend weer en zelfs de oude airconditioning kon daar niet veel aan doen. De eerste dag van november.

'Het gaat wel.'

Ja hoor. Alleen maar ziek van de seks, liefde en leugens.

Frances bestudeerde me. Ze had scherpe ogen.

'Echt?'

Zo min of meer, niet helemaal precies. Het geklik was weg en mijn linkerkant was sterker – ik deed nog steeds elke ochtend de oefeningen die Peggy me had opgegeven. Maar de cardioloog had zorgelijk gekeken naar mijn hart. Het fibrilleren. Het ritme. Hij bedacht dat ik maar eens vierentwintig uur lang een draagbare monitor om moest doen.

'Het spijt me dat ik altijd afspraken heb. Ik kom net van de dokter vandaan.'

Ik trok mijn bloes omhoog en liet Frances het apparaat zien dat rond mijn borst was vastgesnoerd.

'En ze zeiden dat je wel aan het werk kon?'

Tja, daar kwam mijn kans en ik nam die dus. 'Waarschijnlijk niet. Ik heb een aritmie. Op deze manier kunnen zij mijn hartslag vastleggen. Maar ik voel me een paard in een harnas. Of een ezel.'

'Je kunt maar beter naar huis gaan en uitrusten,' zei Frances.

Ik dacht aan Falada, het trouwe paard dat niet anders kon dan de waarheid zeggen tegen het ganzenhoedstertje, zelfs toen zijn hoofd was afgehakt. Ik neem aan dat ik een ogenlik van berouw voelde, een flits van eerlijkheid. Die overviel me toen ik achter de kaartencatalogus stond.

'Ik wil weer zo zijn als ik was,' zei ik.

Het was stom om dat hardop te zeggen. Ik wist niet eens wie ik er mee bedoelde. Degene die ik was: wanneer en waar?

Gisteren? Twintig jaar geleden?

Frances was bezorgd. 'Elk herstel kost tijd. Zet jezelf niet onder druk.'

Ze maakte het nog erger voor me door zo zorgzaam te zijn. Geen wonder dat ik vriendelijkheid meed; in bepaalde opzichten was deze erger dan een slechte behandeling. Je kon je met hand en tand verzetten tegen wreedheid, maar medeleven overspoelde je, nam de regie over, maakte je bewust van alles wat je verkeerd had gedaan. Ik realiseerde me dat ik absoluut niets van Frances wist, behalve de informatie die ik uit de foto's op haar bureau had verzameld. Misschien dacht ze op haar beurt dat ze mij kende. Ik nam aan dat ze mijn lege werkhok bekeek en daar haar eigen gevolgtrekkingen uit maakte: arm ding, helemaal geen foto's, geen persoonlijke spulletjes, geen eigen leven en nu ook nog dat harnas om haar fibrillerende hart te onderzoeken, nou, dat maakt al die zielige feiten nog erger: dat belachelijke pagekoppie, en dat bij een volwassen vrouw, de manier waarop ze in het magazijn neerknielt, alsof ze boete moet doen, en die vreselijk bleke huid van haar. Arm schepsel. Arme ik.

Ik bleef uit de buurt van de kaartencatalogus tot Frances ging lunchen. Ze zou voor mij ook een salade meenemen. Iets ingewikkelds, daar had ik voor gezorgd, zodat ze zeker een tijdje in het koffiehuis zou moeten doorbrengen. Feta, uien, krulsla en olijven. Niet die met piment, die zwarte vol olie.

'Weet je zeker dat ze die hebben?'

Helemaal niet. Maar ik was er zeker van dat mijn lunchbestelling me de benodigde tijd voor mij alleen verschafte. Ik zag Frances wegrijden en zocht toen snel de kaart van Lazarus op. Seth Jones, liefhebber van gidsen, woestijnen, Zuid Amerika, Florence, Rome en Venetië. Ik hield de kaart in mijn hand en staarde naar de titels. En toen zag ik wat ik de eerste keer over het hoofd had gezien, helemaal bovenaan: vervolg. Dit was niet zijn enige kaart in de bak.

Ik zette hem terug in de catalogus.

Ik zag een kaart van Iris McGinnis; dat moest wel de Iris van Renny zijn, het meisje van zijn dromen. Ze had de Odyssee en de Ilias geleend. Studeerde ze klassieke letterkunde? Dan was ze waarschijnlijk alleen maar bestemd voor Renny om hem te kwellen met alles wat hij niet had. Misschien had ik Iris' telefoonnummer voor hem moeten opschrijven, maar ik had te veel haast. Frances zou nu wel gauw terugkomen. Ik pakte een zaklantaarn en ging naar de kelder, naar de opslagruimte. Daar stonden dozen vol boeken met waterschade, uit de tijd dat de waterleiding was gesprongen en Frances mensen uit het stadje had gerekruteerd om te helpen redden wat er te redden viel. Achter in de ruimte vond ik eindelijk de oude kaarten. Ik maakte de eerste doos open en pluisde de rommel door. Veel van de namen verwezen naar bewoners van het bejaardentehuis. Tientallen vergeelde kaarten, lijsten met geleende boeken van bijna elke inwoner van Orlon boven de vijftig. En toen: Seth Jones. Ik hield zijn kaart tegen het licht dat door het enige vierkante raam naar binnen filterde.

Nog meer reisboeken, Afrika, Hawaï, exemplaren van de *National Geographic*. En toen nog eens, bijna onmogelijk: vervolg.

Ik pakte de volgende doos, de oudste gegevens van al. De meeste van deze kaarten behoorden bij mensen die al lang geleden heengegaan waren; 'overleden' stond netjes genoteerd in het handschrift van Frances, daarboven in een handschrift dat ik niet herkende, van de bibliothecaresse van voor Frances' tijd, nam ik aan. Ik keek alles door en eindelijk vond ik Seth Jones. De dag dat hij zijn eerste bibliotheekboek had geleend stond in blauwe inkt genoteerd, bijna vijfenveertig jaar geleden. Seth Jones zou nu zestig jaar of ouder zijn geweest, niet een knappe jongeman die zelden het huis uit kwam, tien jaar jonger dan ik, gloeiend heet, met ogen van as, die iets verborgen hield, alles, met inbegrip van wie hij was.

Tegen de tijd dat Frances terugkeerde met onze lunch, had ik de dozen dichtgebonden, ze weer op elkaar gestapeld en vervolgens het stof van mijn handen gewassen. Frances had twintig minuten gewacht terwijl Renee Platt naar de supermarkt rende om kalamataolijven te halen. Nu kon ik, na al die inspanning, niet eten. Ik vertelde Frances dat mijn maag niet in orde was. Misschien dat de hartmonitor erop drukte. Misschien was het omdat ik net had ontdekt dat de man met wie ik naar bed ging een volkomen vreemde voor me was. Als hij zijn identiteit geheim hield, wie weet wat hij dan nog meer geheim hield voor me. Vrouwen, lijken, ezelsvellen, kamers die nooit betreden mogen worden, trappen die naar niets anders leiden dan een opslagruimte vol diamanten en botten.

Ik dacht aan de mol die blind bij de wortels van de hibiscus rondscharrelde tot er opeens tanden opdoken en zijn nek werd omgedraaid. Ik dacht aan de manier waarop ik op de deur van Lazarus Jones had geklopt. Ik dacht aan 'Ring of Fire', het lied waar de mensen in Orlon tegen beter weten in naar luisterden. Ik begon medelijden te krijgen met mensen die domme dingen deden. Als Iris McGinnis de bibliotheek was binnen komen lopen, was ik vast meteen naar haar toegelopen, als ik haar had kunnen herkennen, en haar een klap gegeven. Weet je niet hoe ongelukkig je iemand maakt die verliefd op je is? Dat had ik tegen haar gezegd. Wie denk je wel dat je bent!?

'Ga maar naar huis,' zei Frances tegen me. Ik zag er zeker verdwaasd uit; ik was duidelijk over de rooie. Ik hoopte dat ik de dozen in de opslagruimte op de juiste manier had vastgeplakt en iedere doos op de juiste plek had teruggezet. Ik hoopte dat Frances er nooit achter zou komen hoe onbetrouwbaar ik was, of, als ze het wel te weten kwam, dat het lang na mijn vertrek zou zijn.

Ik reed naar huis en bleef in mijn achtertuin staan. Ik wilde eigenlijk niet denken. De mogelijkheden waren te verschrikkelijk. Ik dacht aan al die echtgenoten in sprookjes die in het duister hun ware liefde niet hadden gekend. Die met boze koninginnen of bloeddorstige zusters naar bed waren gegaan terwijl hun echte vrouwen aan torenmuren waren geketend of voor de wilde beesten in het woud waren gegooid om verscheurd en vergeten te worden. Als kind had ik zulke verhalen niet geloofd. Onmogelijk om je op zo'n manier voor de gek te laten houden. De minnaar zou toch altijd zijn geliefde kennen, echt waar, geen twijfel aan. Ik had niet begrepen welk mysterie het menselijk wezen was, hoeveel vormen liefde aan kan nemen.

De papieren Seth Jones had bijna twee keer zolang een bibliotheekkaart gehad als mijn Seth Jones tot nu toe geleefd had. Geen wonder dat hij boeken voor een oude man had geleend. Geen wonder dat zijn huis onder het stof zat, zijn boekenplanken onaangeraakt waren.

Nu wilde ik weten met wie ik naar bed was geweest.

Ik had Giselle buitengezet en nu kwam ze langs mijn benen strijken. Wie had ooit kunnen denken dat november te heet kon zijn. In de hitte, in de schemer kon ik nauwelijks ademhalen. Het werd vroeger donker. Dat was het enige wat hier in november hetzelfde was als in New Jersey. Tegen deze tijd werden de ahorns die bij de eerste koude vlaag rood waren geworden, kaal; ijzige regen joeg de laatste karmozijnen bladeren van hun takken de goot in. Voor mij zouden ze grijs zijn, niet meer dan dat; grauwe vlaggetjes die aan de bomen wapperden en over de straten vlogen.

Ik keek toe hoe de kat in het onkruid rommelde. Ik verwachtte mijn broer niet, maar hij parkeerde en toeterde. Dezelfde auto als waarin Nina die ene nacht had gereden. Ik had al mijn krachten nodig om mijn arm op te heffen en te zwaaien.

'Ik hoorde dat je vandaag bij de cardioloog was,' zei Ned toen hij naar me toe kwam.

'Bemoeial,' zei ik.

'Ik zorg ervoor dat alle dokters in het onderzoek jou goed behandelen.'

Ned hield in zijn ene hand een grote plastic beker; hij ging een paar tuinstoelen van de veranda halen en bracht ze naar de tuin. Het viel me op dat ik de lelijkste tuin van de straat had. Waarschijnlijk de lelijkste in een straal van vele kilometers in de omtrek. 'Poeh,' zei Ned toen hij de stoelen neerzette. 'Deze wegen een ton. Draag je je harnas?'

'Vierentwintig uur lang. Dan ruk ik het af.'

Mijn broer was op weg hierheen bij de studentensociëteit gestopt en had een grote beker ijsthee meegenomen. Ik nam aan dat het onderzoeksproject waaraan hij werkte slopend was; hij zag er uitgeput uit. Hij nam een klein slokje van zijn thee.

'Je houdt helemaal niet van groene thee,' zei ik.

Moest ik hem vertellen wat ik wist? Hem waarschuwen? Hem beschermen? Hem alles vertellen over Lazarus Jones? De geheimen van mijn leven en zijn vrouw onthullen? Had ik moeten zeggen: je vrouw is niet wie je denkt dat ze is. Ze dwaalt 's nachts rond op zoek naar manieren om dood te gaan. Niet zo maar een of twee, weet je. Dat is niet voldoende voor haar. Honderd verschillende manieren. Zelfs meer dan ik ken, ik de kenner, de doodswenser.

'Antioxydanten,' zei mijn broer. 'Nina zegt dat we allemaal drie koppen groene thee per dag moeten drinken. O ja, en tofu en miso, daar is ze ook groot voorstander van.' Broer Ned zag er gelukkig uit, net zoals op zijn feest. Alleen al het bestaan van haar. Alleen al de gedachte aan haar. Op de een of andere manier zag hij er wat lichter uit. Opgevrolijkt. Hij leunde met zijn hoofd tegen de tuinstoel en staarde naar de lucht. Misschien was de maan rood, misschien was hij grijs; ik had geen flauw benul. 'Wist je dat je vleermuizen had?' vroeg Ned.

'Heel grappig.'

Mijn broer zag er ouder uit zonder zijn haar, maar toen ik

wat nauwkeuriger keek, was hij nog dezelfde.

'Echt waar. Fruit etende vleermuizen. Daar bij de hibiscus.'

De hoge heg bedekt met grote kleurloze bloemen.

'Is dat een hibiscushaag?' Ik leunde ook met mijn hoofd achterover. Een zwarte wolk schoot door de lucht. Vleermuizen. 'Verdomme. Je hebt gelijk.'

'Je hoeft je geen zorgen te maken. Je hebt geen haar meer. Lang haar,' corrigeerde hij zichzelf toen ik hem boos aankeek.

'Kijk naar jezelf,' zei ik. Altijd even charmant. 'Jij hebt minder haar.'

Ned negeerde de opmerking. Dat deed hij altijd en zadelde je daarmee met je rotopmerking op. 'En je draagt geen rood of geel. Daar worden ze door aangetrokken.'

'Kst.' Ik klapte in mijn handen. Mijn grootmoeder had me altijd verteld dat dat de vleermuizen op afstand zou houden. Het geluid maakte een echo en dan lieten ze je met rust. Maar ze kwamen juist dichterbij.

'Ze denken dat je hen roept,' zei mijn broer. 'Voor hen klinkt het als een liefdeslied. Daarom knallen ze ook tegen vliegtuigmotoren op. Ze denken dat ze worden verleid door de een of andere gigantische hitsige vleermuis van metaal en dan doing, verbrijzeld, verpletterd en in mootjes gehakt.'

Een bewijs voor mijn theorie: liefde werkte vernietigend.

Ik moest opeens aan Nina denken, met dat ene boek in haar handen, haar nachtjapon, haar blote voeten, de manier waarop ze dwars door me heen keek.

'Als ik een geheim kende,' vroeg ik aan Ned, 'zou je dan willen dat ik het je vertelde?'

'Een raadseltje?' Hij grinnikte. Hij hield van spelletjes. Hoe rekenkundiger, hoe beter.

'Nee. Ik wil het echt weten, Ned. Zou je dat willen weten?'

Mijn broer dacht hier over na. Hij droeg een polohemd

en een kakibroek. Ik had niet naar het huwelijk van hem en Nina kunnen komen. Mijn grootmoeder was toen al ernstig ziek en ik wilde haar niet alleen laten, en nu wenste ik dat ik erbij was geweest. Iets aan haar maakte hem gelukkig.

Hij had genoeg nagedacht.

'Geheimen zijn gewoon kennis die nog niet is geopenbaard,' vertelde Ned me. 'Daarom zijn het in feite geen geheimen, maar slechts waarheid die niet tot realiteit is gemaakt.'

'Onzin.' Ik snoof en keek omhoog naar de vleermuizen.

'Gaat dit over jouw gezondheid?' vroeg Ned me. 'Want als het daarover gaat, moet ik het misschien weten.'

We keken elkaar aan. We waren allebei uitermate voorzichtige mensen. We hadden de lessen uit onze jeugd goed onthouden. Stel vragen, maar niet te veel. Kijk voordat je springt. Koop nieuwe banden. Wees voorzichtig met de liefde.

'Ik draag de hartmonitor gewoon om mijn cardioloog gerust te stellen. Ik ben gezond. Mijn hart slaat zo nu en dan een slag over. Wat geeft dat? Morgenochtend doe ik dat ding weer af.'

Ned keek opgelucht. Ik neem aan dat hij zich nog steeds verantwoordelijk voelde. Dat hoefde niet, maar hij deed het toch.

'Dan niet,' zei hij. 'Ik wil gewoon naar de lucht kijken.'

Terwijl ik daar zo zat met mijn broer, realiseerde ik me hoe weinig we van elkaar wisten; we waren net vreemden die in een of andere wrede, bloederige oorlog gedwongen waren samen in een greppel te zitten, en zodra hij voorbij was, zouden we ieder ons weegs gaan. Een ogenblik had ik het gevoel dat ik in tranen zou uitbarsten. Als onze moeder wegging, las Ned me voor, ook al bedelde ik altijd om sprookjes die hij volgens eigen zeggen verafschuwde. Ik had altijd gedacht dat hij me alleen maar voorlas om te zorgen dat ik niet ging zeuren, om me stil te krijgen zodat ik in slaap zou vallen. Nu vroeg ik me af of hij zich toentertijd ook verantwoordelijk had gevoeld. Ik vroeg me af of hij die sprookjes ook had willen horen.

'Als ze nu terug zou komen, zouden we haar dan herkennen?' vroeg mijn broer.

We staarden allebei omhoog. De maan was wellicht oranje gekleurd, maar voor mij zag hij er wit uit. Een rare vraag van hem. Ik had niet verwacht dat hij over zulke dingen nadacht.

'We zouden haar overal herkennen.' Ik klonk overtuigd van mezelf. Maar eigenlijk vroeg ik het me zelf ook af. Als onze moeder op dit ogenblik vanachter de heg vandaan zou komen, zou ze nog steeds dertig zijn, met haar lange blauwe sjaal om zich heen gewikkeld, haar laarzen met hoge hakken, haar blonde haar.

'Waarom zitten jullie in het donker? Jullie zitten toch niet te lezen? Dan bederven jullie je ogen. Je komt op die manier nooit in slaap.'

Ik strekte mijn benen in het stekelige gras uit. Mijn gazon was een ramp. 'We zouden weten wie ze was,' zei ik. 'Denk ik.'

'Dat denk ik ook,' zei mijn broer instemmend.

'Dus je weet zeker dat je geen geheimen wilt weten?' Bedoelde ik of we al dan niet onze moeder die we zo lang geleden hadden verloren, echt zouden herkennen, of wie ik diep vanbinnen was, of wat zijn vrouw aan het lezen was als alle lichten uit waren?

'Jij?'

'Heb jij geheimen?' Ik was stomverbaasd. Ned had mij altijd heel doorzichtig geleken, volkomen te doorgronden, logisch, emotioneel een stuk glas.

'Onbekende waarheden,' grapte mijn broer. 'Tenminste voor jou. Mij zijn ze natuurlijk bekend. Althans in theorie. Ik ben er niet zeker van of ik kan beoordelen wat ik wel en niet weet.'

'Laat maar zitten ook.' Ik was geërgerd, op dezelfde manier als toen we kinderen waren en hij meer geïnteresseerd leek in vleermuizen, mieren, theorema's dan in menselijke wezens. Ik stond op en vouwde mijn tuinstoel dubbel. 'Bedankt voor het langskomen. Mijn cardioloog, de piekeraar, zei me dat ik eens op tijd naar bed moest. Misschien moest ik maar eens een keertje naar hem luisteren.'

'Ik zat vandaag aan de Draak te denken,' zei mijn broer. 'Ik heb nooit de kans gekregen hem te interviewen.'

'Die oude man in Jacksonville? Die ene die twee keer doodging?'

Ik voelde me schuldig over mijn huidige geheime leven met een dode man. Maar mijn broer wilde toch geen geheimen weten dus wilde hij ook niets weten over Lazarus Jones.

'Ik heb drie keer geprobeerd in contact met hem te komen voor ons onderzoek. Hij heeft geen telefoon. Ik denk dat ik het maar moet opgeven, net als bij die figuur Jones. Die joeg Sam Wyman met een geweer zijn terrein af.'

Ik wilde het gesprek weer op de Draak brengen.

'Jij geeft nooit op,' zei ik. 'Jij nooit. Dat doe ik altijd.'

'Ja, dat zal wel,' zei mijn broer. 'Flauwekul.'

'Gelul,' kaatste ik terug. Ik begon naar de veranda te lopen. Ik had er niet zo'n zin in over mannen te praten die waren doodgegaan en weer tot leven kwamen. Niet met Ned.

'Je kunt maar beter rennen.' Mijn broer grinnikte en wees naar de vleermuizen in een wolk hoog boven ons. 'Boe, hoe,' zei hij. 'Ze konden wel eens achter je aan komen.'

'Wat ben je toch gemeen.' Ik begon te hollen; de tuinstoel die over mijn schouder hing, bonkte tegen mijn ribben. Dus ik werd nog steeds zenuwachtig van vleermuizen, geweldig! Mijn broer stond op en vouwde zijn tuinstoel dicht, volgde me toen naar de veranda, waar we de stoelen op een stapel tuinmeubilair legden. De veranda was een bende, net als de rest van mijn leven. Vuilnisbakken. Gereedschap dat door de vorige huurder was achtergelaten. Paraplu's. Een oude oranje krat op zijn kant waar Giselle graag in sliep. Mijn broer tuurde in de schoenendoos. Hij wel.

'Wat is dit?'

Hij maakte hem open; daar lag het blaadje dat mol was geweest. Nu droog en stoffig. Bot en bont.

'Je hebt geprobeerd iets te redden,' zei Ned.

Ik lachte. Wat had mijn broer het bij het verkeerde eind. 'Idioot. Begrijp je het dan niet? Ik heb het gedood.'

Mijn broer liep naar de keuken en kwam terug met een opscheplepel. Ik drentelde achter hem aan naar de heg, waar hij van plan was een grafje te graven. Er vlogen torren rond. De geur van sinaasappels hing in de lucht, zelfs hier, kilometers van een boomgaard vandaan. De kring vleermuizen vloog hoog in de lucht. Het leek wel alsof ze de maan konden aanraken.

De knieën van mijn broer kraakten toen hij op de grond knielde. Hij was dertien jaar ouder dan mijn moeder was geweest op de nacht dat ze overleed. Hij had in een mum van tijd een graf gegraven. Hij was efficiënt. Altijd al geweest.

Hij nam de mol uit de schoenendoos en legde hem in de aarde, bedekte toen het lijkje met een paar hibiscusbladeren. Ik merkte dat ik huilde, iets wat ik bij mijn moeders begrafenis niet had gedaan. Ik bedacht dat als ik mijn hartmonitor de volgende ochtend afleverde bij de cardioloog, mijn dokter zeer waarschijnlijk een piek op precies dit uur te zien zou krijgen. Het uur waarop mijn broer en ik samen iets begroeven, terwijl er vleermuizen boven ons hoofd vlogen. De tijd waarop ik iets voelde.

Ik wenste dat mijn moeder vanachter de heg tevoorschijn zou komen. Ik wenste dat ik alles wat ik ooit gedaan, gezegd of gewenst had, kon terugnemen. Ik zou mezelf aan haar voeten werpen en haar vragen me te vergeven. Ze zou lief zijn geweest, dat wist ik. Zo was ze en zo zou ze nog steeds zijn. Ze zou tegen me zeggen dat ik op moest staan, vergeven en vergeten; ze zou tegen me zeggen dat zij niet iemand was die een ander iets kwalijk bleef nemen. Dat haar hart open stond en dat dat altijd zo was geweest; dat ze dezelfde was als ze altijd geweest was, geen dag ouder; dat liefde niet veranderde zoals de maan of het getij, dat hij de enige constante in het universum was.

Maar dat was de crux – zelfs als ik haar herkende, wist ik niet zeker of ze mij wel zou herkennen. Een vrouw in het donker, helemaal volwassen, die op het gras, onder de maan, onder een wolk vleermuizen, stond te huilen bij de begrafenis van een blad, een mol, een liefde, een idee.

'Zo, dat is voor elkaar,' zei mijn broer.

Hij klopte het stof van zijn handen en de vleermuizen kwamen dichterbij.

'Wat had ik je gezegd,' zei Ned. 'Arme stakkers. Ze worden door geluid aangetrokken.'

Hij wist dat ik huilde, maar was te beleefd er iets van te zeggen. Net zoals ik te beleefd was te suggereren dat zijn vrouw iemand was die hij niet echt kende.

'Nou, bedankt,' zei ik. 'Ik had hem anders voor altijd bewaard.'

We lachten om de manier waarop ik me aan dingen vastklampte. Ik hield er zelfs niet van mijn vuilnis weg te gooien; ik had hele stapels oude kranten in de hal staan.

'Zie ervan af,' zei mijn broer.

'Jij eerst.'

Precies wat we vroeger zeiden als we allebei hetzelfde wilden hebben – het laatste koekje uit de trommel, het laatste flesje limonade uit de koelkast.

We keken naar de maan.

'Is hij rood?' vroeg ik.

'Elke kleur die je ziet wordt gebroken door de watermoleculen in de lucht. Hij is steenkleurig, hoe je hem ook ziet. Hij is grijs.'

Het was zeker de mooiste volle maan van het jaar. In New

Jersey zou hij opkomen boven gladde, koude straten, kale berkenbomen, bruin geworden moerassen, bladeren en stukken papier die over de trottoirs werden geblazen.

Hij had waarschijnlijk de kleur van een menselijk hart.

'Je zou kunnen zweven als je daarboven liep,' vertelde mijn broer me.

Ik dacht daarover na toen Ned naar huis was gegaan. Ik dacht aan hoe hij me vanaf de veranda naar binnen had geroepen en dat ik niet wilde luisteren. Uiteindelijk had ik natuurlijk geen keus. Mijn voeten waren aan het bevriezen; ze deden pijn. Ik ging naar binnen. Dat was de keer dat we beiden bij het raam hadden gestaan, heel eventjes, naast elkaar, voor één keer in ons leven zagen we hetzelfde: de lange weg van huis vandaan, de donkere horizon, de toekomst, en alles wat deze kon brengen.

11

De volgende keer dat ik naar de boomgaard ging, nam ik een kaars mee. Hoeveel vrouwen in hoeveel verhalen hadden dit ook gedaan? Een minnaar wantrouwen, verlangen naar een antwoord op een vraag die je beter mee het graf in kon nemen dan stellen. Als een geheim slechts niet-gerealiseerde kennis was, zoals mijn broer had gezegd, welke schade kon het dan aanrichten? Hoe gevaarlijk kon een flintertje van de waarheid zijn? Het had geen doornen, geen klauwen, geen tanden, staart of angel. De waarheid lag te slapen aan de overkant van wat ik wist. Honderden versies van hetzelfde verhaal. De vrouw die te weten moet komen wat ze op de een of andere manier ergens vanbinnen eigenlijk al weet.

Ik had ook lucifers meegenomen. In mijn zak, veilig tegen mijn heup aan. Het was opzet, niet per ongeluk. Kans of toeval hadden er niets mee te maken. Het was wat ik dacht dat ik wilde, nodig had, moest hebben. Ik had de hele dag op het donker zitten wachten, ernaar uitgekeken, net zoals vleermuizen waarschijnlijk verlangen naar de laatste beetjes zonlicht, die groen en goud uit het zicht verdwijnen. Ik had mijn hartmonitor weggebracht en was toen voor kaarsen bij Acres' IJzerwinkel gestopt; ik liep langs de fourniturenafdeling toen ik de man zag die door een pitbullterriër was aangevallen: de man over wie mijn fysiotherapeute me had verteld. Gebeten, verscheurd, was hij nu bezig verfblikken op een plank te zetten, rood en karmozijn, peerkleurig en roze. Zelfs van een afstand kon ik de littekens van tanden en nagels op zijn gezicht zien.

'Ik heb de mandarijn-oranje gevonden,' riep hij naar een klant, net alsof hij nog ongeschonden was. En misschien was hij dat ook. Hij had het voor elkaar gekregen het omgekeerde te zijn van wat de meeste mensen waren. In zijn geval liet hij het diepe, duistere raadsel zien; vanbinnen kon hij zo helder en puur als water zijn.

Ik ging naar huis en wachtte op het eind van de dag. Mijn maag was van streek. Ik kon geen hap van mijn avondeten door mijn keel krijgen. Renny's project lag nog steeds in mijn keuken. Hij belde om iets van zich te laten horen en ik bezwoer hem dat we de tempel op zondag zouden afmaken; de inleverdatum van het project was maandag en zonder de tempel zou Renny zeker zakken. Nou, mislukken was iets waar ik alles van af wist. Dus beloofde ik het hem, mijn enige echte vriend. Ik verzekerde hem dat we tijd genoeg hadden. Het was nu vrijdag. Ik had vanavond alle tijd. Morgen ook. Ik moest iets bewijzen.

De lucht was donkerder dan gewoon, bewolkt, geen maan. Ik reed weg met mijn voet stevig op het gaspedaal gedrukt. Florida zoefde aan me voorbij, een duizelingwekkend stuk van de aarde. Hitte en duister, torren sloegen tegen de voorruit aan. Het drong maar niet tot me door dat het november was. Als ik in New Jersey van de bibliotheek naar huis liep, voelde ik me verdwaald, ook al wist ik de weg. Nu voelde ik me op mijn plaats. Ik passeerde uitritten met namen die ik niet kende, steden waar ik nooit was geweest, maar ik wist precies waar ik heen ging. Goud en groen en zwart, als een vleermuis die door handgeklap wordt aangetrokken, tegen alle logica in, een liefdeslied dat niet te begrijpen viel.

Hij had op me zitten wachten. Het ging twee kanten uit, heen en weer, van hem naar mij. Dat verraste me. Daar stond Lazarus op de veranda. Ik zag hem toen ik uit de auto stapte, de deur dichtgooide en sinaasappels rook. In de nacht waren er behalve torren, ook motten, kleine muskieten en muggen. Iets beet me en het deed pijn. Ik rende naar de veranda. Ik wilde dit maar achter de rug hebben.

'Hé, jij,' zei hij.

Hij stond op van de oude houten bank die al vijftig jaar of langer op de veranda stond. Hij droeg een wit overhemd met lange mouwen, een spijkerbroek en oude laarzen. Ik zag hem schijnen, als een ster.

'Hé, jij,' zei ik terug.

'Je bent laat. Ik was van plan iets te eten voor je te maken.'

Net als gewone mensen. Dat leek hij zo te willen.

Ik ging naar hem toe, legde mijn armen om zijn nek, ging op mijn tenen staan en begon te gloeien.

Hij deed een stap achteruit en keek me in het gezicht. Ik was het maar. Ik reikte omhoog en zoende hem. Eenmaal, tweemaal, toen moest ik ophouden.

'Ik heb je gemist,' zei hij.

Hij kuste me nog eens, hard.

Elk sprookje had een bloederig randje. Elk sprookje had tanden en klauwen.

'Schat,' zei ik. Zo noemde ik hem. Hij was zo mooi, zijn handen, zijn askleurige ogen, zijn keel, alles aan hem.

'Ik kan nog steeds soep maken.' Hij had de hordeur voor me opengedaan. Ik dacht dat ik me waarschijnlijk altijd zou herinneren hoe dat klonk. Het was de voorzet naar het 'voorbij'. Het klonk als wind in een stille nacht.

'Ik heb geen trek,' zei ik, zoals een uitgehongerde vrouw dat zou kunnen zeggen, om zichzelf niet bloot te geven.

In de donkere hal, ter hoogte van de kapstok met jacks en regenlaarzen die allemaal van Seth Jones waren, wie hij ook mocht zijn, stond Lazarus stil, liet zijn handen over me glijden en liet me op die manier weten hoezeer hij me had gemist. Het was allemaal zo heftig, zoals het 'ervoor' altijd is. De pets van het ijs dat op het plastic dak van de veranda klapte. Zoals je voeten pijn doen als je ze stoot terwijl je op blote voeten loopt.

'Je weet wat ik wil,' zei ik. Zei het recht in zijn gezicht. Hij begreep er niets van, natuurlijk, maar hij dacht van wel, hoopte van wel en zoende me om het te bewijzen. 'Geef me even een minuutje,' zei ik tegen hem.

Ik liep naar de badkamer. Ik was buiten adem. Het gepuf en gehijg van elke leugenaar, zelfs van degene die op zoek is naar de waarheid.

Ik liet koud water in het bad lopen en trok mijn kleren uit. Ik stond daar in de spiegel te kijken. Mijn haar was gegroeid. Mijn huid was bleek. Ik deed het licht uit en draaide de kraan van het bad dicht. Ik had striemen van het leren harnas op mijn huid. Hartaanvalpreventie. Mijn hart sloeg een slag over, maar de cardioloog had me gezegd dat dat nu zijn normale ritme was, namelijk abnormaal.

Ik riep: 'Kom maar binnen.' Ik zei het op de manier waarop ik het gewoonlijk zei, alsof ik naar hem verlangde, ongeacht wie hij was of wat hij verborgen hield. Langzamerhand hadden we de seks geperfectioneerd, althans voor onszelf. Heet, maar niet gloeiend, of net gloeiend genoeg. Ik wist dat ik azijn moest doen op mijn koortsblaren, wist hoe koud het water voor me moest zijn om hem zonder me te branden in mijn mond te kunnen nemen, kende hem in het donker, de stukken die in elkaar pasten, de hele man die met de dood had opgelopen en met al zijn geheimen was teruggekomen bij mij, voor mij.

Dit is wat ik van hem kende: zijn ribbenkast, de koorden van zijn aderen, de hardheid van zijn buik, de hardheid van hem in mij, de manier waarop onze monden op elkaar pasten, het branden, de hitte van de woorden die hij zei, het ritme van de seks die we hadden, waterig, overlopend, niet stoppen, het is niet genoeg en dan is het alles. Viel er meer te weten? Ik weifelde een ogenblik. Ik dacht aan alle vrouwen die in het duister met monsters naar bed gingen. Naamloze mannen, mannen die beren waren, mensenetende reuzen, betoverd, tot slaaf gemaakt. Mannen bedekt met zeehondenhuid, hertenvellen; mannen met klauwen, mannen die geen leugens konden verkopen, mannen die alleen maar de waarheid konden vertellen ook al kon het hen de kop kosten. Vermomde engelen, ontmaskerde engelen; mannen die dood waren geweest en terugkwamen, voor altijd veranderd, voorgoed iemand anders, die verborgen hielden wat ze wisten, wie ze waren, de diepe kern. Het voorgoed van het 'voorbij'.

Hij kwam de ruimte in, al helemaal naakt. Ik kon hem niet zien; ik kon wel zijn aanwezigheid voelen. Zijn brandende vlees. Zijn stap op de vloer. Ik stond met mijn rug tegen de tegelmuur. Voorbereid. Ik denk dat hij me vertrouwde, zoals een mol een kat vertrouwt en datgene wat zit te wachten alleen maar als een schaduw registreert, niet als een roofdier dat weet wat ze wil hebben, nodig heeft wat ze nodig heeft, móet hebben. Aan het water kon ik horen dat hij het bad in stapte; ik kon horen hoe hij het zich gemakkelijk maakte tegen het porselein. De koelte tegen zijn brandende rug. Voor hem waarschijnlijk zo verkoelend als de regen op de nacht toen het gebeurde, stromende, doorwekende regen.

'Ik wacht,' zei hij.

Het water klotste heen en weer. De tegels onder mijn blote voeten waren ijskoud. Het was zo donker dat ik me alleen maar op de tast kon bewegen. Hoorde dat niet bij het verhaal? Het gaat er niet om wat je voelt of ziet, maar wat je diep in je hart weet? Maar mijn hart was niet normaal, het ritme was verstoord. Het bonkte tegen me aan als een kei tegen bot. Een koud ding, een stenen ding, een ding dat vast niet rood was als ik het uit mijn borst zou rukken. Een stuk helder, doorzichtig ijs.

Ik pakte de kaars en zette hem op de rand waarop de flessen met shampoo en zeep stonden. Ik kon de flessen met mijn lange onhandige vingers voelen. Mijn afgekloven nagels. De flessen rinkelden tegen elkaar. Als een windorgeltje. Een klok. Het was het 'ervoor', waarin ik me bevond en dat ik nu aan het verlaten was. Ik kon voelen hoe ik mijn eigen toekomst maakte, een spin bezig aan haar web. Er hing een compleet weefpatroon, dat ik dacht te kennen.

Toen ik de lucifer aanstreek, was de vlam zo helder dat ik een ogenblik niets kon zien. Ik was verblind. Ik strekte mijn arm en stak de kaars aan en hij ontvlamde. Blauw. Geel.

'Wat doe je?'

Ik kon de paniek horen voor mijn ogen aan het licht gewend waren. Hij was boos, geschrokken. Ik wist dat ik wel moest kijken. Dat was toch het plan? Ik zag hoe hij daar stond, het water droop van hem af, zijn hand schoot naar voren om de kaars te pakken. Er viel was op zijn borst; dat leek hij niet te merken. Hij graaide naar de vlam, doofde hem tussen zijn vingers. Ik kon het schroeien ruiken.

'Tja,' zei hij. 'Dit is het dan.'

De brandende man, nu koud. O, ik hoorde het verraad. Daar was het. Wat had ik verwacht? Wat had ik gedaan?

Nu ik gezien had wat hij verborgen had gehouden, bleef het in het donker op mijn netvlies staan. Gebrandmerkt, zo noem je dat toch? Een herinnering die sterker is dan het heden, die achter je ogen gedrukt blijft staan, die zichzelf over alles wat je in het heden ziet, in het hier en nu vleit. Ik zag het nog steeds in het donker.

Lazarus was gebrandmerkt op het moment van de inslag, overdekt met wat bliksemafbeeldingen worden genoemd.

Ik had erover gelezen in het boek dat mijn broer me had gegeven. Meestal waren het boomachtige afbeeldingen die afgedrukt stonden op het lichaam van iemand die door de bliksem was getroffen. Niemand wist met zekerheid te zeggen of de afbeeldingen echt van bomen waren of dat ze een patroon van bloedvaten waren. Sommige deskundigen hadden het idee dat deze tekeningen schaduwen waren, veroorzaakt door extreem helder licht; vergelijkbare afbeeldingen konden door grote elektriciteitsontladingen op glas worden geproduceerd. Handafdrukken verschenen op bomen of de perfecte schaduw van een paard kon op de zijkant van een schuur gevangen zitten; het laatste beeld dat iemand had gezien terwijl hij door de bliksem werd getroffen, werd op hun huid en hun ziel geëtst. Dat alles bleef.

'Wou je het wat beter zien? Je wou het toch zien. Kijk dan! Vooruit!'

Hij stond druipnat buiten het bad en deed het licht aan. Ik knipperde met mijn ogen, een koude, onbetrouwbare vis. Ik kon mezelf ook zien. Mijn reflectie in de spiegel, een bleke vrouw die zeer wel in staat was haar eigen leven te ruïneren. Ik greep een handdoek en bedekte mezelf. Ik stond op het punt in tranen uit te barsten. Je doet iets en je kunt niet meer terug, je kunt het niet terugspoelen. Dat wist ik toch? IJs op de veranda, banden op de weg, doe een wens, steek een kaars aan, ruïneer je leven.

Er zaten tekenen van bomen, schaduwtakken van boven naar beneden langs Lazarus' armen. De armen die ik kende. De koorden van aderen.

Op de ene arm was een merel te zien, geschrokken, klaar om weg te vliegen. En overal waren wuivende takken, alsof Lazarus deels mens was, deels gemaakt van bast en bladeren.

'Het spijt me,' zei ik.

Nauwelijks genoeg. Nauwelijks wat dan ook. Ontrouwe, onbetrouwbare heks, die nu staat te rillen, te trillen bij de gedachte aan wat ik ons beiden had aangedaan. Ik kon ook niets goed doen.

'Nee, echt. Maak het af! Bekijk me helemaal.'

Toen greep hij me beet. Maar dat was niet het ergste, de boze manier waarop hij me beetpakte, de hete handen. Veel erger was de toon van zijn stem die ik niet eerder van hem had gehoord, behalve op onze diepste, duisterste momenten. Geen flauwekul, geen poging het mij naar de zin te maken, het ging nu om hem. Alleen maar om hem. Wie dat ook was. Wie hij ook was.

'Bekijk me helemaal.'

Het klonk als een dreigement. Het klonk als het einde, en meer dan dat. Misschien was het een opluchting het eindelijk aan iemand te kunnen laten zien. Zich om te draaien en het mij te laten zien. Ik deed het allerergste toen hij me zijn rug liet zien, ik maakte geluid, een ademsnik ondanks dat ik mezelf bezworen had niets te laten blijken. Zijn diepste zelf, dat wilde ik toch van hem hebben? Zijn geheime zelf, dat wilde ik ook. Zijn ware zelf, zijn echte zelf, het zelf dat je voor de rest van de wereld verborgen houdt.

Op zijn rug stond een silhouet van een gezicht. Grijs en zwart, de impressie van een oudere man, met zijn mond half open en bange ogen.

Ik wist meteen wat het was, deskundige die ik ben. Er waren honderd manieren en dit was er een van. Het silhouet gaf het ogenblik weer van de dood van een man.

'Tevreden?' vroeg Lazarus me.

Ik was dat geweest, en hoezeer, daar had ik geen idee van. Het 'ervoor', natuurlijk. De tijd dat ik het niet wist, was het 'ervoor', toen ik iets had wat de moeite waard was, iets wat ik me gewenst had, iets wat met een enkele lucifer in de as kon worden gelegd. Hoeveel sprookjes hadden me hiervoor niet gewaarschuwd? Laat het licht uit, heb vertrouwen, vertrouw wat je voelt, niet wat je ziet. Laat je lucifers thuis. Laat het zoals het is.

Ik dacht eraan hoe graag meteorologen Lazarus in handen hadden willen hebben. Hoe spannend ze het zouden vinden hem tegen hun witte scherm te zetten en hem te fotograferen, rechts, links, naakt, enige in zijn soort, een kunststuk, een werkstuk, schaduwman, dode man, mijn Lazarus, of de Lazarus die van mij was geweest. Wat verschrikkelijk was het om de waarheid te kennen, niet de waarheid over hem, o nee. De waarheid over mij. Maar daar was ze dan. Op de vloer. Een plens koud water, een restantje, een stukje rode draad dat voor mij onzichtbaar was: ik had niet geweten dat het liefde was tot op het moment van het heldere licht. Ik had niet geweten wat ik voelde tot ik er een stap aan voorbijging.

'Daar heb je hem dan,' zei Lazarus. 'De echte Lazarus.'

Hij liep de badkamer uit en sloeg de deur dicht. Ik hoorde het water in het bad, de wind buiten. Ik hoorde het geluid van mijn eigen rasperige ademhaling.

Ik kleedde me aan. Ik rilde nog steeds. Ik liep hem achterna. Ik dacht niet meer want dat had me niet geholpen. Het was heet buiten op de veranda, waar hij stond. Te vochtig om sterren te kunnen zien. De geur van rode sinaasappels. Maken ze daar parfum van? Dat zouden ze moeten doen. Ik zou het kopen en ik houd niet eens van geurtjes. Een fles sinaasappels, en een met blauw ijs, en een met tranen, en een die zo gloeiend heet was dat je, als je hem over je huid heen goot, er bijna dood van ging. Maar niet echt, je zweefde slechts op het randje ervan, boven alles wat brandde, alles wat leefde.

'Je kunt maar beter gaan en nooit meer terugkomen,' zei Lazarus. 'Vertel het ze als dat is wat je wilt. Bel de krant op. Ik kan je niet tegenhouden. Vertel iedereen over dit verdomde teken dat ik heb.'

'Het is een schaduwfoto,' vertelde ik hem. 'Ik heb erover gelezen. Hij wordt waarschijnlijk veroorzaakt door een heldere lichtflits.'

'Is dat het?' Lazarus moest er haast van lachen. Maar niet echt. 'Verdomme. Ik dacht dat het mijn straf was.'

'Misschien ben ik je straf,' zei ik.

'Ja, dat zal wel, maar ik geef de rode jurk de schuld van alles.'

Alles, als in 'voorbij'? Alles, als in het prille begin? Hij klonk niet boos, alleen droevig, verloren. Ik wist hoe dat voelde. De zwarte bomen, het pad dat niet kan worden gevonden, het ijs dat als stenen uit de hemel komt vallen.

De torren maakten klikgeluiden en dat deden mijn hersenen ook. Altijd was dat mijn opdracht geweest: ongedaan maken wat gebeurd was. Ik wilde de tijd doen keren, kleren uit, licht uit, deur open, auto op de weg.

'Ik voel hem elke minuut van de dag,' zei Lazarus. 'Ik weet wat het is. Hoe je het ook wilt noemen. Het is wel degelijk mijn straf.'

In het verhaal van het onverschrokken jongetje deed de held een kaartspel met de doden en liep zonder angst over begraafplaatsen, maar zelfs hij droeg de doden niet op zijn rug. De last van een niet te dragen gewicht. Ik wist ook hoe dat voelde.

Lazarus keerde zich naar mij toe. Hij was blootsvoets en we stonden op de veranda. Dat alleen al maakte me doodsbang. Het 'toen' en het 'nu' kwamen in één klap samen. Zijn witte overhemd was doorweekt van zijn druipnatte huid.

'Vraag je het me niet? Je wilde het toch weten, dus ga je gang. Vraag het me.'

Alles gebeurde op deze manier, toch? Elk verhaal, elk leven, alle toevalligheden, alles wat de bedoeling was. Linksaf in plaats van rechtsaf. De vleugels van een vlinder. Gestotter. Stilstaan. Gestampvoet. Een wens die hardop wordt uitgesproken. Een plan met kaarsen en lucifers. Een tak die van een boom viel. Een storm die woedde uit het oosten.

Toen ik geen vraag stelde, besloot hij het me toch te vertellen.

'Misschien moet je dat maar niet doen,' zei ik.

Naar nu bleek, verschilde ik niet zo heel veel van mijn broer waar het de waarheid betrof. Ik had het gevoel dat ik ging vallen, de tunnel in dook waaruit je niet kon terugkeren. Ik weet dat ik ernaar gevraagd heb, maar vertel het me later. Dat is vroeg genoeg.

Lazarus ging op de bovenste tree van de veranda zitten. In de boomgaard scheerde iets over de toppen van de bomen. Ook daar zaten vleermuizen. Daar stond mijn auto, vies, stoffig, de kilometerstand vloog omhoog sinds ik naar hier en terug reed. Als ik bleef, zou hij het me vertellen.

Ik ging naast hem zitten. Ik kreeg een splinter in mijn hand – zoiets overkwam mij altijd – maar ik hield mijn mond.

Seth Jones, de echte Seth Jones, die met de bibliotheekpas, had zijn hele leven in de boomgaard gewerkt. Hij was hier geboren en vóór hem was dit het bedrijf van zijn vader geweest. Hij was een goede zoon, die deed wat hem gezegd werd, zelfs toen zijn vader overleden was, zelfs toen hij al de middelbare leeftijd voorbij was. Hij was zo voorzichtig dat zijn leven aan hem voorbijtrok zonder dat hij er erg in had. Wat had hij al die jaren gedaan dat van belang was? De sinaasappels die hij teelde waren verrukkelijk, het land was onbelast, de arbeiders die hij inhuurde waren eerlijk en hij werd elke ochtend met pijnlijke schouders en benen, maar toch gezond en wel wakker. Misschien had dat genoeg moeten zijn.

Dat was het niet.

Seth Jones, de echte, de ware, had als liefste wens dat hij met iemand van plaats kon ruilen. Hij wilde niet zichzelf zijn. Hij wilde reizen naar plaatsen waarover hij had gelezen en zijn hele leven had gedroomd.

Eén jaar en hij zou de helft van wat hij bezat weggeven.

En toen gebeurde het, zoals het nu eenmaal gaat, juist wanneer je het het minst verwacht: een tijdelijke kracht uit de ijzerwinkel, een jongeman van vijfentwintig, sterk, gezond, een verloren ziel die zijn hele leven op de vlucht was geweest. Een pleegkind, altijd tijdelijk, altijd op weg. De schoenen van de jongeman waren versleten; hij had nooit meer dan honderd dollar gespaard, genoeg om naar de volgende stad te kunnen reizen. Vijfentwintig en uitgeput. Te veel staten, te veel wegen, te veel vrouwen. Hij was het leven spuugzat. Hij droomde over bestendigheid, stabiliteit, bomen met wortels, land dat niet onder zijn voeten in zand veranderde en wegslibde.

Op een middag, op een dag als alle andere, leverde hij een vrachtwagen vol plantenmateriaal af, een van zijn vele baantjes. Tijdelijk natuurlijk en al bijna afgelopen. Maar deze keer ging hij niet terug naar de vrachtwagen om weg te rijden. Hij liep door de boomgaard, aangetrokken door de geur van sinaasappels en water. Hij stond aan de rand van het meer. Hij dacht eraan zich te verdrinken, maar hij wist dat de menselijke geest op het allerlaatste ogenblik altijd vocht om in leven te blijven. Hij had zijn hele leven gewijd aan reizen, zo min mogelijk doen en de eindjes aan elkaar knopen. Toch had hij zijn jeugd nog, zijn mooie gezicht en zijn kracht. Dat had toch genoeg moeten zijn.

Dat was het niet.

Seth Jones zag hoe de vreemdeling op zijn knieën lag. Het leek alsof de jongeman aan het bidden was, maar in werkelijkheid was hij bezig de wereld te vervloeken. Hij was een goede man, bedacht Seth Jones zich, misschien van boven gezonden. Dit was zeker een teken: een man die bad om een richtsnoer. Seth Jones liep recht op de vreemdeling af en deed hem een aanbod dat geen man met slechts honderd dollar op zak kon weigeren. Een jaar, geen dag langer, en als beloning de helft van alles. Ter plekke schudden ze elkaar de hand.

De vreemdeling zegde zijn baantje op. Hij haalde zijn motelkamer leeg. Hij had niet veel, dus dat nam niet veel tijd in beslag. Op de afgesproken dag nam hij een taxi naar de boomgaard. Alles was opgeschreven: wie hij moest bellen om loonarbeiders in te huren, waar het overschrijvingsboek lag, wat een redelijke prijs voor een *bushel*, een krat, een vrachtlading sinaasappels was. Niemand hoefde de vreemdeling te zien; hij zou als Seth Jones figureren terwijl de echte Jones in Italië zat. Dat zou het beginpunt van zijn reizen zijn. Wat de vreemdeling betrof: hij had het gevoel iemands zoon te zijn. Misschien was dit zijn droom: een zoon die de helft van alles had geërfd, zo ver het oog reikte.

Het was een klamme dag en er waren stormwolken aan de hemel. De aarde was vochtig. De lucht bewoog nauwelijks. Zoveel te beter voor de ene man om te vertrekken. Zoveel te beter voor de ander om te blijven.

Ze liepen door de boomgaard op weg naar de oprit, toen het gebeurde. Spreeuwen riepen. De lucht was vol geuren. Beide mannen hadden het gevoel dat ze een jaar vrijaf hadden gekregen om precies te doen wat ze wilden, het tegenovergestelde van hun eigen levens. De laatste stap van deze uitwisseling: ze verwisselden van schoenen. De nieuwe man trok de oude werklaarzen aan die vijftien jaar lang gedragen waren, zo comfortabel dat hij ze van 's morgens vroeg tot 's avonds laat kon dragen. Seth Jones deed de wandelschoenen van de jongere man aan, licht aan zijn voeten, schoenen die hem ver weg zouden dragen.

Het slechte weer was waarschijnlijk zo'n tien kilometer bij hen vandaan. Westelijk, noordelijk, absoluut niet in de buurt. Zo leek het tenminste. Toen gebeurde het, zoals dat vaak gaat, toen het het minst verwacht werd. De bliksem sloeg in en scheurde de grond open. Hij raakte de vreemdeling zo hard, dat diens hart stilstond. Hij zweefde boven zichzelf en bleef daar rondhangen tot hij in het ziekenhuismortuarium weer bij kwam. Toen hij probeerde te spreken om naar de andere man te vragen, kwam er rook uit zijn mond. Het was verbazingwekkend dat hij niet levend verbrand was, hoorde hij de verpleegsters tegen elkaar zeggen.

Hij bedacht dat de omgeruilde laarzen hem hadden gered: de rubber zolen. Maar meer dan dat kon hij niet bedenken. In zekere zin zweefde hij nog steeds rond.

In het ziekenhuis zag hij de donkere vlekken in de vorm van takken op zijn armen. Hij kon alleen maar denken dat hij moest maken dat hij weg kwam. Toen hij uit het bad opstond, druipend met ijs, hoorde hij hun schrik bij het zien van het merkteken op zijn rug. Het was een wolk in de vorm van een gezicht, raadde iemand. Een boom in de vorm van een man. Maar dat was het niet. Hij wist precies wie hij met zich meedroeg: de man aan wie hij een jaar was verschuldigd.

Hij kleedde zich aan en weigerde elke verdere medische verzorging. Hij hoorde dezelfde verpleegsters hem Lazarus noemen. Aangezien hij zich nauwelijks zijn eigen naam kon herinneren, besloot hij zich zo ook te noemen. Hoe zag de dood eruit? Voor hem was de dood een wolk en toen hij ontwaakte, verkeerde hij nog steeds in de wolk. Waar was hij geweest? Ergens boven zichzelf. Bij lang nadenken kon het zijn dat er een gevecht was geweest. Hij kon zich half en half herinneren dat hij op de een of andere manier door het bad met ijs heen waadde, vechtend om terug te keren, iets neersloeg en toen opstond.

Hij verliet zo gauw hij kon het ziekenhuis – ze hadden geen recht hem te houden, hij leek geen gevaar voor zichzelf of anderen te zijn en hij moest een afspraak nakomen. Hij nam een taxi, keek naar buiten en nam niet de moeite iets te zeggen. Zodra hij in de boomgaard terug was, vond hij de precieze plek waar hij getroffen was. Het gat in de grond. De sinaasappels die rood waren geworden. En toen zag hij waar hij naar op zoek was. Een stapel as. Lazarus ging op zijn handen en voeten zitten en ademde het in. Zwavel en vlees. Zijn partner was getroffen en in brand gevlogen. Dit was alles wat er over was gebleven: een hoop as en mineralen, dit en het gezicht dat op zijn rug was gegraveerd.

Lazarus veegde de as op een blik, schoof die toen in een houten doos die hij op een boekenplank had gevonden. Hij dacht er geen seconde over om weg te gaan; hij hield zich aan zijn deel van de overeenkomst, bleef uit de buurt van de mensen die Seth Jones kenden, hield zich afzijdig, huurde arbeiders per telefoon in, deed geldzaken per post en telefoon. Elke nacht liep hij door de boomgaard naar de plek waar de sinaasappels rood waren geworden. Hij had voor een jaar een overeenkomst gesloten en nu was hij gedwongen zijn partner voor eeuwig met zich mee te dragen. Toen het op de kop af een jaar geleden was dat de overeenkomst gesloten was, vorige week pas, merkte hij dat hij het gevoel kreeg dat hij verder wilde. Het trekken zat hem in het bloed, ontdekte hij. Het was niet voor hem weggelegd een gesetteld man te worden. Maar nu leefde hij het leven van een andere man, gevangen in de omstandigheden, bang dat als hij zou vertrekken, de autoriteiten argwaan zouden krijgen. Ze zouden vragen gaan stellen. Ze zouden hem opsporen. Waar was de echte Seth Jones, de ware, de man die nooit van huis wegging?

Lazarus nam me mee naar binnen; ik volgde hem naar de boekenplanken. Daar stond de houten doos, met Marokkaans houtsnijwerk, een doos gevuld met dood, een last.

'Denk jij dat ik hem gedood heb?' vroeg Lazarus.

Ieder ander had die dag plantenmateriaal kunnen afleveren, maar hij had het gedaan. Iedereen had met haar voeten op de veranda kunnen staan stampen, maar ik was degene die was gekomen.

Ik hield de houten doos vast; hij was verrassend zwaar, verbazingwekkend zwaar. Lazarus droeg hem naar buiten, de boomgaard in; het leek niet meer dan gepast dat we nu Seth Jones met ons meenamen. Het duister viel geruisloos tussen de bomen door. We liepen naar het meer waar Seth Jones Lazarus voor het eerst had gezien, toen hij dacht dat zijn wens was uitgekomen. We lieten de houten doos achter, samen met onze kleren op een hoop en waadden het water in. Het stonk, maar was toch koel. De nachten in Florida waren niet aangenamer dan de dagen, alleen natter, vochtiger, benauwder en ze dreven je naar elkaar toe. Ik hield Lazarus in mijn armen. Het deed er niet toe hoe zijn naam was geweest; nu was hij Lazarus. Ik kon voelen waar hij allemaal was geweest, al die steden, al die vrouwen, zijn leven. Ik kon voelen dat hij een wens had gedaan waarvan hij nu spijt had, dat hij er alles voor over had om zijn eigen schoenen en zijn eigen leven terug te krijgen.

Ik wist dat het niet voor eeuwig was en het kon me niets schelen. Voor één keer in mijn leven maakte ik me niet druk om wat er was gebeurd of wat er kon komen. Niets van dat al. Het 'nu' en het duister overspoelden ons. Twee verdrinkende mensen die van de aanraking van water hielden. Zoen me onder water. Zoen me tot ik weg ben. Ik kon voelen hoe er een rilling door Lazarus heenging. Wat raar om de waarheid daar bij ons te hebben, uitgerekend in het zwarte water waarin we dreven. Een hete nacht, torren die laag overvlogen, weerlicht in de verte. Ik was ver boven mezelf uit gestegen. Ik zweefde in het duister. Voor één keer geen angst in mijn leven. Ik was hier. Het was helemaal niet zoals ik had verwacht. Het angstloze ogenblik. Redding waar hij niet hoorde plaats te vinden.

Ik kon Lazarus in mijn armen voelen huiveren.

'Jij kon er niets aan doen,' vertelde ik hem.

En toen gebeurde wat ik nooit van woorden zou hebben geloofd, van mijn eigen woorden, hardop uitgesproken, de woorden die ik zei om hem te troosten, hem hoop te geven, al die dingen waar ik nooit in geloofd heb: ze waren mijn redding.

HOOFDSTUK 5

Reisgids

I

Ik was er het hele weekend gebleven en op weg naar huis begon ik me zorgen te maken over Giselle. Het was maandag, in de late namiddag, het liep tegen etenstijd. De kat zat vast bij de deur te wachten, wanhopig om naar buiten te gaan; misschien had ze al haar kattenbak links laten liggen en had ze in plaats daarvan ervoor gekozen haar behoeften in een van mijn schoenen te doen, zoals ze zo vaak deed om blijk van haar boosheid te geven. Ik had een reusachtige kom voer achtergelaten, maar mijn schuldgevoel nam met de kilometers toe. Terwijl ik naar huis reed dacht ik dat ik haar hoorde miauwen, maar dat was onmogelijk. Toen ik de stadsgrens bereikte, het blauwe bord met WELKOM IN ORLON erop, versierd met sinaasappels en palmbomen, meende ik Giselle te horen krijsen. Dat had ze al een paar keer eerder gedaan, als ze door het raam een andere kat zag, een vermoedelijke vijand of minnaar.

Het was slechts een sirene – ik zag de ambulance in mijn achteruitkijkspiegel – maar het geluid had zijn werk gedaan. Mijn onregelmatige hart bonkte tegen mijn ribben. Ik parkeerde voor mijn huis en stapte uit. Het was voor Florida heel behoorlijk weer, bijna fris en geen vochtigheid. Geen storm, ook niet in zicht. Toch stond het haar op mijn armen overeind. Er ging me iets door merg en been. Ik was net een menselijke windvaan, maar dan voor ongeluk. Ik had die bittere smaak in mijn mond en ik had niet eens een wens gedaan.

Ik rende naar de deur en liet Giselle naar buiten. Ze was boos op me, straalde dat hooghartig uit, met haar staart omhoog; ze liep langs me heen en sprong rond door het onkruid. Ze ging met haar rug naar me toe zitten om een plas te doen. Ze was gesteld op haar privacy en die respecteerde ik ook. Ze was verbolgen en dat respecteerde ik eveneens.

'Schiet op,' riep ik om haar tot spoed te manen.

Ik wilde naar binnen, een douche nemen, schone kleren aantrekken en mijn leven in ogenschouw nemen. Ik was verliefd en ik was verloren. Ik had dit nooit eerder meegemaakt. Ik geloofde er niet eens in en nu zat ik ermee. Ik voelde het tot op mijn botten, ik rilde, banger dan ik ooit geweest was. Dat had de waarheid met me gedaan. Terwijl Lazarus zat te praten, voelde ik dat ik hem ging verliezen. Ik dacht dat dat misschien het verschil was tussen liefde en obsessie. Slechts de ene geeft een gevoel van zekerheid van lange duur en de andere brengt je alleen maar in gevaar. Alles voelde nieuw: de stappen die ik ondernam, het stekelige onkruid tegen de naakte huid van mijn been, het gemiauw van mijn kat.

Giselle trippelde langs me heen de deur door. Ze had iets in haar bek. Ik hoopte dat het een vogel was, niet weer zo'n arme mol. Ik rende achter haar aan. Ze schudde haar prooi heen en weer. Wat ze ook te pakken had, was bruin van kleur; veren of bont, dat kon ik niet zien. Giselle wreef langs mijn benen en legde toen haar vangst aan mijn voeten. Niet langer boos dat ik zo lang was weggebleven, maar trots op zichzelf. Ze had me een geschenk gegeven. Voor mij was zij mijn huisdier en wat was ik voor haar? Zeker niet haar hoeder. Misschien was ik op mijn beurt haar huisdier. Haar kleine moordenares. Haar lieveling.

Ik bukte me voorzichtig. Het ding aan mijn voeten kwam me niet bekend voor. En toen wel.

Het was een leren handschoen. Toen ik erin tuurde, zag ik schilfertjes goud.

Ik rende terug over het gras. Ik vond de andere handschoen onder de heg. Hij was opgerold als iets wat gebroken was: een blad, een vogel, een mol, een hart.

Maandag. Een dag later dan ik met Renny had afgesproken zijn architectuurproject te helpen afmaken.

Helemaal vergeten.

Ik liep het huis in, via de woonkamer naar de keuken. De Dorische tempel, onafgemaakt. De handschoenen op het gras. Mijn onregelmatige hart. Mijn hebberige ik. Mijn wens dat hij zou verdwijnen.

Ik hoorde iemand mijn naam roepen. De stem kwam me onbekend voor. Ik stoof het huis door en zag een jonge vrouw op de veranda staan.

'Hallo,' riep ze.

Ik tuurde door de hordeur.

'Ik kreeg een bericht van Renny Mills,' zei de vrouw. Ze was jong, blond, droeg een spijkerbroek en een T-shirt. Ik kende haar niet.

'Heb je een boodschap voor mij?' vroeg ik verward.

'Nee, het was er een voor mij. Renny liet een briefje voor me achter dat ik hem hier moest komen opzoeken. We hebben in het voorjaar hetzelfde college kunstgeschiedenis gevolgd.'

Iris McGinnis.

Ze lachte zenuwachtig. Ze was dun en bleek en had een lief gezicht. 'Hij zei dat hij een cadeautje voor me had. Ik weet niet waarom hij me iets zou willen geven.'

Omdat hij tot over zijn oren verliefd op je is, stommerik, had ik willen zeggen. Ik deed de hordeur open. Ze was erg jong. Negentien misschien.

'Hij was bezig iets voor je te maken,' zei ik.

'Voor mij?' Iris lachte parelend. Misschien was hij daarom wel verliefd op haar geworden, vanwege dat geluid.

'Maar hij is hier niet.'

'Goed, maar kun je hem dan vragen me op te bellen?'

Iris schreef haar telefoonnummer op de achterkant van een stukje papier.

'Ik ben de hele dag thuis, aan het studeren. Ik ben niet zo slim als Renny. Hij kreeg allemaal hoge cijfers voor het college dat we samen gelopen hebben. Ik wacht zijn telefoontje wel af.'

'Goed,' zei ik.

'Ik kan maar niet geloven dat hij een cadeautje voor me heeft.' Ze had groene ogen, zag ik. Ze was knap op een bleke, lieve manier.

Toen Iris weg was, belde ik de etage van Renny op. Iemand nam op en toen ik naar hem vroeg, zei hij: 'Heb je het niet gehoord?'

Ik voelde de paniek in me op komen. Ik had de handschoenen op mijn bureau liggen. Mijn haar stond recht overeind alsof ik een elektrische schok had gehad.

'Wat heeft hij gedaan?' vroeg ik. Ik wist dat het iets ergs moest zijn, een wanhoopsdaad, de poging van een monster zijn huid af te pellen, de poging van een engel ten hemel te stijgen.

Ik reconstrueerde het verhaal aan de hand van dit eerste telefoontje en daarna dat met mijn broer. Iedereen in het natuurkundig centrum wist ervan. Renny was Acres' IJzerwinkel binnengelopen en had een bijl van de muur gepakt. Hij was kalm en opgewekt geweest; niemand had hem ook maar opgemerkt. Nu was er zoveel bloed op de vloer van de ijzerwinkel dat er nieuwe eiken planken moesten worden gelegd. Renny was vast doodgebloed als de manager van de verfafdeling, de man die door een pitbullterriër was aangevallen, geen EHBO-cursus had gedaan. De manager was een snelle denker; dat was hij al sinds hij was aangevallen. Hij sprong over de toonbank heen en maakte van een van de banden van zijn werkschort een tourniquet.

Vanwege het ongeluk en de aansprakelijkheid van het college, was het blikseminslagonderzoek met onmiddellijke ingang ontbonden. Er was niet voldoende psychologische begeleiding geweest, had de rector van het college verklaard. Orlon College hoopte niet te worden aangeklaagd door Renny's ouders, die al aan zijn bed zaten. Twaalf jaren studie weggegooid, vergeefs, al die foto's van ons, de grafieken van onze slechte gezondheid, alles waarover wij ons hart hadden uitgestort, dat alles zou nu worden versnipperd.

Iedereen die ik sprak, vroeg zich af waarom iemand in vredesnaam zoiets verschrikkelijks deed, op een doodnormale dag in de ijzerwinkel. Maar ik begreep waarom Renny had geprobeerd zijn hand af te hakken. Waarom hij langs al die meisjes aan de kassa was gelopen en naar hen had geglimlacht terwijl zij niet eens de moeite hadden genomen terug te glimlachen, hem niet eens gezien hadden. Hij liep door de winkel, de onzichtbare man, met maar één ding in zijn gedachten. Hij wilde mens zijn.

Ik ging direct naar het ziekenhuis, zocht de intensive care op en praatte mezelf de wachtkamer in. Ik kende een paar van de verpleegsters en had per slot van rekening naar verhalen over de hoogte- en dieptepunten van hun liefdeslevens geluisterd. Ik was geen familie en mocht daarom de patiënt niet bezoeken, maar ik kon er wel wachten. Waarop, dat wist ik niet goed. Ik ging op een van de harde plastic stoelen zitten.

Ik neem aan dat ik er gemakkelijk tussenuit te plukken was: een slachtoffer van een blikseminslag, bedroefde vriendin, verrader, medemonster in vermomming. Een tienermeisje kwam naast me zitten. Ze was de zus van Renny, Marina.

'Jij bent een vriendin van Renny,' zei ze.

'Jij bent Marina.'

'Het is niet zo slecht met hem als het klinkt. Hij heeft zijn handen nog.' Marina had een zachte stem, net als Renny. Ze droeg een zwarte fluwelen hoofdband die haar haar naar achteren hield. Ik denk dat ze rood haar had, maar voor mij was haar haar wit. Een klein oud vrouwtje, bezorgd om haar lieve broer. 'Ze moesten de rechter er weer aannaaien en alle zenuwen weer verbinden. Misschien kan hij in die hand niets meer voelen. Of misschien heeft hij er alleen wat minder gevoel in. Maar hij heeft vooral veel bloed verloren. Mijn ouders nemen hem mee naar huis.'

'Ik had hem moeten helpen met een project.'

Ik had het gevoel dat ik me op mijn knieën moest laten zakken en Marina om vergeving moest vragen. Ik moest eigenlijk mijn hart eruit snijden en het op de vinyl tegels van de vloer neerleggen.

'De Dorische tempel? Die had hij al drie weken geleden moeten inleveren. Hij kon het al niet meer bijbenen toen hij jou om hulp vroeg. Hij wilde die tempel maken zodat hij hem aan een meisje kon geven op wie hij verliefd was.'

'Iris,' zei ik.

'Was ze het waard?' vroeg Marina.

'Ik weet het niet,' zei ik, 'ik heb haar vandaag pas voor het eerst ontmoet.'

Ik ging weer zitten wachten op de harde plastic stoel. Toen de ouders van Renny naar buiten kwamen om iets te gaan eten en zijn persoonlijke bezittingen van zijn studentenkamer in te pakken, kwam Marina me halen om hem te zien.

'Het is niet dat mijn ouders jou niet aardig zouden vinden, ook al ben je wat te oud om Renny's vriendin te zijn. Het is dat ze hem afschermen van de wereld. Ouders.' Marina haalde haar schouders op. 'Ze willen het beste en ze doen het ergste. Ik houd me gewoon gedeisd tot ik op mezelf woon.'

Toen we bij Renny's kamer waren gekomen, keek ik om het hoekje van de deur. Daar lag hij, onder de lakens, met zijn ogen dicht, polsen in het verband. Zijn handen waren bedekt met wit verbandlinnen, als handschoenen, als sneeuw.

'Klop, klop,' riep Marina. Geen antwoord. 'Demerol,' fluisterde ze. 'Hij is platgespoten.'

Ze leidde me naar binnen om hem beter te zien. De kamer was verduisterd en we konden de gouden vlekjes op zijn handen zien. Hij had er geen idee van hoe mooi hij was, geen flauw benul.

We gingen naast het bed staan.

'Het is in orde,' zei Marina. 'Je kunt tegen hem praten.'

'Hoi.' Mijn stem klonk zwakjes. Hij echode alsof ik ver weg was terwijl ik hier was. 'Ik ben het.'

Hij deed zijn ogen open. Hij draaide zich niet van me af, zoals ik me had voorgesteld. Dat was tenminste iets.

Ik zag een rode streep langs zijn rechterarm lopen – de lijn waar ze hem aan elkaar hadden genaaid. Ik boog mijn hoofd. Ik werd verblind door de kleur. Ik was met stomheid geslagen. Ik had de kleur rood zo lang niet gezien, dat ik vergeten was hoe intens hij was. Ik wist absoluut niet wat ik moest doen.

'Ik wilde normaal zijn,' zei Renny. 'Ik wilde de dingen kunnen voelen.'

'Je hebt een rare manier van normaal zijn,' zei ik.

Hij glimlachte, denk ik.

Zijn ouders zouden hem mee naar huis nemen en Marina zou hem kopjes thee en kommen bouillon brengen tot hij weer hersteld was. Op een dag zou iemand hem zien zoals hij echt was en verliefd op hem worden.

'Wat moet ik met je project doen?' vroeg ik.

Hij glimlachte. Hij had een prachtige glimlach. 'Dorische tempels zijn niet bepaald in trek. Gooi het verdomde ding maar in de vuilnisbak.'

'Iris kwam ervoor langs.'

'Wie?' zei hij.

We lachten daar allebei om. Het meisje van zijn dromen. Misschien was het maar beter dat ze dat zou blijven.

'Geef haar het bedeltje maar,' zei Renny. 'Zeg maar dat het de bedoeling was geweest dat er meer kwam.'

Ik boog voorover en kuste Renny op zijn voorhoofd. 'Bedankt,' zei hij tegen me. Ik denk dat hij dat zei. Hij viel alweer in slaap.

Ik had het gevoel dat ik hem had gedroomd, de jongen met de gouden handen, iemand die veel te goed voor onze wereld was; een jongen die dacht dat hij geen gevoel had, terwijl het probleem was dat hij veel te veel voelde, genoeg om hem te doen struikelen, genoeg om hem te doen vallen.

Ik ging weg, weer de hitte van de dag in. Ik liep over de parkeerplaats naar mijn auto en dacht na over de liefde en waarom deze zo belangrijk was. Het was een gedachte, toch? Niets echts, niets blijvends, niets om voor te leven of te sterven. De wolken vlogen door de lucht. Er was zoveel blauw en toen zag ik het weer. Wat ik het meest had gemist. Rood. Zo opzienbarend. Zo levendig. Het was een kardinaalvogel die over de boomtoppen vloog. Ik stond daar met een hand boven mijn ogen. Na zo'n lange tijd deed zelfs de kleinste hoeveelheid van die kleur me pijn op mijn netvliezen. Ik moest ervan knipperen.

Ik hoorde iets, iemand. Renny's zus kwam me achterna gerend.

'Wacht even,' riep ze.

Ik draaide me om en wachtte tot ze me had ingehaald. Ik zag dat haar haar roodbruin was, en de trui die ze droeg, rood. Mijn ogen deden pijn van de onverwachte uitbarsting van kleur.

'Renny zei dat jij hier wel voor zou zorgen.'

Marina stak haar handen uit en ik de mijne. Ze overhandigde mij de kleine mol die Renny uit de klauwen van de kat had gered. Hij voelde aan als een handschoen, een boomblad, een wens.

'Als je geen larven of aardwormen kunt vinden, geef hem dan Amerikaanse kaas en sla te eten. Twee keer per dag.'

Het was helemaal niet wat ik zou willen hebben. Niet iets waar ik om gaf. Maar desondanks van mij. Ik hield de mol omhoog en keek in zijn blinde gezicht. En toen realiseerde

ik me wat liefde vermag. Ze veranderde je hele wereld.
Zelfs als je dat helemaal niet wilde.

Op weg naar mijn broers huis zag ik korte flitsen rood. Misschien was ik aan het herstellen. Misschien was ik aan het hallucineren, beeldde ik me in wat ik het liefst van al wilde zien. Het reclamebord op de minimarkt flitste zo diep rood op, dat het me de adem benam en meteen daarna flitste het met evenveel gemak terug naar grijs. Ik stopte, parkeerde, ging de supermarkt in en liep naar de fruitafdeling. Ingepakte sla, komkommers, perziken, limoenen en toen eindelijk een enkele bleke appel, die aan één kant bloosde alsof hij gevuld was met leven, met bloed. Ik kocht de appel en at hem in mijn auto op, ook al was hij in mijn hand weer grijs geworden. Ik voelde me eenzaam zonder Renny. Ik had het gevoel alsof mijn echte leven zich in de boomgaard afspeelde, maar dat ik het niet zelf beleefde. Ik had me met iemand ingelaten, ook al wist ik dat zoiets altijd een vergissing was.

Ik reed rustig door tot ik in de straat van mijn broer kwam. Hier ging het verhaal heen, hier ging het altijd heen. Zon en maan, broer en zus, de wachter en de bewaakte, tegenpolen die elkaar vorm geven. Ned was op het college, dat wist ik, waar de bliksemonderzoeksgroep in spoedvergadering bijeen was geroepen. Men was zeer bezorgd dat Renny's familie een aanklacht zou indienen. Geen van de deskundigen had hem begeleiding aangeboden, had er aandacht aan besteed dat hij wellicht uit evenwicht was. Tja, dat waren we toch allemaal? Dat gold zeker voor de leden van onze onderzoeksgroep. Ik had de Naakte Man verschillende keren door het park zien lopen, waarbij hij zo nu en dan stilhield om een tennisbal voor andermans retrievers en poedels weg te gooien. Ik had het meisje met de verschillende sokken aan in het café in de stad gezien met haar hand boven het tafelblad terwijl ze probeerde een lepel in de rondte te laten draaien.

Eerlijk gezegd vond ik dat als de familie van Renny iemand zou aanklagen, ze mij moesten kiezen. Onkundig, egoïstisch, hebberig, blind, de vriendin die er niet was. O, dan moesten ze zeker bij mij zijn, hoewel het maar minimaal was wat ze als herstelbetaling van me af konden nemen: mijn kat, mijn auto, mijn toekomst, mijn verleden.

In de straat van mijn broer stapte ik uit de auto en gooide het klokhuis weg. Ik droeg een zwarte bloes, een spijkerbroek en gymschoenen. Ik denk dat ik door het zien van Renny's zus en haar toewijding aan Ned had moeten denken. Ik klopte op de deur. Hoopte ik dat er niemand thuis zou zijn? De auto stond niet op de oprit. Misschien liep Nina naar haar colleges: het wiskundegebouw was niet ver. Het was een prachtige dag. Bijna Thanksgiving. In New Jersey zou het om deze tijd donker zijn, hier zag je alles alleen maar langzaam blauw worden. Ik tuurde door de ruit. Een witte bank. Een ingelijst rood hart aan de muur.

Nina deed de deur open en bleef staan. Ik denk dat ik haar wakker had gemaakt. Haar haar zat in de war. Haar ogen stonden wazig. Ik was er niet zeker van of ze me herkende. Zelfs toen ze begon te praten, gaf ze geen blijk van herkenning. Ik had de krantenjongen kunnen zijn of een huis-aan-huisverkoper.

'Je broer is er niet. Hij is op het natuurkundig centrum. Er is een zogeheten crisis.'

'Ja, een vriend van me heeft geprobeerd zijn handen af te hakken.'

'Sommige mensen zijn er goed in zichzelf hun portie ellende te bezorgen.'

Nina keek me veelbetekenend aan. Dus het was waar. Ze mocht me niet. Ze droeg een met verf besmeurd jack. Het viel me op dat ze me niet binnen vroeg.

'Ben je aan het verven?'

'Ja. Dat zie je toch.' De kleur was geel. Ik kon dat aan haar vingers en spijkerbroek zien.

'Heb je soms Amerikaanse kaas in huis?' vroeg ik.

Nina begon te lachen. Een grappig, verbrokkeld geluid, maar licht als klokjes. 'Ben je hier gekomen om kaas?'

Ik haalde de mol uit mijn zak. Nina deed stomverbaasd een stap achteruit.

'Jeetje.' Ze hield met moeite haar lachen in.

'Ik zorg ervoor, voor mijn vriend.'

Nina deed de deur open en ik volgde haar naar binnen. We liepen door de woonkamer, langs het hart aan de muur, de keuken in. Ik kon ruiken dat er pas geverfd was.

Ik ging zitten terwijl Nina in de koelkast rommelde. Ik legde de mol neer en staarde ernaar. Hij bewoog zich niet.

'Haal dat ding alsjeblieft van tafel,' zei Nina toen ze met een pakje oranje kaas aan kwam zetten.

Ik tilde de mol op, zette mijn rugzak op tafel en legde de mol erbovenop.

'Sommige dingen zijn niet als huisdier bedoeld.' Nina ging aan tafel zitten en staarde naar de mol. 'Mooi schepsel dat niet kan zien, horen of willen.' Ze keek me aan. 'Het ziet er niet naar uit dat hij de kaas lekker vindt.'

Ze liep naar de bijkeuken om wat van het voer te halen dat mijn broer in de tuin in de voederbak voor de vleermuizen deed. Gepureerd fruit en groente, op een schoteltje gelegd. De mol nam een hapje van wat geprakte druiven leken te zijn. Ik had het boek in mijn rugzak. *Honderd manieren om dood te gaan*. De mol zat er waarschijnlijk precies bovenop. Ik zag Nina's keel zachtjes kloppen, zachtroze.

'Hoe voelt het om verliefd te zijn?' vroeg ik.

Nina lachte. Tenminste, ze maakte een geluid. 'Wat een belachelijke vraag. Daar zijn oneindig veel antwoorden op te geven.'

'Voor jou dan. Wat betekent het voor jou?'

Vanwaar ik zat, kon ik de tuin zien. De lucht was zalmkleurig, toen grijs, toen donker en diep, een blauwachtige kleur, eentje die ik nooit eerder had gezien. Heel anders dan New Jersey. Iets oneindigs, heet, ver weg.

Nina staarde de tuin in.

'Ik dacht dat je van hem hield,' zei ik.

Nina draaide zich verbaasd naar me om.

'Ned,' zei ik. 'Ik dacht dat je echt van hem hield.'

Nina keek boos en liep naar het aanrecht. Daar bleef ze wat staan. Deed geen moeite om een kraan open te draaien. 'O,' zei ze. Tenminste, ik denk dat ze dat zei.

'Moet je horen, ik was in de bibliotheek,' vertelde ik haar. 'Daarom zeg ik dit tegen je. Denk je dat ik ermee te maken wil hebben? Ik wilde je helemaal niet zien, maar dat gebeurde toch. Ik weet dat je *Honderd manieren om dood te gaan* hebt geleend. Als Ned wist wat je van plan was, zou hij eraan kapotgaan.'

Nina lachte. Ze was stapel. Er viel niets te lachen.

'Ik ben degene die kapot is,' zei ze.

'Je bent van plan jezelf van kant te maken.'

'O, iets veel ergers,' zei Nina.

Ze draaide zich om en liep de kamer uit, dus ging ik haar achterna. Ik liep de donkere hal door. Nina stond bij de studeerkamer, die was leeggeruimd. Ze had een muur geel geverfd. Ze had er niet aan gedacht het licht aan te doen, maar de kamer gloeide. Geel deed dat. Deze kleur geel.

'Mooie kleur,' zei ik.

Nina ging met gekruiste benen op de vloer zitten. Ze had een dekzijl over de vloerbedekking gelegd. Ik ging tegenover haar zitten en keek toe hoe ze huilde. Toen ze uitgehuild was, veegde ze haar ogen met haar handpalmen af.

'Wil je weten wat liefde is? Het is datgene wat je kapotmaakt.'

Nina keek me recht aan. Ze stak een hand uit en een ogenblik dacht ik dat ze me wilde slaan. Ik had het haar niet kwalijk genomen als ze dat had gedaan. Ik was onbeleefd, stelde te veel vragen, drong me op waar ik niet gewenst was en had haar bespioneerd. In plaats daarvan pakte ze mijn hand en legde hem op haar buik. Ze was verder dan iemand ooit had kunnen denken. Ze had haar geheim goed bewaard. Ik kon de baby voelen bewegen.

'Maar waarom is het dan ook maar in je hoofd opgekomen?' vroeg ik.

Ik keek haar recht in de ogen en ik zag wat liefde voor haar betekende. Dit. En meer.

'Het boek is voor hem. Voor het geval dat het te moeilijk voor hem wordt. Voor het geval dat ik zijn pijn niet meer kan aanzien. Of als hij het einde niet wil meemaken.'

Ik wilde niet begrijpen waar ze het over had. Het was een grote puinhoop; ze had gelijk. Het was jezelf openstellen om vernietigd te worden. De ene minuut had je alles. En dan kwam de volgende.

Dit was zo'n moment.

'Hij heeft alvleesklierkanker. Hij wil zo lang mogelijk doorwerken, en ze zeggen dat dat nog minder dan een maand kan. De baby komt pas over vijf maanden. Het boek was voor het geval hij het wilde. Te gaan op de manier die hij zelf had gekozen. Dat is uiteindelijk zijn goed recht. Het is zijn leven. Maar toen kon ik er niet mee doorgaan. Zelfs een minuut minder tijd met hem in de wereld was te veel. Ik heb het teruggebracht.'

Nina's gezicht was vlekkerig; de randen van haar ogen waren bleekrood.

'Ik kan de kamer verven en jij kunt toekijken,' zei ik.

'We kunnen morgen verven,' stelde Nina voor. 'Daar is tenminste wel tijd voor.'

We zaten hand in hand in het donker.

Dus dat was er aan de hand.

11

Ik dacht aan de manier waarop oude, blinde vrouwen in verhalen hun verloren liefde terugvonden en hem herkenden, ook al waren er vijftig of honderd jaar voorbijgegaan, ook al waren hun mannen of minnaars veranderd in stieren of monsters. Als iemand een foto had genomen van Lazarus en mij en hem op de muur had geprikt, dan had iedereen die hem zag, gedacht: ze zijn niet voor elkaar bestemd. Ze passen niet bij elkaar. Dus lieten we geen foto's maken. Ik had me afgevraagd hoe het mogelijk was dat deze man me de hele tijd had bemind, maar ik begon de reden te begrijpen: ik kende hem. Als hij als beer of hert naar me toe was gekomen, zou ik hem nog steeds op precies dezelfde manier hebben gekend.

Dat kon me niet afgenomen worden, ondanks de puinhoop en de tijd.

We gingen 's nachts in het duister door de boomgaard wandelen. Overdag riepen de arbeiders die Lazarus had ingehuurd, naar elkaar en maakte de plukmachine lawaai. Maar 's nachts kon je elke ademtocht, elke tor horen.

Ik vertelde hem over mijn broer. Ik legde de chaostheorie uit en wat deze voor mij betekende: als we nooit in New Jersey hadden gewoond, als we andere lucht hadden ingeademd, als hij andere eetgewoontes had gehad, nooit naar Florida was gekomen, als we andere ouders, grootouders hadden gehad, een andere genetische samenstelling, dan was misschien deze kanker nooit opgekomen. Er was een andere, eerdere theorie waar mijn broer me over had verteld, het 'onzekerheidsprincipe', een stelling die voorafging aan de chaostheorie en deze van gegevens had voorzien. De simpele fabel ter illustratie ervan verklaart dat het leven of de dood van een kat afhankelijk is van het volkomen toevallige verval van een enkele atoom. En dat gold ook voor Ned. De ene cel stak de andere cel aan; een rottige, toevallige cel, die alles volkomen bepaalde. Maar het was onmogelijk te achterhalen waarom hem dit moest overkomen. Er waren niet slechts honderd mogelijke antwoorden, het waren er duizenden. Allemaal vlinders. Allemaal buiten bereik.

'Wat kan ik voor hem doen?' vroeg ik Lazarus. Ik dacht dat een dode man dit soort dingen zou weten.

Lazarus lachte. Dat deed hij weinig. 'Dat moet je hem vragen. Het ligt voor iedereen anders.'

'Als jij maar een paar weken te leven had, hoe zou je dan willen leven?'

Ik hoopte dat hij zou zeggen: zoals nu, met jou in het donker lopen, maar nee.

'Ik zou vrij willen zijn. Zoals ik was. Ik dacht dat dat niet belangrijk was, tot ik het had verloren. Als de mensen zouden weten wie ik was, zouden ze willen weten wat er met Seth gebeurd is en ik denk niet dat ze me zouden geloven. Dus zit ik hier vast.'

Gevangen in een ezelshuid, in veren, met de verkeerde schoenen aan. Ik begreep hoezeer hij verlangde weer in zijn eigen vel te zitten. Ik wilde alles onthouden van deze nacht, elke nacht. Ik ging dit alles verliezen, dat wist ik terwijl ik daar stond. Vroeger of later. Een grote puinhoop. Ik keek naar elk blad, elke ster.

'Ik denk dat ze er toch wel achter zullen komen,' zei Lazarus. 'En als dat gebeurt, komen ze achter me aan en dan kom ik in een echte gevangenis terecht.'

De bank had gebeld en de laatste keer dat hij had geprobeerd een transactie via de telefoon te maken, had het koelhuis er een stokje voor gestoken. Hij had moeten praten met de manager, die Seth Jones dertig jaar of langer had gekend en die opmerkte: 'Wat is er mis met je, kerel? Kikker in je keel?'

'Griep, verdomd dicht tegen longontsteking aan,' had Lazarus geantwoord. Maar hij was er niet gerust op. Het jaar van hun overeenkomst was voorbij. Gekomen en gegaan. Hij had erover zitten denken weg te gaan en nu dacht hij daar nog sterker aan. Misschien was hij al vertrokken als ik niet naar hem toe was komen rijden in die rode jurk. Mijn mond met ijs had gevuld en hem gekust had.

Wees blij met wat je hebt als je het hebt. Gaat het daar niet om? Nog 'lang en gelukkig leven' betekent niet dat het geluk eeuwig zal duren. Dat 'lang', wat betekende dat nu precies? Je dromen, je leven, je dood, je alles.

Dus nu. Dus hier. Dus hem. De hitte, de zwarte nacht, de sterren, het ogenblik, waarbij het 'lang' binnen in ons allebei zweefde.

Er was iets mis met de oogst, dat was de andere reden waarom hij het niet juist vond te vertrekken. Lazarus had de afspraak gemaakt de boomgaard te onderhouden, en hij was het soort man dat zich aan zijn woord hield, zelfs als de rest van zijn leven een leugen was. Hij voerde me naar de plek waar de bliksem had toegeslagen. Het gat in de grond was behoorlijk groter geworden; de aarde was aan het inkalven, centimeter voor centimeter en legde een rotsachtige, harde kern bloot. Aan de buitenring waren steeds meer bomen aan het doodgaan. Op het ene moment hingen ze vol fruit, op het volgende moment waren ze kaal en zwartgeblakerd. Om de kring heen stonden nog een paar bomen met rood fruit. Nu zag ik het. Geen ijsfruit of sneeuwballen, maar robijnrood. Rode werelden, rode aardbollen, prachtig in het donker.

'Ik wil er een paar plukken,' zei ik.

We haalden een ladder en zetten hem tegen een boom; ik klom erop en gooide de sinaasappels naar Lazarus.

'Genoeg,' zei hij. 'We kunnen ze nooit allemaal opeten.'

Maar ik kon er niet mee ophouden. Meer en meer. Ik was uitgehongerd geweest, maar nu niet meer.

Het was een koele nacht, maar deze sinaasappels hielden warmte vast. Kleine aardbollen van brandend zonlicht. We droegen samen de mand. Voor deze ene nacht verliefd, verliefd. Alles had betekenis voor ons. Zwarte lucht, zwarte bomen, rode sinaasappels, de zoete geur van de aarde, de hitte als hij tegen me fluisterde, het geluid van onze voeten op de aarden paden, het sproeisysteem dat werd ingeschakeld, het vallen van het water.

We trokken in de boomgaard onze kleren uit en gingen onder de sproeiers staan. In de nachtlucht, onder water konden we elkaar omhelzen op elke door ons gewenste manier. Er was in de verste verte niemand te bekennen. Helemaal niemand. Ik hield ervan hem te voelen, zo hier, zo in het 'nu'. Ik hield van zijn spieren onder zijn huid, de hitte van zijn lijf, zijn vurige kussen. Ik hield ervan dat het mij pijn deed, daardoor wist ik dat ik nu en voor altijd leefde, dat ik rood kon zien. Daarom wilde ik op handen en knieën gaan zitten zonder erom te malen of er iemand anders in het universum was, laat staan in de wijde omtrek.

Geen wonder dat mensen dit hoe dan ook en met wie dan ook deden; met vreemden, op parkeerplaatsen, wanhopig, hebberig; verbonden met elkaar kun je je inbeelden dat je niet alleen bent, niet de enige. Zo anders, omdat wanneer je verliefd bent, dit de portee is: je voelt je eenzaamheid zo intens dat het pijn doet. Wanneer ik niet bij je ben. Dat ogenblik. Die dag.

'Houd op met denken,' zei Lazarus.

Ik had het ijskoud, zonder kleren, doornat van al dat koude water, de sproeiers, het sterrenlicht, het nu, het nu.

Ik zoende hem en liet de rest van me af vallen.

'Zo is het beter,' zei hij tegen me.

Hij ging op de grond zitten en trok me naar beneden. Ik zat op zijn schoot met hem in me, ik kon hem recht in zijn askleurige ogen kijken. Ik liet mijn handen over zijn rug glijden. Ik voelde alles. Er was geen andere man, silhouet of niet. Alleen hij. Huid, spieren, botten, hart, bloed, rood en hitte.

Ik liet me gaan. Ik gaf me over, of gaf toe, of hield op met vechten tegen het feit dat ik in leven was.

Dit was het moment dat ik me zou blijven herinneren meer dan de vis, het bad, ijs, meer, hard, langzaam, schatje. Dit was belangrijk: dat ik me aan het verliezen was terwijl ik wist dat hij erover dacht te vertrekken. We waren een menselijk voorbeeld van de chaostheorie, bijeengebracht door het toeval. Maar voor één nacht waren we een volmaakt stel.

Terug in huis nam ik een hete douche. Ik rilde, zelfs toen ik me had afgedroogd en me had aangekleed. Ik pakte een sweater uit de bureaula in de slaapkamer.

Ik ging naar de keuken. Lazarus droeg de kleren die hij eerder ook aan had gehad; er zat nog modder op. Hij zat aan de tafel. Hij keek me aan toen ik binnenkwam. Ik kon van de uitdrukking op zijn gezicht aflezen dat er altijd een prijs moet worden betaald. De puinhoop. Het verdriet. Het 'voor altijd'.

'Kom eens hier,' zei hij.

Toen ik zijn stem hoorde, ging er iets door me heen. Ik keek naar zijn mond, zijn jukbeenderen, zijn askleurige ogen, zijn brede handen en de manier waarop zijn aderen over zijn armen liepen. Blauw en rood. Levend.

Ik keek goed. Ik wilde kunnen onthouden dat hij me eens wilde hebben. Ik zette dit ogenblik in het 'voor altijd'; de kern van alles wat ik ooit geweten had.

Hij had alle sinaasappels die ik had geplukt, in tweeën gesneden. Het leek net alsof er bloed op de tafel lag, maar het was alleen het sap. Dit waren de sinaasappels die op de markt de meeste winst opleverden. Mensen hielden ervan dat ze zo zeldzaam waren, de verrassing van de kleurenscheut op de fruitschaal, in hun mond. Hij had er de dubbele prijs voor gekregen, maar nu niet meer.

Degene die hij doormidden had gesneden, waren zwart vanbinnen. Al dat zoete rode vruchtvlees dat als een verrassing smaakte, was verdwenen. De sinaasappels rotten vanbinnenuit weg. Ik had gehoord dat zoiets kon voorkomen. Een boom die door de bliksem was getroffen, kon maandenlang blijven staan en niemand had kunnen denken dat hij vanbinnen aan het afsterven was, tot hij op de grond viel. Uitwerkingen hadden tijd nodig; je keek de andere kant op, je dacht dat je veilig was en dan gebeurden ze.

Voor je het wist was alles veranderd.

Het verhaal gaat altijd over het onderkennen van je geluk wanneer je het hebt. Op zoek gaan naar de waarheid, ongeacht wat deze met zich mee zou kunnen brengen. Het gaat er altijd om dat niets is wat het lijkt te zijn, behalve één ding: wat je voelt, wie je bent, wat er binnenin zit.

HOOFDSTUK 6

Schorpioen

I

Voor het geval de familie van Renny een aanklacht zou indienen, waren ze in het onderzoekscentrum alle dossiers aan het versnipperen. Angstvallig en zorgvuldig beschermde het college zichzelf, als een schepsel dat alleen maar wist te steken. Het onderzoek van mijn broer was verdwenen. Eens zou iemand anders vergelijkbare informatie verzamelen, slachtoffers van blikseminslag interviewen, hen tegen een witte wand fotograferen, maar nu ging alles de papierversnipperaar in en verwerd tot stof.

Ik had erover gedacht hoe ik mijn broer iets van het leven dat hij wilde leiden, kon geven. Iets wat hem een plezier zou doen, zijn belangstelling zou opwekken, iets om aan te denken in het 'voor altijd hierna'. Ik vroeg Nina om raad en zij was het met me eens, dus belde ik mijn broer op.

'Je moet het dossier van de Draak opduikelen, voor ze het versnipperen,' zei ik tegen Ned.

De Draak was het onderwerp waar mijn broer gedurende het onderzoek het meest in geïnteresseerd was geweest. Ik peuterde een verwijzing bij mijn dokter los zodat ik met de dienstdoende cardioloog in Jacksonville kon gaan praten. Toen ik de cardioloog uithoorde over de Draak, vertelde hij me dat de oude man er beide keren dat hij door de bliksem getroffen was, sterker uit was gekomen. Hij was een bonk van een kerel en wandelde nog steeds vijftien kilometer per dag.

'We hebben hem getest. Hij zei dat hij te oud was om ons meer dan een dag de tijd te geven hem te onderzoeken. Zei dat we onze tijd met hem verdeden. Volgens de gegevens over zijn conditie had hij dood moeten blijven. Zijn hartslag was lager dan zestig slagen per minuut, langzamer dan die van een beer in winterslaap. Hij was zevenentachtig jaar toen de tweede inslag plaatsvond. Hij was plat op zijn rug geslagen en had duizend volt door zich heen gehad, toen stond hij op en ging middageten. Hij weigerde alle medische zorg en voorzover we weten, is hij de gezondste oude knar in de county. Ga dat maar eens uitzoeken.'

'Wil je dat ik zijn dossier achteroverdruk?' vroeg mijn broer toen ik hem belde.

'Nu meteen.'

Ned lachte; hij leek het wel een leuk idee te vinden om een kleine misdaad te begaan jegens het college.

'Als ik betrapt word, zal ik zeggen dat jij het brein erachter bent.'

Ik had Ned niet meer gezien sinds ik met Nina gesproken had en ik was zenuwachtig. Ik dacht dat ik vast wat stoms zou doen. Dat zou echt iets voor mij zijn: precies het verkeerde zeggen. Ik ontmoette hem in een klein restaurant in het stadje en hij overhandigde mij het dossier.

'De Draak is een anomalie. Uniek in zijn soort. Zelfs als hij met ons had gepraat, had hij niets bijgedragen aan ons onderzoek. Hij is wat mensen die onderzoek doen, een "anekdote" noemen – een geweldig verhaal, maar waardeloos in het grotere geheel van het onderzoek. Gewoon een oude bofkont.'

'Goed, laten we hem opzoeken,' zei ik.

Ned had roerei met één sneetje toast besteld. Hij had er nog niet de helft van opgegeten.

'We zijn vanavond weer terug,' verzekerde ik hem.

'Dit is nu niet bepaald wetenschappelijke documentatie. Het is allemaal van horen zeggen. We hebben er nooit iemand heen gestuurd om hem te onderzoeken. We kunnen er niet eens zeker van zijn dat hij nog in leven is. Daar komt bij...' Hij schoof het eten heen en weer. 'Daar komt bij dat ik me niet zo lekker voel.'

'Ik heb het aan Nina gevraagd en zij zei dat je ernaartoe kon gaan.'

'Je hebt het aan Nina gevraagd? Wat ben ik, vijf jaar oud? Heb ik toestemming nodig?'

Ik keek de andere kant uit en bestelde bij de serveerster rijstpudding en thee. Toen ik me weer terugdraaide, was mijn broer bezig zijn brillenglazen aan zijn overhemd af te vegen. Ik zag dat de huid onder zijn ogen schilferig was; er zaten rode vlekken op zijn huid.

'Ze heeft het je verteld,' zei Ned. Hij zag er niet zozeer boos uit, eerder teleurgesteld.

'Ik heb haar min of meer voor het blok gezet, Ned. Ik weet niet wat ik moet zeggen.'

'Dat is nou precies waarom ik het niet op deze manier wilde. Niets van dat "zielige Ned". Zeg het niet op die manier. Geen onzin. En niet op de veranda komen staan. Daar kan ik echt niet tegen.'

'Wat bedoel je daar nou weer mee?'

'Ik bedoel ermee dat ik niet thuiskom. Wacht niet op me. Denk maar niet dat de dingen anders zullen lopen. Denk maar niet dat je ook maar iets kunt doen om het tegen te houden. En denk nou eens één keer in je leven niet dat het om jou draait.'

Ik stond op en liep naar buiten. De hitte was om gek van te worden. Ik had het gevoel dat ik stikte, smolt, maar waarin? Ik had willen doen wat volgens Lazarus het allerbelangrijkste was. Mijn broer helpen zijn leven af te ronden. Iets met hem doen wat hij altijd al had willen doen. Als een cadeau, denk ik. Een gedenkwaardige dag. Stom, zoals altijd. Natuurlijk fout.

Mijn broer betaalde de rekening en kwam naar buiten.

'Moet ik soms sorry zeggen omdat ik doodga?'

'Ja. Zeg sorry. Hoe durf je verdomme.'

Ik sprak te hard. Mijn ogen brandden. Ik had echt gek kunnen worden. Ik keek hem boos aan. Ik haatte mijn broer. Ik dacht dat als ik nu weer in de steek werd gelaten, ik uit elkaar zou vallen, zoals de rozen in mijn vrieskist. Als je er één op de vloer liet vallen, brak hij in duizend stukjes, als glas.

Ik dacht eraan hoe alles te laat kwam. Iris op haar studentenkamer toen ik haar het gouden bedeltje ging brengen dat Renny voor haar had gemaakt. De uitdrukking op haar gezicht. Hij had een kans gehad en hem nooit genomen. 'Maar waar is hij?' had Iris McGinnis me gevraagd. Ik gaf haar het adres van Renny in Miami, maar merkte, want ik heb verstand van zulke dingen, dat het al te laat was.

Daar stonden mijn broer en ik in de hitte. Kwaad. Te zweten. Ouder dan we ooit gedacht hadden te worden. Dit was niet onze natuurlijke leefomgeving. Ik wilde dingen terugdraaien. Misschien wilde Ned dat ook. Hij was wat gekalmeerd.

'Ik hoorde dat je geholpen hebt de babykamer te verven,' zei hij. Een neutraler, vrolijker gespreksonderwerp, als het niet zo tragisch was geweest.

'Ik had liever rood gehad. Ik kan er nu een paar tinten van zien.'

'Goed. Sorry,' zei mijn broer. 'Hoe waag ik het godverdomme kanker te hebben!'

Nu had hij zich omgedraaid. Puinhoop. Het woord dat ik nooit kon uitspreken. Het overkwam hem nu.

'We moeten je gewoon omdraaien, zodat de Dood niet aan je voeteneind staat. Dan kan hij je niet meenemen.'

Ned schoot in de lach. Hij hernam zich en keek me weer aan. Als je het eenmaal wist, zag je het ook. Zijn gezicht zag er anders uit. Mager. Moe.

'Die klootzak kun je niet bedonderen.' Mijn broer schudde geamuseerd zijn hoofd. 'Ik ben dol op dat verhaal.'

'Waarom? Het is verschrikkelijk.'

'Het is waar.'

We dachten daar allebei over na.

'Nou, in het verhaal wordt de Dood de eerste keer voor de gek gehouden.'

'Eén keer maar, zusjelief.'

'De Draak heeft hem twee keer een rad voor ogen gedraaid.'

'Dus we gaan op weg om de Draak op te zoeken. Is dat de reden? De kneepjes van het vak leren? Dat zal toch niet lukken.'

'We gaan gewoon,' zei ik. 'Beschouw het maar als een veldonderzoek.'

'Jij bent niet de enige die een geheim heeft. Nina heeft het me verteld. Je bent verliefd.'

'Nu staan we quitte,' zei ik.

Klonk ik opgewekt? Klonk ik alsof ik dit gesprek goed kon voeren?

'Ja, jij wordt verliefd en ik ga dood. Dat gaat lekker gelijk op.'

Ik dacht dat de mensen in het restaurantje in een ander universum vertoefden, eentje waar steun, hoop en goede gezondheid te vinden waren. De hitte kon een mens uitputten. Misschien was er niets wat ik voor Ned kon doen. Ik stond op het punt terug te krabbelen. Toen zei mijn broer iets tegen me.

'Jouw auto of de mijne?'

'Echt?'

'Hoe vaak krijg je de gelegenheid een draak te ontmoeten?'

Het duurde twee uur om naar het noorden te komen; ik reed en Ned sliep de hele tijd. Nina had me verteld dat hij een chemokuur had geprobeerd toen hij voor het eerst de uitslag te horen had gekregen, maar hij werd er zo ziek van dat hij niet meer kon werken; de dokters waren het erover eens dat de behandeling hem meer kwaad dan goed deed. Hij probeerde zijn leven tot januari te rekken, als de baby geboren zou worden.

'Jezus, ik zit te kwijlen,' zei Ned toen hij wakker werd.

We kwamen rond het middaguur bij de stadsgrens van Jacksonville aan. Hier was het heter, onmogelijk maar waar. De airconditioner van mijn auto begon te sputteren. Overwerkt, boos. We reden naar een benzinepomp en ik stapte uit om de routebeschrijving te controleren die ik had gekregen van de cardioloog die de Draak behandeld had, natuurlijk onofficieel.

We moesten een aantal achterafweggetjes nemen en ik was bezorgd dat de rit te hobbelig voor Ned zou zijn.

Ik keek regelmatig naar hem.

'Houd daarmee op. Concentreer je op het rijden. Verdomme,' voegde hij eraan toe toen we een greppel indoken. Daar stond een trailer en er zat een man voor. 'Stop hier even,' zei Ned.

Hij stapte uit en sprak met de oudere man in de tuinstoel. Het leek erop dat die man eenzelfde tuinstoel had als ik. Acres' IJzerwinkel. Ik neem aan dat het een landelijke keten was. Ned en de oude man schudden elkaar de hand en Ned kwam terug naar de auto. 'Vijf kilometer verderop. Maar de Draak zal zonder introductie niet met ons willen praten, dat zegt die meneer in de tuinstoel tenminste.'

'Wat weet die hufter ervan?'

Ik zag dat de man zijn deur op slot deed en naar onze auto kwam lopen.

'Die hufter is de zoon van de Draak.'

'Hallo,' zei onze nieuwe reisgezel toen hij achterin stapte. 'Ik ben Joe.' Hij was ongeveer zeventig jaar. Op z'n minst. 'Ik breng jullie wel naar mijn vader.'

'Wij hebben nooit een vader gehad,' zei Ned toen ik weer verder reed. 'Nou ja, we hadden er wel eentje, maar die is weggegaan.'

'De rotzak,' zei Joe meelevend. 'Mijn vader woont vlakbij.'

'En nu ben ik aan het doodgaan en laat ik mijn zoon in de steek nog voor hij is geboren,' zei Ned.

Mijn keel zat dicht. Als iemand op die manier begint te praten, moest je er gewoon van huilen, zelfs iemand zoals ik.

'Dat ligt anders.' Joe had een sigaret opgestoken; ik hield mijn mond, ook al zou het weken duren voor ik die stank uit mijn auto zou krijgen. 'Dat is geen verlating. Je wil helemaal niet weg, dus zul je wel in de buurt blijven.'

'In de buurt blijven?' zei Ned.

'In de geest.'

Ik schoot in de lach. Hou je kop, oude man, had ik willen zeggen. Ik spande me in om beleefd te blijven. 'Daar geloven wij niet in.'

Joe leunde naar voren. 'Waar geloof je wel in?'

We dachten daarover na tot Joe riep: 'Nu naar de kant.'

Dat deden we en zaten bijna in het gras vast. Het was viezig, zompig spul, maar ik vond een droog plekje om te parkeren. Daar stond het huis van de Draak, een boerenhutje dat een beetje op mijn bungalowtje leek. Toen ik was gestopt bij de benzinepomp, had ik chips en frisdrank gekocht om iets bij me te hebben. Joe ging vooruit om zich ervan te verzekeren dat zijn vader er toonbaar uitzag; even later stak hij zijn hoofd om de deur.

'Kom maar,' zei Joe.

'Ga je een man van negentig frisdrank en chips geven?' vroeg mijn broer.

'Ach, houd je mond.' Ik grinnikte. God, wat was het heet. 'Wat had ik dan moeten meenemen? Een doos verantwoord voedsel?'

'Wedden dat hij geen airconditioner heeft,' zei Ned.

Er was tenminste een plafondventilator, maar die leek in slowmotion rond te draaien. De Draak van Jacksonville zag er niet veel ouder uit dan zijn zoon, leek zelfs behoorlijk kwiek.

'Jullie hebben me opgespoord,' zei de Draak. 'Ik hoop dat jullie iets voor me hebben meegenomen dat dit bezoek de moeite waard voor me maakt.'

Hij zat in een gemakkelijke stoel van nepleer. Een knap uitziende oude man. Had zijn haar nog, heel veel haar zelfs, wit.

Ik hield de chips en de frisdrank omhoog en de Draak knikte vergenoegd. Hij stelde voor dat Joe ons allemaal wat te drinken met ijs zou inschenken.

'En jij?' zei hij tegen mijn broer. Ned keek me aan. Hij had er niet aan gedacht iets mee te nemen. 'Dat is een mooi horloge,' zei de Draak.

Ned glimlachte, maakte het los en overhandigde het hem.

'Het loopt goed,' zei Ned. 'Het geeft de juiste tijd aan.'

'Geen betere tijd dan de tijd van nu,' zei de Draak.

Het was een grapje, dus lachten we. We kregen cola met ijs en zaten op ongemakkelijke krukken. Het was smoorheet. De Draak tilde zijn hemd op en liet ons zien waar de bliksem de eerste keer had toegeslagen.

'Veertien minuten en vijfenveertig seconden lang dood,' zei Joe trots. 'Ik heb de tijd opgenomen.'

Toen trok Joe bij zijn vader de sloffen uit en liet ons de voeten van de Draak zien. Ze waren als hoeven opgekruld. 'Artritis,' zei Joe. 'Komt in de familie voor.' Hij liet ons de littekens op de voetzolen zien.

'De bliksem raakte een boom, kaatste af, ging over de grond en sloeg hem de tweede keer vijfenvijftig minuten lang dood.'

'Hoe was dat?' vroeg ik aan de Draak.

'Heel raar. Net als nu,' zei de Draak. 'Net zoals ik nu hier met jullie zit. Jullie gaan zo weer weg. Zo was het toen ook. Het ene moment was er het ene, het volgende moment was er iets anders.'

'En hoe bent u teruggekomen?'

Mijn broer gaf me een por met zijn elleboog. Blijkbaar deed ik onbeleefd. Maar we hadden niet veel tijd, daarom waren we hier.

'Als ik dat zou weten, had ik niet meteen de week erop een plek op de begraafplaats gekocht. Het was nog maar een voorprogramma, niet de hele show. Ik ben terug omdat ik terug ben.' De Draak nam een slok van zijn frisdrank. 'Nu wil ik jullie wat vragen. Misschien weten jullie het: heeft alles een reden?'

We keken allemaal naar mijn broer, de wetenschapper, om een antwoord.

'Dat we iets niet begrijpen of weten, betekent nog niet dat er geen reden voor is,' zei Ned.

'Zie je wel.' De Draak was blij met dat antwoord. 'Dat ben ik helemaal met je eens.'

Hij hield mijn broers horloge op. Het was een oude Rolex. Nina had het voor hem gekocht toen ze tien jaar getrouwd waren. Het had een vermogen gekost en ze had alle antiekwinkels van Orlando afgeschuimd voor ze het juiste gevonden had.

'Wil je hem terug?'

Mijn broer glimlachte. 'Geen betere tijd dan nu,' zei hij.

'Dan ga ik je een geheim laten zien. Je hebt ervoor betaald. Je verdient het. Vertel het alleen niet verder. Ik ben geen kermisattractie.'

Het nam nogal wat tijd in beslag om een stukje de weg af te wandelen. Een eindje verderop was ver, zoals alle dingen in Florida ver waren. Ned was moe en de Draak liep langzaam, vooral in het zompige gras.

'We lopen hier nog teken op,' zei ik. 'Vlooien. Iets giftigs. Van een eik of klimop.'

'Ruik je het?' Mijn broer stond stil en haalde diep adem. 'Hier komen het zoute water en de rivier samen en vermengen zich.'

Het was een ziltige en vieze geur met eronder een vleug van iets zoetigs. Hier bevonden we ons dan, ouder dan onze moeder was geweest, op een dag dat het meer dan vijfendertig graden was, achter twee oude mannen aan door het moeras lopend.

'Verdomme,' zei ik. 'Als ik een krokodil zie, ga ik terug.'

Ned lachte. 'Maar slangen tellen niet mee, toch?' Mijn broer maakte een hoofdbeweging en toen ik iets glibberigs door het gras zag schieten, greep ik zijn arm. 'Onschadelijk,' zei hij. 'Die slang is niet giftig.'

Toen realiseerde ik me dat mijn broer er gelukkig uitzag. De plek waar zijn horloge had gezeten lichtte op; witte huid, naakt, nieuw. Zijn kakibroek zat vol moddervlekken vermengd met grassprieten.

'Oké, we zijn er,' zei de Draak. 'Ik kan vuur spuwen, dat weten jullie toch?'

Nou, ik had meegemaakt dat Lazarus papier in brand stak, mij verbrandde tijdens een kus, dus ik dacht dat ik op alles voorbereid was. Maar de Draak spuwde echt en waar het terechtkwam, stegen vlammen op uit het gras. Joe rende ernaartoe en stampte ze uit.

'Dat is fysiologisch onmogelijk,' zei mijn broer. Desondanks klonk hij opgewonden. Hij zag er klaarwakker uit.

'Dat hebben ze tegen me gezegd,' zei de Draak. 'En ik heb uitgedokterd hoe je het kunt tegengaan.' De Draak stak zijn hand in zijn zak en haalde iets te voorschijn dat leek op een tulpenbol. 'Knoflook. Haalt het vuur direct uit je. Maar dat wil ik nu niet doen, want ik zal jullie iets laten zien wat zeer de moeite waard is. Jullie zijn niet om mij helemaal hiernaar toe gekomen. Maar beloof me dat jullie je mond hierover houden.'

Mijn broer legde zijn hand op zijn hart. Mijn ogen brandden. Ik dacht aan hoe hij in New Jersey naar de vleermuizen in de lucht stond te kijken. Hij had een mierenkolonie die we moesten achterlaten toen we bij onze grootmoeder introkken. Ze zag geen heil in het mieren houden als huisdieren – misschien had ik dat wel van haar overgenomen. Ik had de mol van Renny al vrijgelaten in de tuin. Maar mijn broer was anders; toen mijn grootmoeder voet bij stuk had gehouden, was Ned naar buiten gegaan en had ze achter haar huis vrijgelaten. Ik had staan toekijken vanachter het slaapkamerraam. Ik heb het nooit tegen hem gezegd, maar ik zag dat hij toen huilde.

'Leg je hand op je hart,' droeg mijn broer me op.

Dat deed ik. Ik wenste niets, wilde niets, zei niets. Ik bevond me in het heden, stond in de modder met kapotte schoenen en een kriebelige huid.

Er lag een stam, nee, een boom, die ene die door dezelfde bliksem was getroffen die de Draak voor de tweede keer had geraakt. Een oude levende eikenboom, nu dood en heel, heel grijs. De kleur van ijs tussen al dit groen, die derrie, die bladeren, dit water, deze hitte. De Draak liep ernaartoe. Hij stond tot aan zijn knieën in het water. Hij deed zijn hemd uit en ik zag de patronen van bomen die de bliksem op zijn armen en borst had achtergelaten. Net als bij Lazarus. Ik voelde een steek van verdriet. Alsof alles wat nu gebeurde al eens gebeurd was, alleen met iemand anders.

De Draak draaide zich om en knikte. 'Goed kijken.'

Hij spoog naar de oude boomstam en er ontstond een vlam. De Draak zwaaide met zijn hemd in het rond, doofde de vlam, maar de rook had gedaan wat hij ervan verwachtte. Tientallen vleermuizen vlogen op uit de stam. Ze leken eerst helemaal zwart, maar in het zonlicht glansden ze, staalblauw, daarna paars. Het was alsof je het aangezicht van de wereld zag, alsof je alle mogelijkheden zag die er ooit waren geweest. Uit de rook, uit het vuur, uit het hout, uit het ijs rezen ze in een wolk op.

Mijn broer knipperde met zijn ogen.

'Asjemenou,' zei hij.

'Ze zijn hier de hele dag in de buurt, maar we zien ze

nooit. Je loopt erlangs en je denkt dat je alleen bent. Maar ze zijn er,' zei de Draak. 'Net als alle dingen die we niet zien.'

De vleermuizen verdwenen de lucht in; van onderen waren ze grijsbruin, als bladeren die omhoogvallen, alsof de tijd is omgedraaid.

Mijn schouders waren verbrand, ik kon nauwelijks ademhalen in de hitte, er liep een teek over mijn scheenbeen, maar het was het waard. Als ik mijn lesje niet had geleerd, had ik gewenst dat we hier voor altijd konden blijven. Maar ik wist nu wel beter. We hadden gezien waarvoor we gekomen waren. De manier om de Dood om de tuin te leiden. Adem in. Adem uit. Kijk hoe alles opstijgt, zwart en blauw in de nog blauwere hemel.

Ik belde Frances York op om mijn verontschuldigingen aan te bieden voor het feit dat ik me nooit op het werk liet zien. Zo was ik echt niet. Ik was de betrouwbare, de geweldige collega, de bedenker van feestjes. In werkelijkheid was ik een week lang niet in de bibliotheek geweest. Had geen enkele keer gebeld.

'Nou, kom nu maar niet,' zei Frances tegen me. 'Kom om halfzeven maar bij me thuis. Palmetto Street 13. Het huis met de grote tuin.'

'Luister eens, als je me wilt ontslaan, begrijp ik dat volkomen. Dat kun je via de telefoon doen. Dat kan ik begrijpen. Het is niet erg. Ik heb het verdiend.'

'Ik heb van mijn leven nog niemand ontslagen en daar begin ik nu ook niet aan. Je komt eten.'

Ik geloofde haar niet helemaal. Ik kleedde me voor de gelegenheid van mijn ontslag. Donker. Mijn haar achterovergekamd, een rode haarband die ik bij de drogist had gekocht, en toen, als omkoperij op het allerlaatste moment, een plant van de bloemist. Een venusvliegenvanger. Nuttig in Florida. Praktisch. Mijn oude ik: het betrouwbare meisje. Misschien zou Frances inzien dat ze me nodig had, hoewel er eerlijk gezegd in de bibliotheek nauwelijks werk was voor één van ons.

Ik was nog nooit bij Frances thuis geweest; het huis lag in het oudere gedeelte van het stadje waar de tuinen groter waren en een landelijker, minder voorstedelijke sfeer heerste. Haar huis was in de stijl van het oude Florida, zinken dak, luiken, koolpalmen. Ik parkeerde en stapte uit, nam de potplant mee, had nette zwarte schoenen aan die ongemakkelijk zaten. Ik stond stil op het tuinpad. Er stond op de veranda iets wat eruitzag als een beer. Het werd al donker en mijn gezichtsvermogen was niet zo erg goed. Ik voelde even paniek. Toen realiseerde ik me dat het de pup van de foto's op haar bureau was, die tot een monsterlijke grootte was uitgegroeid. Een newfoundlander. Toen het schepsel blafte, kwam Frances naar buiten. Ze droeg een spijkerbroek, een oude bloes en een sjaal om haar hoofd. Ze leek absoluut niet op de bibliotheek-Frances.

'Stil, Harry,' zei ze tegen haar hond. 'Arme hond, een paar studenten hadden hem genomen, realiseerden zich daarna dat ze niet voor hem konden zorgen en lieten hem achter toen ze voor de zomer naar huis gingen. Gebeurt elk jaar. Dan worden ze in de steek gelaten.'

'Maar goed dat het geen pony was,' zei ik.

Toen ik dichterbij kwam, besnuffelde Harry me beleefd. Hij kwijlde, maar dan als een heer. Niet bepaald het soort huisdier dat ik bij Frances had verwacht.

'Ik dacht dat je een kat zou hebben,' zei ik. 'Heel stereotiep.'

'Heb jij er een?'

'Ze is officieel niet van mij, maar van een collega. Ze denkt dat ze bij mij hoort als het tijd voor haar eten is. En ik had een mol, ook geadopteerd. Ik heb hem pas nog in de heg voor mijn huis losgelaten. Ik vond dat ik hem maar beter zijn vrijheid kon geven voordat ik hem dood zou laten gaan. Ik heb altijd vreselijke pech met levende wezens.'

'Ze kwamen vragen naar Seth Jones,' zei Frances.

'Wat?' Ik had het vast niet goed gehoord. We hadden het toch over huisdieren?

'Laten we naar binnen gaan,' stelde Frances voor.

Ik liep achter haar aan en de hond liep achter mij aan. Had ze iets gezegd over Seth Jones?

We gingen in de keuken zitten. Frances had limonade gemaakt. Ze schonk kersensap in een kan, een vage blos, een zurig roze. Dat kon ik zien, ook al had het nog zo weinig kleur. Dit werd nog erger dan ontslag aangezegd krijgen. Ze wilde over Lazarus praten, de man over wie ik nooit sprak, de man van wie ik wist dat ik hem zou kwijtraken. Alleen niet nu. Nog niet.

'Het politiebureau van Orlon werd gebeld door iemand van het koelhuis. Zo is het balletje gaan rollen en nu zijn ze ervan overtuigd dat er een misdaad is gepleegd. Niemand heeft die Jones in maanden meer gezien, niet meer sinds hij door de bliksem was getroffen. En nu zweert een chauffeur van het koelhuis bij hoog en bij laag dat hij een man in het huis van Jones herkende als zijnde niet Jones, maar iemand die een jaar geleden in het koelhuis werkte. Dus nu zijn ze aan het rondneuzen.' Frances liet dit allemaal bezinken en vroeg toen: 'Ik veronderstel dat je wilt weten hoe ik dit allemaal weet.'

'Ja, hoe?' Ik denk dat ik er verdwaasd uitzag. Zo voelde ik me in ieder geval wel.

'Ze kwamen informatie vragen over zijn bibliotheekbezoek. Zijn kaart.'

Frances schonk me een glas limonade in.

'De kaart die jij achterover hebt gedrukt.'

Ze wist veel, meer dan ik had verwacht. Ze had me de hele tijd doorgehad.

De hond zat naast me, ik nam aan in de hoop dat er koekjes bij de limonade werden geserveerd, en zat tegen mijn been aan te hijgen.

Ik overdacht welke soort leugen hier het beste zou passen.

'Doe geen moeite,' zei Frances voordat ik ook maar een woord kon uitbrengen. 'Het kan me niet schelen op welke manier jij ermee te maken hebt. We gaan de kaart verbranden, en om te voorkomen dat ze ons van opzet verdenken, gaan we alle andere kaarten ook verbranden.'

We gingen naar de bijkeuken. De cataloguskaarten waren er neergekwakt, inclusief die uit de kelder. Er hing de muffe, droeve geur van papier. Frances had de hele week lang dozen met kaarten mee naar huis genomen.

'Omdat het niemand aangaat wat iemand in een bibliotheek leest,' zei Frances.

We wachtten tot zonsondergang. Toen sleepten we de dozen naar de achtertuin, gooiden een paar kaarten in de barbecue en goten er wasbenzine overheen. Het was nu pikkedonker, een heiige nacht. Ik had mijn rugzak bij me; ik ritste hem open en haalde er de kaarten van Seth Jones uit. De kaarten die ik gepikt had.

'Ik waardeer het zeer dat je me helpt,' zei ik. 'Maar ik wil je wel laten weten dat er geen misdaad is gepleegd. Absoluut niet.'

'Je moet me niets vertellen. Ik help jou niet. Het is iets waar ik heilig in geloof. Laten ze hun man maar op een andere manier vinden.'

Het kostte bijna drie uur om alle kaarten te verbranden. We dronken de limonade op en gingen toen over op de whisky.

'De sheriff komt morgen weer terug. Ik heb uitdrukkelijk gezegd dat ik tijd nodig had om de kaart van de heer in kwestie op te zoeken. Ik zeg wel dat ik me vergist heb. We zijn bezig alles in de computer in te voeren en onze gegevens zijn verdwenen.'

Ik maakte me zorgen om Frances; dat ze zich op deze manier in de vuurlinie plaatste.

'O, ik weet wel dat onze subsidie stopgezet zal worden. Als ze de bibliotheek sluiten, moeten de mensen in de stad naar de openbare bibliotheek van Hancock, of misschien laat het college hen van hun faciliteiten gebruikmaken. Misschien ga ik wel naar Parijs. Als ik dat doe, mag jij voor Harry zorgen.'

Ik lachte.

'Ik meen het.'

Misschien meende ze het ook wel. We hadden allebei roet op ons gezicht, onder onze nagels, en hadden ook sneetjes opgelopen van het papier, toen we de cataloguskaarten aan het verscheuren waren.

'Hij vindt je aardig,' zei Frances.

De hond lag aan mijn voeten, een grote berg bont.

'Ik ben totaal niet iemand om aardig gevonden te worden,' zei ik met nadruk.

De newfoundlander zuchtte en Frances en ik schoten in de lach.

We dronken de whisky op en namen toen koffie om weer nuchter te worden. Nu we klaar waren met het verbranden van de boel, maakten we de as nat en veegden die in vuilniszakken, die ik met me meenam toen ik wegging. Geen bewijs. Harry volgde me naar mijn auto en keek hoe ik wegreed. Aardige hond, maar ik had al een huisdier.

Ik reed door tot ik voor mijn gevoel een veilige plek had gevonden; ik gooide de zak met as in de vuilnisbak achter het restaurant. Toen reed ik snel de stad uit. Ik had er niet aan gedacht Lazarus te bellen; ik had gedacht dat we nog tijd hadden. Nu wenste ik dat ik hem vanuit Frances' huis had gebeld. Ik had gewoon niet verwacht dat de autoriteiten zo snel zouden optreden. Toen ik er aankwam, wist ik voor ik de oprit inreed, dat er iets mis was. Ik parkeerde aan het begin. Van daaraf kon ik zien dat er geen rode sinaasappels meer waren. Alles was zwart geworden. De sinaasappels vielen als stenen naar beneden. Toen ik mijn raampje opendraaide, kon ik ze horen vallen. Tussen de bomen door zag ik een blauw zwaailicht.

Er stond een politieauto op de top van de heuvel, dus reed ik door; maakte een rondje en reed terug naar de snelweg. Tegen die tijd zat ik te trillen. Ik wist niet zeker of ik het juiste had gedaan. Had ik gewoon naar binnen moeten rijden en opheldering eisen? Misschien was ik in paniek geraakt of misschien was ik slim geweest. Hoe dan ook, ik was nu op weg naar huis. Ik stopte bij de benzinepomp in Lockhold en overwoog of ik weer terug moest naar Lazarus. Ik zat bijna een uur in mijn auto te beraadslagen en reed toen richting Orlon.

Ik zou een advocaat huren, dat ging ik doen. Ik zou achter hem blijven staan, ook al dachten ze dat hij Seth Jones had vermoord. Misschien zou ik in hun ogen een medeplichtige zijn. Misschien zou Lazarus niet eens iets ten laste worden gelegd. Ik stopte bij een andere benzinepomp. Ik wist niet of ik verder door of terug moest gaan, dus ging ik nergens heen. Deze keer stapte ik uit en belde het politiebureau in Red Bank, New Jersey. Idioot om te doen en ik wist niet zeker waarom ik het deed. Sommige besluiten neem je zelf en andere lijken voor je te worden genomen. Ik bevond me vlak bij de toiletten en duwde in het donker kwartjes in de telefoon. Op de snelweg denderden vrachtwagens langs. Toen ik Jack Lyons aan de lijn kreeg, viel hij eerst stil. Hij scheen niet te kunnen geloven dat ik het was.

'Natuurlijk ben ik het,' zei ik. 'De parkeerplaats. Jij en ik.'

'Oké,' zei hij. 'Jij en ik.'

'Ik wil je ergens over raadplegen.'

In ons stadje had Jack de verantwoordelijkheid over allerlei soorten overlijdens: moord, suïcide, dubbele moord, doodslag, ongevallen, dood door natuurlijke oorzaken. Als de mensen hem het bejaardentehuis zagen binnen gaan, sloegen de bewoners een kruis, keken de andere kant op, wisten dat een van hen voorgoed was heengegaan. Toen hij met kinderen van de basisschool ging praten over veiligheid – geen vingers in een stopcontact steken, niet een pan van het vuur trekken – werden een paar kinderen hysterisch en moesten naar het kantoor van de verpleegster gebracht worden. De hele tijd dat Jack me had gebeld om advies, had hij de antwoorden zelf kunnen opzoeken. Dat had ik van lieverlee begrepen. Hij wist het allemaal al, dus hield hij misschien van de manier waarop ik affiliatie, nachtschade, westelijk Nijl-virus uitsprak.

Of misschien wilde hij in mijn eigen taal met me spreken.

'Waar ben je?' vroeg Jack. 'Je was opeens verdwenen. Ik heb je nog een briefje geschreven, maar je hebt nooit teruggeschreven.'

'Ik ben naar Florida verhuisd. Beter weer.' Wat een grap. Het was ongeveer veertig graden en zo vochtig dat mijn haar dat gewoonlijk zo stijl als stro was, nu krulde. De nacht rook naar zwavel en er waren overal politieauto's.

'Ik weet dat je verhuisd bent. Denk je dat ik niet de moeite heb genomen dat uit te zoeken? Ik bedoel, waar je nu bent. Ik hoor verkeer.'

'Het spijt me, Jack.' Ik dacht aan de manier waarop hij naar me keek. Hij had iets van me willen hebben en hij had het nooit gekregen. Ik dacht dat ik mezelf had vernederd, maar misschien had ik hetzelfde met hem gedaan.

'Spijt het je dat je verdwenen bent en dat je nooit de moeite hebt genomen mij te schrijven en dat je nooit een zier gaf om mij, of hoe ik me voelde? Bedoel je dat soort spijt?'

'Zo ver zou ik niet willen gaan.'

Ik lachte. Hij niet. Ik denk dat ik echt blind was geweest. Misschien had ik dat ook willen zijn.

'Dus waar wil je nu over praten? Of laat me raden. Wat hadden we gemeen? De dood.'

Hij klonk anders of misschien had ik eerder nooit echt naar hem geluisterd. Misschien waren die momenten in zijn auto en op de parkeerplaats niet precies zoals ik had gedacht dat ze waren. Misschien had hij het ijs gezien, de stenen, de manier waarop ik volgens mezelf pijn verdiende.

'Zit je me belachelijk te maken?' Zo had ik me nog nooit gevoeld als ik met hem praatte. Het was uiteindelijk al lang geleden.

'Hé, schatje, ik ben de dood van Pierlala. Vraag maar raak.'

Ik had hem gebeld om hem iets over Lazarus te vragen, hoe ik hem kon helpen als hij van moord werd beticht. Moest ik hem helpen vluchten of hem vertellen dat hij iedereen moest trotseren? Maar naar het bleek was dat niet wat ik werkelijk wilde weten.

Ik aarzelde. Zo was ik helemaal niet. Ik wist niet wat ik wilde.

'Vooruit met de geit,' zei Jack. 'Stel eens een moeilijke vraag.'

Dus deed ik dat. Ik stelde de enige vraag.

'Als je broer stervende is en je kunt dat niet tegenhouden, wat moet je dan doen?'

Ik kon alleen nog maar de vrachtwagens horen. Het knarsen van de versnellingsbak. Zoveel mensen die ergens heen gingen. Ik stond midden in de nacht bij een pompstation in Florida. Het was net of ik nog nooit eerder met iemand had gepraat. Dit was de enige vraag waarop ik van hem een antwoord nodig had. Ik kon hem horen ademen. Ik had zin om te huilen.

'Je zoekt iets wat je het gevoel geeft dat je door wilt leven. Of iemand,' zei Jack. 'Dat is het enige wat je kunt doen. En help hem dat ook te doen als je kunt.'

'Misschien had jij achter de informatiebalie moeten zitten.'

Ik had overal op aarde kunnen zijn, zo verloren voelde ik me.

'Ik niet,' zei Jack. 'Jij.'

Toen ik thuiskwam, wist ik dat er iemand was. Giselle zat op het gras en ik had haar binnengelaten toen ik wegging. Er lag een extra sleutel onder mijn brievenbus. Niet zo moeilijk om te vinden; toen ik mijn hand onder het metaal liet glijden, merkte ik dat hij er niet langer lag. Ik hurkte naast de kat, kietelde haar onder haar kin en liet haar nog wat langer buiten. Ze haatte me toch niet zo erg, of misschien was ze aan me gewend geraakt. Lazarus lag op de bank te slapen, met één voet op de vloer. Hij zag er jong en vermoeid uit, als een man die de hele nacht gelift en gelopen had. Ik deed alle deuren op slot en haalde de stekker van de telefoon eruit. Hij had een rugzak bij zich; die nam ik mee naar de keuken. Je moest dat soort dingen eigenlijk niet doen, wist ik, maar ik deed het toch. Ik ritste de tas open en doorzocht hem. Ik nam aan dat ik me er alleen maar van wilde overtuigen dat hij was wie ik dacht dat hij was. Er zaten wat kleren in, een portemonnee met een paar honderd dollar, een vliegticket naar Italië, een paspoort op naam van Seth Jones; helemaal onderin vond ik de met as gevulde houten doos.

Ik legde alles weer terug in de tas en ging koffiezetten. Ik pakte een nieuwe zak koffiebonen uit de vriezer en toen zag ik dat er die avond een stroomstoring was geweest. De bevroren rozen waren ontdooid; hun bloemblaadjes krulden om, een diep donkerrood, kastanjebruin met een ivoren hart. Mijn huis was een puinzooi. Ik had er niet op gelet; maar ik had ook nooit het gevoel gehad dat het van mij was. Ik had er nooit echt in gewoond. Wat nog het meest vertrouwd was, het meest van mij, waren de paar stukken van Renny's Dorische tempel die nog op het aanrecht lagen. Giselle vond het leuk met de zuilen te spelen en sloeg er net zo lang tegen tot ze op de grond vielen.

Ik liep naar de achterdeur om haar binnen te roepen, maar ze wilde niet komen. Ik moest naar haar toe lopen, vlak bij de heg. De lucht was inktzwart, net zo zwart als vlak voor het aanbreken van de dageraad. Het midden van de horizon had de kleur van de vleermuizen die ik op klaarlichte dag had gezien: diepblauw met zwarte en paarse strepen. Toen ik me bukte, zag ik dat Giselle de mol weer te pakken had. Ik herkende hem aan de hap uit zijn ene oor. Het huisdiertje dat de Dood voor het lapje had gehouden, bewoog nu niet meer.

'Stoute meid,' zei ik vermanend tegen Giselle.

Ik ging in kruiszit zitten, pakte de mol en hield hem in de palm van mijn hand.

Tegen de tijd dat Lazarus wakker werd, had ik de mol begraven, koffiegezet, met mijn schoonzus getelefoneerd. Mijn broer was nog steeds herstellende van onze tocht naar de Draak, maar hij was blij dat we geweest waren. Sindsdien had hij gedroomd van vleermuizen en vlinders, vertelde Nina me. Hij was bezig met het schrijven van een verhandeling over de chaostheorie in sprookjes. De kleinste handeling, het kleinste schepsel, het kleinste besluit had enorme vertakkingen. Eén mol gaat dood, één wordt gered, één gaat weer dood. Een woord wordt hardop uitgesproken en de hele wereld verandert. Een arm wordt een vleugel, een beest wordt een man, een meisje zwijgt honderd jaar lang, een jongeman moet de hele wereld over voor hij ontdekt wie hij werkelijk is.

Ik ging naast Lazarus op de bank liggen.

Hij deed zijn ogen open. Tot stof zult gij wederkeren. Ze waren zo donker.

'Hoi,' zei hij tegen me. Hij stond op het punt me te omhelzen, te zoenen, maar toen bedacht hij zich. 'Dan bezorg ik je brandwonden.'

Ik schudde mijn hoofd. Ik herinnerde me wat de Draak ons over vuur had verteld. Ik gaf Lazarus twee teentjes knoflook die ik in de keuken had gepeld. 'De remedie,' zei ik tegen hem.

Een andere man had me wellicht niet geloofd, had de toets niet doorstaan. Lazarus keek me aan en at vervolgens de knoflook op.

Ik legde mijn hoofd tegen zijn borst. Ik voelde niet meer dezelfde gloed in hem.

Lazarus had vanuit zijn raam de bestelwagen gezien en hij had ook de bestuurder, Hal Evan, herkend, net zoals Hal hem herkend had. Hij kende hem omdat ze ruzie hadden gehad toen ze allebei bij het koelhuis werkten. Hal was dronken aan komen zetten, en had Lazarus lopen stangen. Lazarus had een paar zakken mest laten staan en Hal was gestruikeld. Een daad, een vleugel. Dus Hal herinnerde zich hem, ook al had Lazarus maar heel kort bij het koelhuis gewerkt, voor hij de overeenkomst met Seth Jones had gesloten.

Zodra Hals vrachtwagen was weggereden, pakte Lazarus een tas in. Hij had al een tijdje verwacht dat zoiets zou gebeuren, nu wachtte hij op wat er vervolgens komen zou. De volgende ochtend vroeg stond iemand die hij niet kende met de arbeiders op het land te praten. Hij zag dat ze tijdens het gesprek naar het huis keken. Die middag liep hij door de achterdeur naar buiten. Hij had bedacht dat elk telefoontje dat hij pleegde, getraceerd zou worden, maar kende het effect van lopen: dat maakte een vrij man van je.

We trokken onze kleren uit en gingen naar mijn bed. Het was ochtend, licht; we konden elkaar zien. Voor één keer konden we doen wat we wilden. Nu smaakte hij niet naar zwavel. Het was iets anders. Hij was nu eigen baas, dat was het, dat voelde ik. Alsof er een ban was verbroken, alsof alles over en uit was. Ik liet mijn handen over zijn hele lichaam glijden, zodat ik me hem kon herinneren. Zijn nek, zijn borst, zijn torso, zijn geslacht, zijn alles. Hij was nu kouder, maar nog steeds prachtig. Toen hij in mij kwam, hoorde ik hem van dichtbij iets zeggen, tegen mijn oor. Ik huiverde, ik schokte, maar of hij nu 'nooit' of 'ooit' zei, dat kon ik niet verstaan. Het kon me niet schelen. Waarom zou ik? Ik likte het zout van zijn huid, het laatste beetje zwavel, de restjes van de hitte.

'Niet ophouden,' zei ik tegen hem. Ik liet mijn hand over

de spieren van zijn rug glijden. Het ging om hem, om hem alleen.

Hij hield zich vast aan het hoofdeinde van mijn bed, niet aan mij.

Ik wist waar dit toe zou leiden, ver weg. Het was al aan het eindigen. Je kunt die dingen aan voelen komen. Je hoeft er alleen maar op te letten.

'Meer,' zei ik. Hij deed me geen pijn meer. We bewogen samen, als één wezen, één ding, een ogenblik, een seconde, niet verbonden met deze wereld of de volgende.

En toen waren we terug op aarde.

Ik leed onder het hevige verlangen naar hem, onder de pijn hem weg te laten glippen. Hij rilde, dus dekte ik hem toe met een deken, met mezelf. Het was een heldere ochtend. We knipperden tegen het licht. Ik zei tegen mezelf dat ik geen wens moest doen, of als ik het toch deed, als ik het niet kon laten, er een te doen voor hem.

Hij viel weer in slaap; hij was uitgeput en kon niet wakker worden. Ik wilde hem zo lang als hij kon, laten dromen. Hij had tenslotte kilometers gelopen. Ik keek naar hem. Ik kon de knoflook proeven, de remedie, het eind van alles, het begin van alles.

Ik kleedde me aan en ging naar de bank. Peggy, mijn fysiotherapeute, stond er in de rij en ze gaf me een compliment omdat ik er zo goed uitzag. 'Je hebt hard gewerkt,' zei ze tegen me. ' Een voorbeeldig herstel.'

Was dat zo? Ik nam aan van wel. Die oefeningen die me aan het huilen maakten terwijl ik mijn linkerkant met me mee sleepte. Hij voelde nu bijna normaal aan, alleen nog niet helemaal; er zat nog een metaalachtig gevoel rond mijn ribben en rond mijn hart. Je kon het niet zien, maar het was er wel, net zo zeker als de handen van Renny overdekt waren met gouden banen.

Ik haalde alles van mijn rekening, op een paar honderd dollar na.

'Grote aankoop?' vroeg de kassier me. Iedereen kende iedereen in dit stadje. Zelfs mij.

Ik glimlachte. Voluit.

Ik zei dat ik contant geld wilde hebben omdat ik een tweedehands auto ging kopen. Een oude Corvette.

'Ik ben jaloers,' zei de kassier.

Ik had vijftienduizend dollar over van de verkoop van mijn grootmoeders huis, het paste precies in mijn rugzak.

'Hij is rood,' zei ik.

'Dat zijn de beste,' zei de kassier tegen me.

Ik liep naar de parkeerplaats. Daar stond mijn Honda. Die ene met de goede banden, de veilige banden die mijn broer voor me had uitgekozen voor we New Jersey verlieten. Toen ik thuiskwam, sliep Lazarus nog steeds. Ik kon het me voorstellen. Hij wilde niet wakker worden. We waren van het 'ervoor' naar het 'erna' gegaan en hij hoefde alleen maar zijn ogen open te doen om daar te zijn. Ik ging in een stoel zitten. Misschien huilde ik. Ik zei tegen mezelf dat ik niet meer van hem hield, maar ik kon proeven hoe bitter dat smaakte. Een leugen. Ik had niet gedacht dat dit soort liefde aan je bleef kleven; hij maakte dat je openstond voor meer en meer en eindeloos veel meer van hetzelfde.

Laat in de middag ging ik weer naast hem in bed liggen. Ik fluisterde dat het tijd was voor hem om te gaan.

'Ik ga niet,' zei hij.

Dat doe je wel, dacht ik.

Hij sloeg zijn armen om me heen. De knoflook was uitgewerkt. Dit zou het ogenblik zijn, dat begreep ik nu, dat ik me zou herinneren, meer dan alle andere; het ene moment dat me het meeste pijn zou doen. Als ik oud zou zijn, als ik niet meer zou kunnen lopen of praten of zien, zou ik dit nog steeds bij me dragen.

Hij nam aan dat ik met hem meeging. We zouden de kat buiten laten en iemand zou haar vinden en voor haar zorgen. Zo ging dat toch? Katten maakten hun eigen thuis, zochten hun eigen weg. Ik kon mijn broer een briefje schrijven, dat onderweg posten, niet voordat we aankwamen waar we heen gingen, al die plaatsen, Venetië en Parijs, overal waar ik ooit heen had gewild.

Hij stopte het geld in zijn tas. Ik keek naar zijn handen. Ik kon nergens anders naar kijken.

Dit was het dan.

De verwoesting.

Liefde.

Als je die eenmaal hebt meegemaakt, kun je haar weer krijgen; dat is het raadsel, dat is de waarheid.

Ik vroeg me af of mijn moeders laatste gedachten aan ons waren geweest. Haar kinderen veilig thuis, wachtend op haar terugkeer. Als haar hart brak, kwam dat niet door het ijs, maar vanwege ons. Het afscheid van ons. Ik op de veranda, mijn broer bij het raam, de vleermuizen in de boeiborden van het dak. Dag, dag. Dit laatste ogenblik, dat laatste ogenblik. Het 'voor altijd'. De werveling van de lucht. Ik had het gevoel dat ze mij zou herkennen. Ik was nog steeds dezelfde. Ik realiseerde me nu dat ze het ontbijt voor ons had klaargezet. Ik had er iets van gezien op het aanrecht. Twee kommen cornflakes, twee glazen sinaasappelsap, onze vitaminepillen, de suikerpot, twee lepels, doormidden gesneden bosbessenmuffins. Ze was niet van plan geweest terug te komen.

Ik had haar een afscheidskus kunnen geven en haar kunnen vertellen dat ik van haar hield. Ik had meters ver achter de auto kunnen aanlopen. Het had niet uitgemaakt. Ze had haar plan al getrokken, ons ontbijt klaargezet. Toen ze het ijs zag, had ze waarschijnlijk het gevoel dat ze bofte. Misschien was dat haar laatste wens. Voor eens in haar leven een beetje geluk. Haar leven waar ze genoeg van had.

Lazarus nam een douche, dronk ijskoffie, at een kom koude tomatensoep. Het was buiten vochtig en toen de dag voorbij was, was de nacht plakkerig heet. Ik zat bij hem op schoot en huilde. Ik voelde me er niet verlegen onder. Hij had het niet door, begreep het niet. Ik zou hem woord voor woord duidelijk moeten gaan maken dat ik niet meeging.

We gingen weg toen het donker was. We reden via zijwegen naar Jacksonville. Misschien dacht hij dat ik van gedachten zou veranderen. We reden een uur lang, toen twee. Het leek net of we samen ergens naar toe gingen. Zijn hand op me terwijl ik reed. Ik kon hem voelen, maar het was niet genoeg. Hij had moeten opmerken dat ik de kat in huis had gelaten, iets wat ik nooit zou hebben gedaan als ik niet zou terugkomen. Ik was niet iemand die er op zo'n manier vandoor ging.

Ik bracht hem naar het busstation. Hij hoefde alleen maar een pasfoto te laten maken en iemand vinden die de geboortedatum kon veranderen en dan zou hij Seth Jones zijn. Maar nu moest hij allereerst Florida uit zien te komen. Ik kocht een kaartje voor de volgende bus met bestemming Atlanta.

We zaten tot vijf uur 's morgens samen in het busstation. Dan zou de bus vertrekken. En nu komt het: we keken elkaar niet aan. We vroegen elkaar niets. We hadden elkaar alles wat we hadden, al gegeven.

'Zo eindigt het dus,' zei hij.

De mensen om ons heen sliepen. Zij hadden hun eigen verhalen; ze zaten niet naar ons te luisteren. Er lag een kind in een rode trui in haar moeders armen. Daar kwam de zon door het vuile beslagen raam.

Helemaal niet, dacht ik. Zo begint het juist.

HOOFDSTUK 7

Het boek van de wolken

I

We wisten dat het einde naderde omdat mijn broer over vlinders droomde. Zelfs overdag droomde hij. Nina vergezelde hem naar Washington waar hij zijn verhandeling over de chaostheorie en sprookjes gaf. Hij zat in een rolstoel; ze moesten de microfoon lager afstellen en om volledige stilte vragen. In eerste instantie had het meteorologisch genootschap geweigerd zijn werk te accepteren; ik bleef een nacht bij Ned logeren terwijl Nina naar Annapolis vloog, waar het genootschap gevestigd was. Ze kwam terug met het bericht dat zij op hun besluit waren teruggekomen.

De kern van Neds verhandeling was de opvatting dat sprookjes onze behoefte aan orde, een onmogelijk, irrationeel verlangen, verlichtten. Magie was echt, dat was zijn stelling. Deze bevond zich in het hart van de chaostheorie – als de kleinste handeling op duizenden onzichtbare en onverwachte manieren door het universum kaatste, het weer en het klimaat veranderde, dan was alles mogelijk. Het meisje dat honderd jaar slaapt ten gevolge van die ene keuze om een draad door een naald te halen. De gouden bal die in een put valt, doet de wereld schokken en verandert alles. De vogel die een veer laat vallen, de vlinder die zijn vleugels uitslaat, dat alles zweeft door het universum, door de wouden, naar de andere kant van een berg. Het stof dat je inademt, was eens uitgeademd. De mens die je bent, het weer om je heen, alles is een betovering die je niet helemaal kunt bevatten of verklaren.

Hij kreeg een staande ovatie, vertelde Nina me. Het was nu duidelijk te zien dat ze zeven maanden in verwachting was. We waren samen bezig de babykamer in te richten en een muurschildering te maken. Nina moest het eigenlijk kalm aan doen – ze had hoge bloeddruk door de zwangerschap – maar ze was naar hartelust bezig. Soms zat Ned naar ons te kijken, maar als we ons dan omdraaiden, was hij in slaap gevallen. We gingen door met schilderen. Nina was bezig met de zon. Ik had de maan toebedeeld gekregen.

Soms huilde mijn broer hardop in zijn slaap, soms riep hij wat.

'Vlinders,' zei Nina. 'In zijn dromen.'

Ze had donkere kringen onder haar ogen. Ze deed alles zelf, ze werkte, betaalde de rekeningen, schilderde de zon, bracht mijn broer naar al zijn afspraken. Als je een bepaald punt hebt bereikt, geven ze je alles wat je nodig hebt om de pijn te verdrijven. Dat zou iets goeds moeten zijn, maar dat is het niet. Omdat je het dan weet.

Ik bood aan hele dagen te komen helpen en Nina vond het goed. Ze hadden de bibliotheek gesloten, zoals Frances al verwacht had. Ik had geen baan meer. Ik dacht er maar niet aan wat ik moest doen als mijn geld op was. Ik kon altijd nog een baan krijgen als caissière bij Acres' IJzerwinkel. Daar zouden mensen me weer vragen stellen. Vraag me naar een zaag, een hamer, een blik verf, een schort, een aambeeld. Ik zou het allemaal leren en uit mijn hoofd opnoemen.

Op dit moment was ik beschikbaar. Ik deed hun boodschappen en hun was. Ik begon vlinders op de muur te schilderen. Ik begon ook van hen te dromen. Ik dacht aan Lazarus, die naar ik hoopte al de halve wereld over was. Ik droomde ook van hem, maar sporadisch. Daar had ik het te druk voor.

Mijn broer was ouder geworden, zoals dat met zieke mensen gaat. Als hij zat te slapen in zijn rolstoel zag hij eruit als een honderdjarige; daarmee brak hij ons hart. Als hij een dutje deed, gingen Nina en ik zelfs als het heet was, buiten op het gras zitten in de schaduw van een buxushaag. Nina huilde; ik keek naar haar. Een keer, toen ik naar de keuken ging om wat ijswater te halen, trof ik mijn broer bij het raam.

'Denk je dat iedereen een stille wens heeft om iets bepaalds te gaan doen?' vroeg mijn broer.

Hij was volkomen bij de tijd. Mijn broer.

Ik ging aan tafel zitten.

'Zoals?'

'De duizenden koningsvlinders. Op trek. Duizenden veranderingen. Al die chaos. In één ogenblik. Dat heb ik altijd willen zien. Dat wíl ik zien.'

Hij klonk van streek. Ik had nog nooit zo duidelijk van mijn broer gehoord dat hij iets zo hartstochtelijk wilde.

We hadden niet gehoord dat Nina binnen was gekomen, op zoek naar mij. Ze huilde nog steeds, maar ze zag er als uit graniet gebeiteld uit, net zoals toen ik haar in de tuin had bespied. Er zaten grasprietjes op haar kleren. Ze rook naar buxus en hulst. Ze was sterker dan je zou denken. Ze gaf gewoon aan niemand bloot wie ze was. Ze was waarschijnlijk ter plekke begonnen een plan te maken, toen ze van zijn droom hoorde.

Eens per week kwam er een verpleegster en dan ging ik met Nina naar haar zwangerschapscursus in het gezondheidscentrum in het college. De andere vrouwen waren jonger, studenten, vrouwen van jonge professoren, twee lesbische stellen. Iedereen leek zo zeker van de toekomst. Ze gingen in de weekenden bij elkaar eten en namen dan allemaal iets mee. Wij gingen daar nooit heen. Misschien dacht iedereen dat Nina en ik een stel waren. Ik denk dat we dat ook waren gedurende die uren op de cursus.

'Ze is de beste van de klas in ademhalen,' vertelde ik Ned.

'Dat had ik niet anders verwacht.' Hij was trots op haar. Hij hield van haar. Maar hij was ook bezig afscheid te nemen. Hij zat vaak bij het raam naar de tuin te staren en ik was er niet zeker van dat hij daar hetzelfde zag als wij.

Ik kreeg inderdaad een kaart van Seth Jones; die was hij nu echt. De poststempel was van Florence, dus hij was daar aangekomen. Hij schreef: 'Wil de as meenemen naar Venetië. Wou dat je hier was. SJ.'

Ik was blij dat Seth Jones' droom was uitgekomen: een andere man op een andere plek zijn. Ik voelde iets over me komen wat ik niet begreep. Ik wist nooit meer hoe laat het was; het kon me niet schelen.

Vlak daarop sprak ik met Jack Lyons, hij had mijn broer over de post een badjas gestuurd.

'Wie is in hemelsnaam Jack Lyons?' vroeg Ned. Hij vond de badjas mooi, maar vond het raar om een cadeau van een vreemde aan te nemen.

'Je hebt in Red Bank met hem op de middelbare school gezeten. En ik ging geregeld met hem naar bed.'

'Hij heeft een goede smaak,' zei Ned.

'Hou je mond.'

'Ik bedoel wat badjassen betreft.'

Jack wist wat stervenden nodig hadden. Hij was veel deskundiger dan ik ooit was geweest. Elke week stuurde hij iets anders op. Mijn broer begon op de pakjes te wachten. Naar ze uit te kijken. De ene week kwam er een cassette met vogelgeluiden die mijn broer graag hoorde als hij een dutje deed. De andere keer waren het twee paar dikke wollen sokken. En dan weer toffees, van die ouderwetse. Mijn broer kon het niet eten, maar was dol op de geur ervan.

Ik belde naar New Jersey. Dat was op de dag dat ik naar een baan bij Acres' IJzerwinkel solliciteerde en vriendelijk van de bedrijfsleider te horen kreeg dat ik er niet geschikt voor was.

'Je hoeft mijn broer niets te sturen,' zei ik tegen Jack.

'Ik hoef van jou niet te horen wat ik wel of niet moet doen,' kaatste hij terug.

Daar viel niet veel op te zeggen.

'Hij is dol op de cassette met vogelgeluiden. En op de toffees.'

Ik was blij dat Jack me niet kon zien. Ik had een sportbroek en een T-shirt aan, Giselle bij me op schoot. Ik had alle lampen uitgedaan om elektriciteit uit te sparen. Ik huilde.

'Ik weet wat je aan het doen bent,' zei Jack.

'Je bent ook zo'n deskundige,' zei ik.

'Op sommige gebieden.'

Dat was hij inderdaad. Het volgende pakje dat hij stuurde, bevatte een windorgeltje. Mijn broer vroeg ons het bij het raam op te hangen. Hij glimlachte telkens als hij het hoorde.

'Kende ik die Jack?'

'Nee,' zei ik. 'Niemand kende hem.'

Ik ging terug naar Acres' IJzerwinkel. Ik soebatte en ze zeiden dat ze me een kans wilden geven op maandag en vrijdag, parttime.

's Nachts, als Nina uitgeput was, zat ik bij mijn broer en las hem sprookjes voor.

'Lees me dat ene voor dat ik zo mooi vind,' zei hij op een nacht.

'Dat zit niet in deze verzamelband,' loog ik.

'Leugenaar.'

Maar ik wilde dat verhaal over de dood niet voorlezen, niet nu we wisten hoe het zou aflopen. Ik las 'Hans en Grietje' voor, 'De wakelboom' en 'Broertje en zusje'; ik las voor over vissersvrouwen en trouwe paarden en daarna vertelde ik hem een zelfverzonnen verhaal, over een bevroren meisje op een berg.

'Dat is nou een droevig verhaal,' zei mijn broer. 'Ze hoefde alleen maar op haar benen te gaan staan, weg te lopen en dan zou ze niet in ijs veranderen. Ook toen je me dit verhaal vertelde toen we nog klein waren, begreep ik er niets van.'

Ik beet wel duizend keer per dag op het puntje van mijn

tong. Ik ging zeker niet iets wensen. Ik was nog steeds bang van wensen. Maar Nina niet. Ze was naar haar dokter toegegaan, die zei dat ze niet langer mocht reizen. Mijn broer had de zes maanden bereikt. Hij legde graag zijn hand op Nina's buik om de baby te voelen bewegen. Het was eind november. Nina vertelde het me niet, maar ze kocht de kaartjes voor zijn droom. Ze begon me te wijzen hoe ik Ned zijn injecties met antibiotica en Demerol moest geven. Toen hij meer vloeistof nodig had, leerde ze me met het infuus om te gaan.

'Wat is de beste manier om dood te gaan?' vroeg ik Jack op een avond. Meestal belde ik hem op zijn werk, maar deze keer had ik hem thuis gebeld. Hij leek nog steeds verbaasd om van me te horen, maar hij gaf meteen antwoord.

'Door te leven,' zei hij. Hij hoefde er niet eens over na te denken. Het leek alsof hij het antwoord altijd al geweten had.

Toen Nina me vertelde dat ze wilde dat ik Ned naar Californië bracht, voelde ik vooral angst. Haar dokter had haar gezegd dat ze vanwege haar toestand de reis niet aan kon. Maar ik kon die opdracht toch niet aan? Ik kon niets aan. Mijn broer was zo snel bezig heen te gaan. Hij droeg nu luiers. Hij ging terug in de tijd. Telkens als hij wakker werd, praatte hij over de vlinders. Een keer in zijn leven, dat was alles wat hij wilde; nou, dit was die ene keer in zijn leven. Nina had een vriend in Monterey opgebeld, die ons in San Francisco van het vliegveld zou afhalen. Eliza, een verpleegster, zou daar met een gehuurde ambulance naar toe komen en ons naar haar huis brengen. De trek was al begonnen, vertelde ze Nina. Carlos, de man van Eliza, zou ons naar Big Sur brengen. Indien nodig zouden we dat per ambulance doen, anders zouden we met het bestelbusje van Carlos gaan.

'Het is te veel,' zei ik.

'Het is niet genoeg,' zei Nina tegen me.

Ze had die stenen gelaatsuitdrukking weer. Ze was de vrouw die over de honderd manieren om dood te gaan had gelezen. Ze wilde dat mijn broer alles kreeg wat hij ooit had gewild.

Ik pakte die nacht een tas in. Een reistas, omdat de koffer met medicijnen zou worden volgestouwd. Nina huurde een ziekenhuisvliegtuigje af. Ze had al een tweede hypotheek op het huis genomen. Ook al zou ze zich nooit meer een auto kunnen veroorloven, ook al zouden zij en de baby overal heen moeten lopen, rijst eten, bij kaarslicht lezen, dan nog wilde ze het zo. Zelfs als ze er zelf niet bij kon zijn.

'Je zult de vlinders zien,' zei ze tegen mijn broer op de ochtend dat het stond te gebeuren.

'Nee.' Hij glimlachte tegen haar. Hij kon het niet geloven. Hij reisde nog steeds achteruit in de tijd. Hij was nu jonger dan op de nacht dat mijn moeder stierf. Ik was nu de oudere zuster. Ik was de hand die je kon beetpakken.

'Ik kan niet meegaan vanwege de baby, maar je zus zal je naar Californië brengen.'

'Wat zeg je me nou?' Mijn broer deed zijn ogen dicht, uitgeput door er alleen al over na te denken.

'Dat ik van je houd,' zei Nina.

Ze knielde naast zijn bed. Ik had nog nooit een dergelijke ruimhartigheid meegemaakt. Ned had allebei de paren sokken aan die Jack had gestuurd. Het windorgel hing er. Ik had het met alles mis gehad. Ik was doodsbang om te gaan. Ik belde de ijzerwinkel op en nam ontslag, waar ze niet rouwig om leken.

'Maak je geen zorgen,' zei Nina. We moesten hem per ambulance naar het vliegveld brengen, hoe kon ik me dan geen zorgen maken? 'Je redt het wel.'

Haar vriendin Eliza was gelukkig verpleegster. Ik zou er niet alleen voor staan.

'Weet je zeker dat je dit wilt doorzetten? Je zult waarschijnlijk niet bij hem zijn als het gebeurt.' Als hij heengaat, bedoelde ik, maar dat kon ik niet zeggen.

Nina sloeg haar armen om me heen. Ze vertelde me een geheim. 'Ik zal er zijn,' zei ze.

We gaven mijn broer de hoogst mogelijke dosering Demerol en gingen aan boord van het vliegtuig. Er gingen twee verplegers met ons mee, dus kon ik een tijdje slapen. Toen ik wakker werd, voelde ik me gewichtsloos. Overal om ons heen waren wolken. Mijn broer zat aan een infuus en de machine maakte een klikkend geluid. Ik realiseerde me dat het klikgeluid in mijn hoofd al een tijdje was verdwenen en dat ik dat niet eens had gemerkt. Ik kon Neds voeten zien en de sokken die Jack hem had gestuurd. Het kan zijn dat ik even moest huilen. Een van de verplegers, een man van ongeveer mijn leeftijd, ging tegenover me zitten en pakte mijn hand.

Boven de Rocky Mountains had mijn broer pijn. Ik had nog nooit zo'n helder blauwe lucht gezien, versierd met wattenbollen. Ik vroeg me af of de hemel in Italië er ook zo uit zag, zo blauw, zo open. We zweefden in tijd en ruimte. Maar ik deed geen wens dat we er altijd zouden kunnen blijven. Ik gaf Ned onder toezicht van de deskundigen een van zijn injecties, om er zeker van te zijn dat ik dat kon.

'Zie je wel,' zei de verpleger. 'Net een oude rot in het vak.'

Ik wilde hem niet leren kennen, noch de andere, de jonge vrouw. Ik had geen ruimte meer voor iets anders dan ik nu al droeg. Ik beschreef de wolken aan mijn broer.

'Stapelwolken,' zei hij.

Zijn mond was zo droog dat de verpleegster die met ons meereisde, hem een stuk ijs gaf om op te zuigen.

'IJs,' zei hij. 'Heerlijk. Behalve als het op de veranda ligt.'

Ned en ik schoten in de lach.

'Privé-grapje,' vertelde ik de verpleegster.

Ned sliep toen we op San Francisco landden. De ambulance stond op de landingsbaan opgesteld en Nina's vriendin Eliza was er. Nina en zij waren in hun jeugd in Menlo

Park buurkinderen geweest; zij was het tegenbeeld van Nina, donker en joviaal, zelfs nu Ned het uitschreeuwde van de pijn toen hij werd overgebracht.

'We zullen hem gauw in een lekker groot bed stoppen,' zei Eliza geruststellend tegen me. 'We zullen goed voor je zorgen,' zei ze tegen mijn broer.

Eliza belde Nina vanaf de landingsbaan op en hield toen de telefoon tegen Neds oor. Hij glimlachte bij het horen van de stem van zijn vrouw. Ik weet niet wat Nina tegen hem zei, maar op de een of andere manier troostte ze hem. Hij sliep gedurende de hele reis naar het huis van Eliza in Monterey; een lange rit, zo vermoeiend dat ik zelf ook in slaap viel, rechtop zittend met mijn wang tegen het raam.

Toen ik mijn ogen open deed, zag ik alleen maar groen. En toen de lucht en toen de wolken.

'We zijn er bijna,' zei Eliza opgewekt.

De ambulance parkeerde op haar inrit. Ik zat naast Ned terwijl ze de stretcher klaarmaakten. Ik kon zien hoe Carlos, de man van Eliza, naar buiten kwam om de verplegers te begroeten. Het waren nieuwe; de anderen van het vliegtuig waren verdwenen.

'Die verdomde rug van me,' zei Ned. 'Hij doet pijn.'

'Ik wed dat je ook hoofdpijn hebt.'

Een grapje van duizend jaar geleden. Hij herinnerde zich het.

'Ja, van jou.'

Ik denk dat Ned de borden van de tafel haalde. Ik denk dat hij ze in de gootsteen zette toen hij zich realiseerde wat het betekende dat onze moeder het ontbijt voor ons had klaargezet. Hij deed het logische in een onlogische wereld. Hij ruimde de rotzooi op.

Ik sprong uit de ambulance zodat Carlos en de verplegers Ned naar binnen konden dragen. Het was hier prachtig, waar we ook waren. Ik knipperde. Een vleermuis, daar achter de bomen.

'Ga slapen,' droeg Eliza me op. 'We zullen je over een paar uur wakker maken en dan kunnen we er maar beter meteen naar toe gaan.'

Zij was verpleegster. Zij zag hoe ver mijn broer was, dat hij nu aan het heengaan was.

'Ik heb geen slaap nodig,' zei ik.

'Een uur,' drong Eliza aan. 'Dan zijn we klaar om te gaan.'

Ze hadden een slaapbank voor me opgemaakt. Ze waren vriendelijk en ik accepteerde hun vriendelijkheid, ook al wist ik dat ik hen nooit weer terug zou zien, nooit iets voor hen zou kunnen terugdoen.

Toen ik wakker werd, kon ik mijn broer en Eliza horen praten. Ze vroeg hem of hij wat wilde eten, appelmoes of zelfgemaakte vanillepudding, of crackers in water gedoopt.

'Nee,' zei mijn broer. 'Dat gaat er bij mij niet in. Grapje. Snap je?'

Ik hoorde Eliza's lach. Ik stond op, ging op zoek naar de badkamer en waste mijn gezicht. Vandaag was het de dag. Het was het begin van het 'voor altijd'. Ik haalde de borstel van een onbekende door mijn haar. Het was langer dan het sinds mijn achtste ooit was geweest. Zwart. Stroachtig. De kleur van kraaien.

Ik ging naar de logeerkamer. Mijn broer zag er gelukkig uit. Hij zag er als een wolk uit.

'Raad eens waar we zijn,' zei hij.

'Midden in jouw droom,' zei ik.

'Monterey, Californië,' zei mijn broer.

Hij was er nog steeds. Hier. Hij knikte zonder zijn hoofd te bewegen.

Carlos en Eliza namen hem mee naar hun bestelbusje, en legden hem achterin. Ik ging voorin zitten terwijl Eliza Neds infuus ophing en hem zijn medicijnen gaf. Weer een rit, maar deze zou niet zo lang duren. Carlos ging achter het stuur zitten. Hij werkte bij staatsbosbeheer.

'We proberen deze week geheim te houden,' zei hij. 'Zodat we geen ladingen toeristen krijgen. Bovendien weten we het nooit precies. Daarom was het allemaal van dat kortetermijn-werk. Maar je bent op tijd, Ned,' riep hij naar mijn broer.

Het duurde niet lang om er te komen, maar de weg was bochtig. Het was het mooiste oord waar ik ooit geweest was. 'Kun jij het goed zien?' riep ik naar Ned.

Omdat hij op zijn rug lag, kon hij de lucht zien.

'Cirrus,' riep hij terug.

Zijn stem was honderd jaar oud, maar hij klonk gelukkig. Ik denk dat, toen ik de keuken inliep, hij net het ontbijt bij het afval gooide en de borden in de gootsteen zette. Dat was voordat ik mijn haar afknipte, mijn hart bevroor, mijzelf de schuld gaf van alles wat er ooit was gebeurd. Mijn ogen zaten vol slaap. Mijn broer had er schuldig uitgezien. Hij keek beschaamd. Hij keek alsof hij een geheim had.

Prachtige, langgerekte wolken over de hele oceaan. Grote zwarte rotsen. De bochtige weg. De geur van iets. Ik stak mijn hoofd uit het raam en haalde diep adem. Van buiten bliezen het 'hier' en 'nu' me weg. Maar ik wenste niets. Niet meer, niet minder. Ik was precies waar ik was, mijn hoofd uit het raam, de wind langs me heen, tranen in mijn ogen. De geur van deze plek was overdonderend.

'Eucalyptus,' zei Carlos. 'Daar worden de vlinders door aangetrokken. Door de eucalyptusbossen.'

Ik had er geen idee van hoe laat het was. Ik denk dat we een etmaal lang gereisd hadden. Het was nog ochtend, vertelde Eliza me. Ik voelde meer voor haar dan ik voor mensen voelde die ik jaren had gekend.

'Hij houdt het vol,' zei ze, maar door de manier waarop ze het zei, wist ik dat het niet voor lang zou zijn.

We reden een parkeerplaats op. Daar lag de Santa Lucia Range voor ons. En wat dichterbij Mount Lion. Eén en al rotsen en bomen. Daar lag de oceaan. Zo blauw dat je het bijna niet kon bevatten. We bevonden ons op een picknickplaats, maar het was zo vroeg dat hij leeg was. Daar boften we bij. Pure mazzel.

'We hebben hem helemaal voor ons alleen,' zei Carlos. 'En een dag zonder mist. Dat is een wonder.'

We legden Ned met ons drieën op de stretcher, in de frisse lucht. Ik droeg de paal met het infuus.

'Groen,' zei Ned.

Dat was het ook. Het was een eucalyptusbos. Zo heerlijk. Alsof de wereld gloednieuw was. We liepen langzaam een pad op; je kon wegglijden over de pijnboomnaalden, dus moesten we heel voorzichtig aan doen. De lucht was koud en warm tegelijk, koel in de schaduw, citroenachtig in de zon. We kwamen op de kam van een berg aan. Ik dacht eerst dat er bladeren naar beneden vielen. Al die oranje dingen overal.

Maar nee.

Ik boog me voorover en fluisterde tegen mijn broer: 'Je zult dit niet geloven.'

We gingen het zonlicht in en ze waren overal. Voor ons stonden een paar picknicktafels van roodhout, en we hesen de stretcher op een ervan. Zetten hem heel langzaam neer.

'Allemachtig,' zei mijn broer.

De koningsvlinders wervelden in het rond. Je kon hun vleugels horen klapperen. Ik stond daar, met mijn armen gespreid en ze gingen overal op me zitten; ze hingen aan mijn vingers, kropen door mijn haar.

Carlos en Eliza stonden met de armen om elkaar heen geslagen op een picknickbank.

'Meer,' zeiden ze allebei, lachten en trokken elkaar dichter naar zich toe zodat de vlinders tussen hen omhoogfladderden.

Ze waren niet te tellen, overal, duizenden, slaperig, langzaam, wervelend. Hun trek was op het hoogtepunt en ze waren uitgeput en prachtig. Zo oranje dat ze robijnen leken, zo rood, rood, rood.

Ik leende Eliza's mobieltje. De verbinding was slecht, maar toen ik de telefoon tegen het oor van mijn broer legde, kon hij Nina horen. Hij wist dat zij het was.

'Alles is zonet duizend keer veranderd.'

Het kostte hem al zijn krachten om dat te zeggen. Toen hij klaar was, zetten we de telefoon af en wachtten. Ik voelde een wanhopige aandrang mijn broer om te draaien. Vlug, wilde ik zeggen, we moeten het nu doen. Leg je voeten op de plek waar nu je hoofd rust. Haal de ultieme truc uit. Laat de dood aan je voorbijgaan. Alsjeblieft, laten we het proberen. Maar ik zei het niet. Ik zei helemaal niets.

Eliza haakte het infuus af vlak voordat het gebeurde. Er was een klik en toen stilte. Je zou niet denken dat er zoveel vlinders op de wereld waren. Je zou niet denken dat alles in een ogenblik kan veranderen. Maar ze zijn er en het gebeurt wel.

Er hingen wervelende wolken boven ons, naar ons toe gevoerd door de koude oceaanlucht. Nimbus. Bewoog zich snel voort. Vloog. Goed om je op te beuren. Goed voor alles. Goed voor hem.

11

Nina noemde hun dochter Mariposa. Ze werd op een wolkeloze dag in januari geboren. Dat zag ik, want ik hield dat soort dingen in de gaten. Ik was erbij toen Mariposa geboren werd; ik was de coach die zei 'adem in' en 'persen' en 'lieve hemel, zoiets moois heb ik nog nooit gezien'. Ik paste vanaf het begin op haar en daarom werd ik haar peettante. Het bleek dat dat iets was waar ik goed in was. Iets waartoe ik was voorbestemd. Ik bleef een paar maanden, paste op, hielp mee, tot Nina eraan toe was weer aan het werk te gaan, eraan toe was haar dochter naar het kinderdagverblijf van de campus te brengen terwijl zij lesgaf. Ik liet Giselle bij hen. Dat was het verstandigste. Ze hoorde nu echt in Florida thuis. Ze zou het uitschreeuwen als ze nu een poot in sneeuw en ijs zou moeten zetten. Bovendien had ik nooit het idee gehad dat ze van mij was, dus gaf ik haar ook niet echt weg.

Bij de rol van peettante hoort het opsturen van cadeautjes en dat doe ik dan ook, veel te veel waarschijnlijk. Ieder jaar kom ik op bezoek voor de verjaardag van Mariposa. Ik heb nu geen nare gevoelens meer over die tijd van het jaar. Het is mijn lievelingsmaand, net als eerst. Ik heb Mariposa een tiental boeken met sprookjes gegeven. Haar voorkeur gaat uit naar die van Andrew Lange, met die mooie voorkanten, vol verhalen die tegelijkertijd onlogisch en waar aanvoelen. Zij en ik zijn allebei het meest dol op het rode boek.

Een keer heb ik Mari het lievelingsverhaal van haar vader voorgelezen: 'Peetoom Dood'. 'Dat is niet leuk,' zei ze tegen mij.

'Nee, dat is het ook niet,' stemde ik in. 'Maar je vader hield van dat verhaal. Hij was een wetenschapper, net als de dokter.'

'Ze hoeven ook niet allemaal leuk te zijn,' zei ze na enig nadenken. 'Maar vertel me dat ene van het meisje dat een berg beklimt die nooit eerder door iemand is beklommen.'

'Die ken ik niet,' zei ik. 'Ik ken alleen dat verhaal over het meisje dat in ijs veranderde.'

'Verzin het dan.' Mariposa trok een plechtig gezicht, waardoor ze me aan Ned deed denken. Ned die zo goed geheimen kon bewaren. Ned die nooit geloofde in een volmaakte logica. Ned die in het 'voor altijd' was.

Het viel me moeilijk Mariposa iets te weigeren. Ik wilde dat ze alles kreeg. En dus verzon ik een verhaal voor haar. Het werd een goed verhaal, beter dan het verhaal dat ik mezelf vroeger vertelde. Het ging over hetzelfde meisje, in hetzelfde ijzige land, maar deze keer bedacht ze dat ze beter een berg kon beklimmen in plaats van op één plek te blijven staan en te bevriezen. En toen ze aan de andere kant kwam, begon ze te smelten zodra de zon opkwam; ze liet een blauwe rivier achter, eentje die altijd koud is, altijd puur, altijd waar.

De laatste keer dat ik er was, nam ik Mariposa mee naar de boomgaard. Ik paste op haar. Nina was aan het lesgeven en Mariposa was net zes jaar geworden. Zo gaan de dingen. De tijd bleef doorgaan. We zongen onder het rijden liedjes waarvan ik had gedacht dat ik ze nu wel vergeten zou zijn. Mariposa maakte dat ik me dingen weer herinnerde. Ze vond mijn afschuwelijke stem mooi en applaudisseerde. Alles wat ze deed was in mijn ogen geweldig. Ik was tenslotte haar peettante. Ze hoorde ook een beetje bij mij.

Toen we bij de boomgaard aankwamen, reed ik de oprit in, parkeerde er en nam Mariposa mee voor een wandeling. Ze droeg haar haar heel kort. Nina had me verteld dat ze weigerde haar haar te laten groeien; ze had een hekel aan borstelen en vlechten en gepruts aan haar haar.

'Slimme meid,' zei ik.

'Het ruikt hier lekker,' zei Mari terwijl we tussen de bomenrijen door wandelden.

Daar had ze ook al gelijk in. De boomgaard was bij opbod verkocht en alle bomen droegen witte bloesems. We liepen de weg af en zwaaiden naar een paar mannen die er aan het werk waren.

'Dag,' riep Mariposa naar een van hen die takken aan het snoeien was. 'Woon jij in een boom?'

Ik heb aan Lazarus Jones gedacht, maar hij hoort in een verhaal dat ik ooit gehoord heb. Een verhaal waarvan ik de bladzijden heb omgeslagen, ook al wist ik hoe het zou aflopen. Zo gaat het soms, afgezien van de chaostheorie. Of je nu linksom of rechtsom gaat, je komt tot dezelfde conclusie, hetzelfde resultaat. Een jongeman die zich op de verkeerde tijd op de verkeerde plek bevond, die niet bang van de dood was, die, toen hij de kans kreeg iemand anders te worden, deze wel moest grijpen.

Nu was het gat in de grond opgevuld met puin. Ik veronderstelde dat de nieuwe eigenaar hoopte hem te kunnen bedekken met mest en graszoden en misschien op die manier aarde te kunnen terugwinnen. Alle oude bomen waren gekapt. Ik meende een rode sinaasappel aan een van de bomen te zien, maar het was slechts de draaiing van het zonlicht, waardoor een stukje oranje fruit dieprood werd.

Het geheim van mijn moeder was dat ze nooit van plan was geweest naar haar vriendinnen toe te gaan. Het raadsel van wie zij was. Het was haar dertigste verjaardag. Het was haar minst leuke maand van het jaar. Ik had altijd al gehouden van januari. Ik hield van ijs. Ik hield ervan met het topje van mijn vinger mijn naam op het koude beslagen raam van mijn slaapkamer te schrijven. Ik hield van de zwarte lucht, van de manier waarop de sterren lager aan de hemel leken te hangen.

Ze was iets geheel anders van plan.

Misschien las ik het van haar gezicht af, in de droefenis van de dagen ervoor. Misschien heb ik haar betrapt terwijl ze zat te huilen in de badkamer. Onze moeder was iemand die niet goed tegen alleen zijn kon, en ook al had ze ons, ze was toch alleen. Ze had nooit het verhaal gehoord van het meisje dat de berg opklom die nooit door iemand anders was beklommen. Ik had dat toen nog niet verzonnen. Ze had geen wensen meer over, of dat is wat ze tenminste moet hebben gedacht, dus de gedachte aan een verjaardag kan haar aan de rand van de afgrond hebben gebracht. Niets was goed gegaan. Behalve wij misschien, misschien zette ze daarom het ontbijt voor ons klaar, zodat we niet ongerust en hongerig zouden worden. Ze dacht waarschijnlijk niet eens na over hoe we haar zouden missen. Elke minuut van elke dag.

Toen ze vooroverboog om me een afscheidszoen te geven, hoorde ik het in haar stem. Ze zei: ‘Dag lief meisje van me.’ Het was waarschijnlijk gemakkelijker mezelf de schuld te geven dan te bedenken dat ze ons op zo’n manier in de steek zou laten.

Ik ben hoofd geworden van de informatiebalie in de bibliotheek van Red Bank. Terug van weggeweest. Een inwoner van New Jersey. Ik laat geen dag bij mijn werk verstek gaan en ik ben een voorzichtige chauffeuse. Ik controleer mijn banden in de herfst zodat ze voorbereid zijn op de aankomende winter. Ik heb nu tweeëndertig kleuren ijs geteld: van indigo naar vuurrood. Misschien komt dat door de chemicaliën in het zout waarmee ze de wegen bestrooien, misschien komt het door de manier waarop het licht door de kale bomen heen valt, misschien ben ik kleurgevoeliger dan de meeste mensen. In ons huis is elke kamer rood, elk vertrek in een verschillende tint: robijnrood, scharlakenrood, kersenrood. Sommige mensen denken dat het allemaal dezelfde kleuren zijn, maar de kleuren hadden niet meer van elkaar kunnen verschillen dan zwart van wit. Jack zegt dat ik zie wat ik wil zien en hoor wat ik wil horen en hij zou het niet anders willen hebben. 'Schilder de zoldering rood, als je dat wilt.' Hij zou nog staan te kijken als ik dat echt zou doen. Hij vindt het niet erg om verrast te worden. Op een keer toen ik terugreed van Florida, had ik de newfoundlander Harry in mijn auto. Frances was met pensioen gegaan, zoals ze ook van plan was geweest, en het was als altijd aan mij om een huisdier te adopteren.

'Ben je onderweg een beer tegengekomen?' vroeg Jack me toen ik Harry de auto uit liet.

'Ik ben jou tegengekomen,' zei ik.

'Je probeert me te vleien zodat ik niet merk hoe enorm groot die hond is.' Jack had gelachen.

'Maak je geen zorgen,' zei ik. 'Deze soort heeft een korte levensduur.'

Ik weet wat Jack dacht: dat heeft ons soort ook. Ik hield ervan dat hij me daar niet op attendeerde; hij floot alleen maar naar de hond. Hij had vertrouwen in me. We lieten het daarbij.

Dit is wat ik weet, en dat is dan ook het enige. De beste manier om te sterven is te leven, zelfs hier in New Jersey. Zelfs voor iemand zoals ik. Je zou lachen als je zou weten hoeveel tijd mij dat heeft gekost, ook al hoefde ik alleen maar de bergen over te steken. Als ik op winteravonden naar mijn auto op de parkeerplaats loop, zie ik vaak vleermuizen, een zwarte wolk aan de duister wordende hemel. Ze geven me troost. Ze geven me het gevoel dat jij niet zo ver weg bent. En dan te bedenken dat ik vroeger bang was. Ik rende weg en ging me verstoppen. Nu blijf ik staan en kijk omhoog. Het maakt me niet uit wat voor weer het is; ik heb nooit last van de kou gehad. Ik hoop dat wat ik zie het 'voor altijd' is. Ik hoop dat ik jou zie.

Lees ook andere recent verschenen boeken van Archipel:

Marion Pauw *Villa Serena*

Haar prettig gestoorde vriendin Marit verklaart haar voor gek, maar Fillis gaat toch terug naar de Dominicaanse Republiek, naar de plek waar haar huwelijksreis zo dramatisch eindigde. Vorig jaar was ze in Hotel Villa Serena met haar kersverse echtgenoot die haar op handen droeg. Tot hij haar probeerde te vermoorden en ze ternauwernood het vege lijf kon redden. Andrew houdt vol dat stemmen hem tot zijn daad hebben aangezet, maar is dat wel zo? .

Fillis is vastbesloten in het idyllische Villa Serena met het verleden af te rekenen en de draad van haar leven weer op te pakken. Dat lukt aardig als ze de plaatselijke Don Juan ontmoet die al haar behoeftes precies lijkt aan te voelen. Al snel maken ze samen meer mee dan je bij een ongecompliceerde vakantieliefde zou verwachten. Ze doen een ontdekking en worden op het spoor gezet van de gruwelijke waarheid achter de serene rust van het paradijselijke oord.

Villa Serena is een roman van internationale allure: een bloedspannend verhaal dat je geen seconde meer loslaat.

Marion Pauw (1973) is copywriter en columniste. Zij woont met haar gezin op Curaçao. *Villa Serena* is haar eerste roman.

Eva Schuurmans (red.) *Vaders*

Vaak spelen moeders de doorslaggevende rol in de opvoeding. Maar hoe denken vaders over hun eigen inbreng? Het tijdschrift *J/M, Vakblad voor ouders*, was benieuwd en wilde de andere kant van het verhaal wel eens horen. Dat resulteerde in de serie *Vaders* waarvoor Eva Schuurmans, Paulien Cornelisse en Anne Elzinga maandelijks bekende vaders aan het woord lieten over hun gezin.

Een selectie uit deze serie is nu bijeengebracht in dit boek: 21 openhartige interviews met onder meer Antonie Kamerling, Bart Chabot, Adam Curry, Jan Marijnissen, Brian Roy, Dolf Jansen, Rick Engelkes, Rob Oudkerk, Huub Stapel, Jochem van Gelder, Ton van Royen en Matthijs van Nieuwkerk. Op hun eigen grappige, vertederende maar bovenal eerlijke manier vertellen ze hun ervaringen met het vaderschap. Ondanks de grote onderlinge verschillen hebben deze mannen ook veel gemeen: ze leiden allemaal een druk leven, waarin vaak – eerlijk is eerlijk – weinig tijd overblijft voor de kinderen.

De prachtige zwartwitportretten van de vaders met hun kinderen die fotograaf Govert de Roos bij de interviews maakte, geven bovendien een intiem kijkje in de keuken.

Eva Schuurmans (Zaandam, 1979), studeerde in 2001 af aan de School voor Journalistiek in Utrecht. Sindsdien werkt zij bij het tijdschrift *J/M* als eindredacteur en redacteur.

Anne Elzinga (Amsterdam, 1958) studeerde criminologie en rechten aan de Vrije Universeit te Amsterdam. Ze werkte vijftien jaar als wetenschappelijk onderzoeker en is sinds 2000 redacteur bij het tijdschrift *J/M*.

Paulien Cornelisse (Amsterdam, 1976) studeerde psychologie aan de Universiteit van Amsterdam, en werkt als journalist en cabaretier. Van 2002 tot 2004 was ze redacteur bij het tijdschrift *J/M*.

Carol Ann Lee *Begraven als een koning*

Begraven als een koning is het verhaal van drie mensen die gevangen zitten in de nachtmerrie die oorlog heet en de verreikende consequenties daarvan. Ook in hun onderlinge relaties raken ze hopeloos verstrikt. Alex Dyer, oorlogscorrespondent, verliest zich volkomen in zijn verliefdheid voor Clare Eden, de echtgenote van legerofficier Ted Eden, de man die hij als zijn broer beschouwt. Als Clare als vrijwillig verpleegster wordt uitgezonden naar het oorlogsgebied leidt dat tot een geheime, maar intense en gepassioneerde verhouding tussen haar en Alex.

Begraven als een koning neemt de lezer mee op een roerende, elliptische reis over de slagvelden van Loos, de Somme en Passchendaele via de verwoesting van naoorlogs Vlaanderen, en eindigt in Londen in 1920. Het verhaal werkt op fascinerende en onweerstaanbare wijze toe naar de toedracht rond de geheime en raadselachtige selectie van de onbekende soldaat.

Carol Ann Lee is de auteur van *Het verborgen leven van Otto Frank* en *Pluk rozen op aarde en vergeet mij niet. Anne Frank (1929-1945)*, dat werd vertaald in veertien talen. Ook schreef zij drie kinderboeken. *Begraven als een koning* is haar debuutroman.

Over de Anne Frank-biografie:
* Wat imponeert is de wijze waarop Lee de leden van het gezin hun persoonlijkheden teruggegeven heeft, nadat ze jarenlang als symbool en product benaderd zijn. – *Vrij Nederland*